O CLUBE FILOSÓFICO DOMINICAL

 **GREENPEACE**

A marca FSC é a garantia de que a madeira utilizada na fabricação do papel interno deste livro provém de florestas de origem controlada e que foram gerenciadas de maneira ambientalmente correta, socialmente justa e economicamente viável.

O Greenpeace — entidade ambientalista sem fins lucrativos —, em sua campanha pela proteção das florestas no mundo todo, recomenda às editoras e autores que utilizem papel certificado pelo FSC.

ALEXANDER McCALL SMITH

O CLUBE FILOSÓFICO DOMINICAL

Tradução:
ALEXANDRE HUBNER

Copyright © 2004 by Alexander McCall Smith

Título original:
The Sunday Philosophy Club

Projeto gráfico da capa:
João Baptista da Costa Aguiar

Foto da capa:
Teatro Coliseu, Santos; de Ana Ottoni

Preparação:
Cacilda Guerra

Revisão:
Ana Maria Barbosa
Isabel Jorge Cury

Dados Internacionais de Catalogação na Publicação (CIP)
(Câmara Brasileira do Livro, SP, Brasil)

McCall Smith, Alexander
O clube filosófico dominical / Alexander McCall Smith; tradução de Alexandre Hubner. — São Paulo : Companhia das Letras, 2007.

Título original: The sunday philosophy club.
ISBN 978-85-359-0968-5

1. Romance inglês I. Título.

07-0051   CDD-823

Índice para catálogo sistemático:
1. Romances : Literatura inglesa 823

2007

Todos os direitos desta edição reservados à
EDITORA SCHWARCZ LTDA.
Rua Bandeira Paulista, 702, cj. 32
04532-002 — São Paulo — SP
Telefone: (11) 3707-3500
Fax: (11) 3707-3501
www.companhiadasletras.com.br

Este livro é para James e Marcia Childress

1

Isabel Dalhousie viu o rapaz cair do parapeito do último andar do teatro, das galerias. Foi tão repentino, tão rápido, ela o viu por menos de um segundo, os cabelos despenteados, de cabeça para baixo, a camisa e o paletó suspensos na altura do peito, expondo o abdome. Então ele se chocou contra o guarda-corpo do balcão e desapareceu, de pernas para o ar, rumo à platéia.

A primeira coisa que lhe veio à cabeça foi, curiosamente, o poema de Auden sobre a queda de Ícaro. Acidentes como esse, dizia Auden, acontecem contra o pano de fundo dos afazeres cotidianos das pessoas. Elas não olham para cima, não vêem o rapaz caindo do céu. *Eu estava conversando com uma amiga*, pensou ela. *Eu estava conversando com uma amiga e o rapaz caiu do céu.*

Isabel não esqueceria aquela noite, mesmo que isso não tivesse acontecido. Estivera em dúvida sobre o concerto — uma apresentação da Sinfônica de Reykjavik, da qual nunca ouvira falar — e não teria ido se não houvesse sido instada a tanto pelo ingresso que sobrara nas mãos de um de seus vizinhos. Reykjavik teria mesmo uma orquestra sinfônica profissional ou seriam músicos amadores? Ainda que o fossem, se haviam feito tão longa viagem até Edimburgo, faziam jus a um bom público; não se podia permitir que viessem da Islândia para tocar para um teatro vazio. De modo que Isabel foi ao concerto e resistiu bravamente à primeira parte do programa, composta de uma mistura romântica de repertório germânico e escocês: Mahler, Schubert e Hamish McCunn.

Fazia uma noite quente — extraordinariamente quente para fins de março —, e o interior do Usher Hall estava abafado. Ela se vestira com roupas leves, por precaução, e congratulou-se por isso, pois, como sempre, fazia calor demais no balcão. No intervalo, descera para se refrescar do lado de fora do teatro, evitando a aglomeração junto ao bar e sua balbúrdia cacofônica. Encontraria amigos ali, é claro — em Edimburgo era impossível sair e não encontrar pessoas conhecidas —, mas naquela noite não se sentia disposta a conversar com ninguém. Quando chegara o momento de voltar para dentro, aventara por alguns instantes a possibilidade de não assistir à segunda parte do concerto, mas sempre a inibia qualquer atitude que sugerisse falta de concentração ou, pior ainda, de seriedade. De modo que retornara a seu lugar, apanhara o programa que havia deixado sobre o braço da cadeira vizinha e verificara o que estava por vir. Foi preciso tomar fôlego. *Stockhausen*!

Trouxera consigo um pequeno binóculo — extremamente necessário, mesmo tendo em vista a moderada altura do balcão. Com o instrumento voltado para o palco, lá embaixo, passou em revista todos os músicos, um por um, impulso a que jamais resistia quando ia a um concerto. Normalmente, ninguém olha para as pessoas com um binóculo, mas ali no teatro isso era permitido, e se porventura ele apontasse de quando em quando para o público, quem haveria de dar por isso? Entre as cordas não havia nenhuma figura digna de nota, porém um dos clarinetistas, observou Isabel, era dotado de um rosto admirável: malares protuberantes, olhos afundados e um queixo que fora, sem a menor sombra de dúvida, esculpido a machadadas. Seu olhar demorou-se no rapaz, e ela pensou nas gerações de robustos islandeses, e dinamarqueses antes deles, que haviam pelejado para gerar um tal espécime: homens e mulheres lavrando o solo estéril das montanhas do interior; pescadores singrando as águas gélidas e cinzentas em busca de bacalhau; mulheres lutando para manter seus filhos vivos à base de peixe seco e farinha de aveia; e agora, ao cabo de todo esse esforço, um clarinetista.

Deixou o binóculo de lado e reclinou o corpo na cadeira. Era uma orquestra bastante razoável, e haviam tocado McCunn com entusiasmo, mas por que a insistência em Stockhausen? Talvez fosse uma declaração de sofisticação cultural. Pois é, viemos de Reykjavik, e há quem diga que a nossa pequena capital fica num fim de mundo, mas tocamos Stockhausen e não devemos nada a ninguém. Isabel fechou os olhos. Era insuportável, realmente, e o tipo de música que uma orquestra visitante devia impedir-se de impingir a seus anfitriões. Isabel ruminou por alguns instantes a noção de cortesia orquestral. Constrangimentos políticos por certo deviam ser evitados: as orquestras alemãs, é claro, costumavam ter o cuidado de não tocar Wagner no exterior, ao menos em certos países, optando antes por compositores germânicos um tanto mais... contritos. Isso convinha a ela, que não gostava de Wagner.

A peça de Stockhausen era a última do programa. Quando o maestro finalmente se retirou e os aplausos definharam — não tão calorosos quanto poderiam ter sido, pensou ela; algo a ver com Stockhausen —, Isabel levantou-se para ir à toalete. Abriu a torneira da pia e, com a mão em concha, tomou um gole d'água — bebedouros eram uma modernidade que o Usher Hall ainda não alcançara — e molhou o rosto. Sentindo-se mais fresca, retornou ao corredor. Foi então que divisou sua amiga Jennifer ao pé do pequeno lance de escada que dava acesso ao balcão.

Isabel hesitou. Continuava muito abafado ali dentro, mas fazia mais de ano que não via Jennifer, e não podia passar por ela sem cumprimentá-la.

Abriu caminho entre as pessoas que se dirigiam à saída.

"Estou esperando o David", disse Jennifer, apontando para o interior do balcão. "Ele perdeu uma lente de contato, imagine só, e uma das vaga-lumes emprestou a lanterna para ele dar uma espiada debaixo da poltrona. Já tinha perdido uma no trem, quando foi para Glasgow. Agora aprontou de novo."

As duas amigas ficaram conversando enquanto os últimos espectadores desciam a escadaria atrás delas. Jennifer, uma mulher bonita, recém-chegada aos quarenta — como Isabel —, trajava um tailleur vermelho, enfeitado com um enorme broche dourado em formato de cabeça de raposa. Isabel não conseguia parar de olhar para a raposa, que tinha olhos cor de rubi e parecia observá-la. *Senhor Raposo*, pensou. *É o próprio senhor Raposo*.

Após alguns minutos, Jennifer lançou um olhar ansioso para o topo da escada.

"É melhor a gente ir ver se o David precisa de ajuda", disse num tom irritado. "Vai ser uma chateação se ele tiver perdido essa outra lente."

Subiram alguns degraus do pequeno lance de escada e olharam para um ponto mais abaixo, onde puderam entrever as costas de David, arqueadas atrás de uma poltrona, o facho da lanterna luzindo entre um assento e outro. E foi nesse momento, quando estavam ali paradas, que o rapaz despencou das galerias — sem fazer barulho, completamente mudo, batendo os braços como se quisesse voar ou desviar do chão — e sumiu de vista.

Por um breve instante, as duas amigas se entreolharam, incrédulas. Então ouviram um grito lá embaixo, uma voz de mulher, um som agudo; depois um homem gritou e em algum lugar uma porta bateu.

Isabel estendeu a mão e segurou o braço de Jennifer. "Meu Deus!", exclamou ela. "Meu Deus!"

No lugar onde estivera agachado, o marido de Jennifer levantou-se. "O que foi isso?", perguntou-lhes. "O que aconteceu?"

"Alguém caiu", disse Jennifer, apontando para as galerias, para o ponto onde elas encontravam a parede do teatro. "Foi dali. Ele caiu."

As duas amigas tornaram a entreolhar-se. Então Isabel foi até a beirada do balcão. Ao longo do parapeito havia um corrimão de latão, sobre o qual ela se debruçou para olhar para baixo.

Na platéia, caído sobre o espaldar de uma cadeira, as pernas trançadas sobre os braços dos assentos vizinhos, um pé, notou ela, sem o sapato, mas ainda calçado com a meia, lá estava o rapaz. Isabel não via a cabeça dele, que se encontrava abaixo do nível da cadeira, mas via um dos braços esticado para cima, como se ele quisesse alcançar alguma coisa, embora permanecesse completamente imóvel. Ao lado do rapaz estavam dois homens em traje a rigor, um dos quais agora o tocava, enquanto o outro tinha se virado para olhar para a porta.

"Rápido!", gritou um deles. "Corra!"

Uma mulher deu um grito e um terceiro sujeito desabalou pelo corredor até chegar ao lugar onde o rapaz estava caído. Inclinou-se e tentou erguê-lo. Foi então que sua cabeça veio à tona e vergou-se, como se estivesse solta do corpo. Isabel recuou e olhou para Jennifer.

"Temos de descer", disse ela. "Nós vimos o que aconteceu. É melhor descermos para contar a alguém o que vimos."

Jennifer assentiu com a cabeça. "Não deu para ver muita coisa", volveu ela. "Foi tudo tão rápido. Ah, meu Deus."

Observando que a amiga tremia, Isabel colocou um braço em seu ombro. "Que acidente horrível!", disse. "Também estou abalada."

Jennifer fechou os olhos. "Foi sem mais nem menos, ele caiu assim... tão de repente. Acha que ainda está vivo? Deu para ver?"

"Deve ter sido sério, ele parece ter se machucado bastante", disse Isabel, pensando com seus botões: foi bem pior que isso.

* * *

Desceram a escadaria. Havia um pequeno grupo de pessoas junto à porta de entrada da platéia e ouvia-se um murmurinho de conversas a meia-voz. Quando Isabel e Jennifer se aproximaram, uma mulher voltou-se para elas, dizendo: "Um rapaz caiu das galerias. Está aí dentro".
Isabel fez que sim com a cabeça. "Nós vimos", disse ela. "Estávamos lá em cima."
"Vocês viram!?", exclamou a mulher. "Viram o rapaz cair?"
"Ele passou na nossa frente", disse Jennifer. "Estávamos no balcão. Ele caiu e passou por nós."
"Que horrível", disse a mulher. "Ver uma coisa assim..."
"É."
A mulher olhou para Isabel com a súbita intimidade solidária que as tragédias facultam a seus testemunhos.
"Não sei se devíamos continuar aqui", sussurrou Isabel, em parte para Jennifer, em parte para a outra mulher. "Só vamos atrapalhar."
A mulher se afastou. "As pessoas querem ajudar", disse sem convicção.
"Espero que ele esteja bem", comentou Jennifer. "Cair de uma altura dessas. Ele ainda bateu na beirada do balcão, sabe? Talvez isso tenha amortecido um pouco a queda."
Pelo contrário, pensou Isabel, deve ter piorado ainda mais as coisas: aos ferimentos causados pela queda, se somariam os derivados do choque contra a beirada do balcão. Ela olhou para trás: havia uma agitação junto à entrada do teatro, e via-se na parede o reflexo intermitente do facho de luz azul projetado pela ambulância que acabara de estacionar no meio-fio.
"É melhor sairmos do caminho", disse Jennifer, afastando-se do agrupamento de pessoas junto à porta. "A ambulância chegou."
Deram alguns passos para trás quando dois sujeitos trajando roupas verdes bem folgadas passaram correndo

12

com uma maca dobrada nas mãos. Não tardaram a sair — na realidade, pareceram ficar menos de um minuto lá dentro —, e passaram por elas levando o rapaz na maca, braços cruzados sobre o peito. Preocupada em não parecer intrusiva, Isabel virou-se para o outro lado, porém viu o rosto dele antes de desviar o olhar. Divisou o halo de cabelos pretos desgrenhados e as feições delicadas, intactas. Tão bonito, pensou, e agora morto. Fechou os olhos. Sentia-se seca por dentro, vazia. Esse pobre rapaz, amado em algum lugar por pessoas cujo mundo viria abaixo naquela noite, pensou, quando a notícia cruel lhes fosse transmitida. Todo o amor investido num futuro que não se materializaria, findo num segundo, numa queda das galerias.

Virou-se para Jennifer. "Vou dar um pulo lá em cima", disse num tom de voz mais baixo. "Avise que nós o vimos cair. Diga que volto num instante."

Jennifer concordou com a cabeça e olhou em volta para ver quem estava no comando da situação. Era um momento de confusão. Uma mulher estava aos prantos, provavelmente uma das que se achavam na platéia quando o rapaz caiu, e um homem alto, em traje a rigor, tentava consolá-la.

Isabel se afastou e foi até a escadaria que levava às galerias. Sentiu-se constrangida e olhou rapidamente para trás, mas não havia ninguém ali. Depois de galgar os últimos degraus, passou por uma das arcadas que davam para o compartimento de assentos escarpados. O lugar estava em silêncio, e o brilho das luzes que pendiam do teto era embaciado por seus globos de vidro ornamentado. Olhou para baixo, para o guarda-corpo que o rapaz transpusera ao cair. Ela e Jennifer se achavam praticamente embaixo do ponto de onde ele despencara, o que lhe permitiu determinar o lugar em que ele provavelmente estivera antes de escorregar.

Desceu até o parapeito e caminhou ao longo da primeira fileira de assentos. Ali estava o corrimão de latão sobre o qual ele provavelmente se debruçara antes de cair, e alguns passos adiante, no chão, um programa. Isabel curvou-se e o apanhou; a capa, observou ela, estava um pouco rasgada, mas isso era tudo. Recolocou a brochura onde a havia encontrado. Então, debruçou-se sobre o guarda-corpo e olhou para baixo. Decerto era ali que o rapaz estivera sentado, na extremidade da fileira de assentos, onde as galerias se encontravam com a parede do teatro. Se fosse um pouco mais para o meio, ele teria caído no balcão; somente no fim da fileira de assentos era possível uma queda livre até a platéia.

Isabel sentiu uma pequena tontura e fechou os olhos. Depois tornou a abri-los e olhou para a platéia, não menos de quinze metros abaixo dali. Perto do lugar onde o rapaz tinha caído, bem embaixo dela, havia um homem com um impermeável azul. Então ele olhou para cima e seus olhares se encontraram. Ambos ficaram surpresos, e Isabel aprumou o corpo, como se se sentisse recriminada pelo olhar do sujeito.

Afastou-se do parapeito e retornou pelo corredor entre as fileiras de assentos. Não fazia idéia do que contara descobrir ali — se é que de fato tivera a intenção de descobrir algo — e sentia-se intimidada por ter sido vista por aquele homem lá embaixo. O que ele teria pensado dela? Certamente a tomara por alguém que tentava imaginar o que o pobre rapaz vira em seus últimos segundos neste mundo. Mas não fora isso que ela viera fazer ali; não, de jeito nenhum.

Alcançou a escadaria e, agarrando-se ao corrimão, começou a descer. Os degraus eram de pedra e espiralados, quem não tomasse cuidado podia escorregar. O que teria acontecido com ele?, pensou ela. Ele devia ter se debruçado, talvez para ver se conseguia identificar alguém lá embaixo, quem sabe um conhecido, e então se desequilibrara e caíra. Não era impossível de acontecer — o guarda-corpo era muito baixo.

Parou no meio da escada. Estava sozinha, mas escutara um ruído. Ou teria sido só imaginação sua? Aguçou os ouvidos, porém não distinguiu som nenhum. Deu um suspiro. Ele provavelmente ficara sozinho lá em cima, não devia ter sobrado ninguém além dele depois que os outros espectadores se retiraram e a balconista fechou o bar. O rapaz ficara sozinho e olhara para baixo e então caíra, silenciosamente, talvez avistando Jennifer e Isabel ao cair, com as quais teria estabelecido, assim, seu último contato humano.

Isabel chegou ao fim da escadaria. O homem de impermeável azul estava ali, a alguns metros de distância, e, ao divisá-la, lançou um olhar carrancudo em sua direção.

Ela se aproximou. "Eu vi", disse. "Eu estava no balcão. Eu e minha amiga vimos o rapaz cair."

O sujeito a examinou com os olhos. "Precisaremos conversar com a senhora", disse ele. "Teremos de colher seu depoimento."

Isabel assentiu com a cabeça. "Não deu para ver muita coisa", comentou. "Foi tão rápido."

O homem franziu o cenho. "O que estava fazendo lá em cima agora há pouco?", inquiriu.

Isabel olhou para o chão. "Queria saber o que podia ter acontecido", explicou. "E agora sei."

"Ah?"

"Ele deve ter se debruçado no guarda-corpo para olhar para baixo", disse ela. "Então perdeu o equilíbrio. Tenho certeza de que não seria difícil de acontecer."

O homem comprimiu os lábios. "Vamos verificar isso. Não há por que ficar fazendo suposições."

Era uma repreenda, mas não muito severa, pois era visível o abalo que o acidente causara a ela. Seu corpo tremia. E ele estava acostumado com isso. Acontecia uma coisa horrível e as pessoas punham-se a tremer. Era a lembrança que as assustava, a lembrança de que, na vida, estamos sempre, a todo instante, a um passo do outro lado.

2

Às nove horas da manhã seguinte, Grace, a empregada, entrou na casa de Isabel, apanhou a correspondência que estava no chão do hall e dirigiu-se à cozinha. Isabel havia descido e estava sentada à mesa, o jornal aberto à sua frente, uma xícara de café pela metade junto ao cotovelo.

Grace deixou as cartas em cima da mesa e tirou o casaco. Era uma mulher alta, beirando os cinqüenta, seis anos mais velha que Isabel. Trajava um casaco de tecido espinha-de-peixe, de corte antiquado, e tinha cabelos ruivos escuros, os quais mantinha apanhados num coque.

"Fiquei meia hora no ponto de ônibus", resmungou. "Não passava nada. Não tinha ônibus na rua."

Isabel levantou-se e foi até o fogão, sobre o qual havia um bule com café ainda fresco.

"Isto vai lhe fazer bem", disse, servindo uma xícara de café para Grace. Então, enquanto a empregada tomava seu primeiro gole, Isabel apontou para o jornal em cima da mesa. "Tem uma notícia horrível no *Scotsman*", comentou. "Um acidente. E o pior é que eu vi. Foi ontem à noite no Usher Hall. Um rapaz despencou das galerias."

Grace inspirou uma golfada de ar. "Coitado", condoeu-se. "E ele..."

"Morreu", disse Isabel. "Levaram-no para o hospital, mas ele não resistiu."

Grace olhou para a patroa por cima da xícara. "Ele pulou?", indagou ela.

Isabel fez que não com a cabeça. "Não, tudo indica que não." Interrompeu-se. Na realidade, nem sequer pensara nisso. Ninguém se matava assim. Quando a pessoa queria pular, ia para a ponte Forth, ou para a Dean, se preferisse o chão à água. A ponte Dean: Ruthven Todd escrevera um poema sobre ela, não escrevera?, dizendo que seus espigões de ferro "estranhamente afugentam os suicidas"; estranhamente, pois um pouco de sofrimento não deveria significar nada em face da destruição total. Ruthven Todd, pensou ela, completamente ignorado a despeito de sua poesia extraordinária; um verso seu, havia dito ela certa feita, valia cinqüenta dos de McDiarmid, com todo o seu empolamento. Mas ninguém se lembrava mais de Ruthven Todd.

Tinha visto McDiarmid uma vez, na época da escola, ao passar com o pai pelo Milnes Bar, na Hanover Street. O poeta saíra de lá de dentro em companhia de um homem alto, muito distinto, que cumprimentara seu pai. Este a havia apresentado aos dois homens, e o sujeito alto apertara-lhe educadamente a mão; McDiarmid, sorrindo, acenara com a cabeça e ela ficou impressionada com os olhos dele, que pareciam emitir uma luz azul penetrante. Ele trajava um kilt e levava uma pequena pasta de couro bastante gasta abraçada contra o peito, como se a usasse para proteger-se do frio.

Depois seu pai dissera: "Dois dos maiores poetas escoceses, o melhor e o mais verborrágico".

"Qual é qual?", ela havia perguntado. Na escola, eles liam Burns e um pouco de Ramsay e Henryson, mas nada moderno.

"McDiarmid, ou Christopher Grieve, seu verdadeiro nome, é o mais verborrágico. O melhor é o sujeito alto, Norman McCaig. Mas ele jamais será devidamente reconhecido, pois na literatura escocesa de hoje em dia as pessoas só querem saber de gemer, resmungar e mostrar suas dores de alma." Fizera uma pausa e depois perguntara: "Você tem alguma idéia do que eu estou falando?".

E Isabel respondera: "Não".

* * *

Grace perguntou de novo: "Acha que ele pulou?".

"Não vimos como foi que ele transpôs o guarda-corpo", disse Isabel, dobrando o jornal de maneira a expor as palavras cruzadas. "Vimos apenas quando ele passou por nós — depois de ter escorregado ou sei lá o quê. Foi o que eu disse à polícia. Tive de prestar um depoimento ontem à noite."

"Ninguém escorrega assim, sem mais nem menos", resmungou Grace.

"Escorrega, sim", insistiu Isabel. "As pessoas escorregam. Vivem escorregando. Uma vez li sobre um homem que escorregou em sua lua-de-mel. Ele e a noiva estavam visitando uma daquelas cataratas da América do Sul, quando, de repente, ele escorregou e caiu."

Grace soergueu uma sobrancelha. "Teve uma mulher que caiu de um barranco", disse ela. "Aqui em Edimburgo mesmo. Estava em lua-de-mel."

"Está vendo?", disse Isabel. "Escorregou."

"Mas houve quem pensasse que ela foi empurrada", retrucou Grace. "O marido tinha feito um seguro de vida para ela algumas semanas antes. Tentou receber o dinheiro, mas a seguradora não quis pagar."

"Bom, uma coisa não impede a outra. Há os que são empurrados e há os que escorregam." Calou-se e pôs-se a imaginar o jovem casal na América do Sul, os borrifos da queda-d'água envolvendo-os e de repente o homem despencando na imensidão branca, e a noiva correndo de volta pela trilha, e o vazio. A pessoa amava alguém, e isso a deixava completamente vulnerável; um passo em falso, e seu mundo podia vir abaixo.

Isabel pegou a xícara de café e preparou-se para deixar a cozinha. Grace não gostava de trabalhar sob o olhar dos outros, e Isabel, por sua vez, preferia fazer as palavras cruzadas na varanda envidraçada que dava para o jardim. Havia anos, desde que se reinstalara na casa, era esse seu ritual. O dia começava com as palavras cruzadas; só depois é que ela lia as notícias, tentando evitar as obscenidades que chegavam aos tribunais e pareciam ocupar cada vez mais e mais colunas nos jornais. Que obsessão com as fraquezas e os defeitos humanos, com as tragédias das vidas das pessoas, com os amores fúteis de atores e cantores! É claro que a pessoa tinha de ter consciência das fraquezas do ser humano, pois assim era, mas deliciar-se com isso parecia-lhe voyeurismo ou mesmo uma forma de mexeriquice moralista. E no entanto, pensou Isabel, eu própria não leio essas coisas? Leio, sim. Não sou menos ruim que os outros, deixo-me atrair por esses escândalos. E sorriu com remorso, notando o título: VEXAME ENVOLVENDO PASTOR ESCANDALIZA FIÉIS. Sem dúvida leria isso, como todo mundo, embora soubesse que por trás da história havia uma tragédia pessoal e todo o constrangimento que lhe é indissociável.

Na varanda, levou uma cadeira para perto da janela. Fazia um dia bonito e o sol brilhava nas flores das macieiras enfileiradas junto a um dos muros do jardim. A florada viera tarde nesse ano e ela se perguntou se no verão as árvores tornariam a dar maçãs. De tempos em tempos, elas ficavam estéreis e paravam de dar frutas; então, no ano seguinte, apareciam carregadas de pequenas maçãs vermelhas, as quais Isabel apanhava para fazer *chutney* e outros temperos, seguindo receitas que lhe haviam sido deixadas pela mãe.

A mãe de Isabel — *sua santa mãe americana* — falecera quando ela tinha onze anos, e as lembranças eram cada vez mais indistintas. Meses e anos embaciavam-se, confundiam-se, e a imagem que Isabel guardava do rosto que se debruçava sobre ela à noite, na hora de dormir, tornara-se um borrão impreciso. Contudo, ainda ouvia a voz da mãe ecoando em algum lugar de sua cabeça, aquela voz sulista tão doce, que seu pai dizia fazê-lo pensar no musgo das árvores e nos personagens das peças de Tennessee Williams.

Sentada na varanda, com sua xícara de café — a segunda do dia — apoiada na mesinha de canto com tampo de vidro, Isabel viu-se sem respostas num estágio inexplicavelmente prematuro das palavras cruzadas. Uma das horizontais tinha sido um presente, quase um insulto: *Têm um braço na indústria de jogos* (4-7). Caça-níqueis. E depois: *Diz "o lua parece uma melão"* (2, 6). Um alemão, claro. Mas após algumas desse calibre, topou com *Feliz com a nota?* (6) e *Vulneráveis os julgamos desajuizadamente* (4, 4), as quais permaneceram sem solução, impedindo-a de seguir em frente. Sentia-se frustrada, irritada consigo mesma. As chaves se resolveriam a seu tempo e as palavras lhe viriam ao longo do dia, mas por ora ela tinha sido derrotada.

Sabia, obviamente, o que estava errado. Os acontecimentos da noite anterior a haviam abalado — mais, talvez, do que ela se dava conta. Tivera dificuldade para adormecer e acordara de madrugada, levantara-se e fora buscar um copo de leite na cozinha. Tentara ler, mas não conseguira se concentrar; então apagara a luz e permanecera acordada na cama, pensando no rapaz e naquele rosto bonito, sereno. Seus sentimentos teriam sido outros se se tratasse de alguém mais velho? Teria lhe parecido tão pungente se, naquela cabeça que parecia solta do corpo, os cabelos fossem grisalhos e as feições anciãs em vez de jovens?

Uma noite maldormida e um choque como aquele — não era à toa que não conseguia encontrar respostas para essas chaves tão óbvias. Largou o jornal e levantou-se. Queria falar com alguém, conversar sobre o que havia acontecido na noite anterior. Não adiantava insistir no assunto com Grace, que só faria embarcar em especulações improváveis e em longas digressões a respeito de desastres sobre os quais ela se inteirara pela boca de amigas. Na opinião de Isabel, se as lendas urbanas tinham de ter um ponto de partida, havia bons motivos para crer que era em Grace que elas começavam. Resolveu fazer um passeio até Bruntsfield, onde poderia conversar um pouco com Cat, sua sobrinha. Cat era proprietária de uma delicatéssen numa esquina movimentada daquele popular centro comercial e, exceto quando tinha fregueses demais para atender, costumava abandonar o balcão para tomar um café com a tia.

Cat sabia ouvir, não se furtava a oferecer um ombro amigo, e sempre que Isabel sentia necessidade da ajuda de alguém para pôr as coisas em perspectiva, ela era sua primeira opção. E o mesmo valia para Cat. Quando tinha problemas com os namorados — e tais problemas pareciam ser um traço constante em sua vida —, esse era o assunto das conversas entre as duas.

"Tenho certeza de que você sabe o que eu vou dizer", Isabel havia lhe dito seis meses antes, pouco antes da chegada de Toby.

"E você sabe o que eu vou responder."

"Sim", dissera Isabel. "Acho que sim. E também sei que eu não devia dizer isto, porque não se deve dar conselhos aos outros. Mas..."

"Mas você acha que eu devia voltar para o Jamie, não é?"

"Exatamente", confirmara Isabel, pensando naquele rapaz de sorriso adorável e voz de tenor.

"Eu sei, Isabel, mas você também sabe, não é? Sabe que eu não gosto dele. Não tem jeito."

Para isso não havia resposta, e a conversa terminara em silêncio.

Isabel pegou o casaco e deu um grito para Grace, avisando-lhe que ia sair e não voltaria para o almoço. Não estava certa de que Grace ouvira — o aspirador de pó uivava em algum lugar da casa —, por isso repetiu o grito. Dessa vez o aparelho foi desligado e ouviu-se uma resposta.

"Não precisa fazer nada para o almoço", avisou Isabel. "Estou sem fome."

Cat estava ocupada quando Isabel chegou à delicatéssen. Havia alguns fregueses na loja: dois homens entretinham-se com a escolha de uma garrafa de vinho, apontando rótulos e discutindo a superioridade de um Brunello sobre um Chianti, enquanto Cat oferecia uma lasca do grande pedaço de queijo pecorino depositado sobre uma tábua de mármore para uma mulher experimentar. Ela notou a presença de Isabel e sorriu, dirigindo-lhe um cumprimento mudo. Isabel indicou uma das mesas em que Cat servia café aos fregueses; aguardaria ali até que os clientes fossem embora.

Empilhados com capricho ao lado da mesa, havia jornais e revistas estrangeiros, e Isabel apanhou um exemplar de dois dias antes do *Corriere della Sera*. Ela lia italiano, assim como Cat, e, pulando as páginas dedicadas à política italiana — que a seus olhos parecia inescrutável —, chegou à seção de assuntos culturais. Havia uma longa reavaliação de Calvino e uma pequena matéria sobre a temporada vindoura no Scala. Não se sentiu atraída por nenhum dos dois artigos: não conhecia os cantores mencionados no título da matéria sobre o Scala, e Calvino, em sua opinião, não precisava ser reavaliado. Isso a deixou com um texto sobre um diretor de cinema albanês que havia se estabelecido em Roma e tentava fazer filmes sobre seu país natal. A leitura acabou por revelar-se interessante e sugestiva: na Albânia, sob o governo de Hoxha, aparentemente não existiam câmeras — apenas as que as forças de segurança usavam para fotografar suspeitos. Somente aos trinta anos, revelava o cineasta, ele conseguira pôr as mãos numa máquina fotográfica. *Comecei a tremer*, dizia ele. *Fiquei com medo de deixá-la cair no chão.*

Isabel terminou de ler o artigo e largou o jornal sobre a mesa. Coitado do homem. Todos aqueles anos desperdiçados. Vidas inteiras haviam sido consumidas na opressão e na falta de oportunidades. Mesmo que as pessoas soubessem, ou suspeitassem, que aquilo um dia teria fim, muitas deviam ter pensado que seria tarde demais para elas. Ajudaria saber que seus filhos talvez desfrutassem daquilo que jamais lhes fora permitido experimentar? Olhou para Cat. Com vinte e quatro anos, ela nunca soubera como havia sido quando metade do mundo — pelo menos era o que parecia — estava impedida de conversar com a outra metade. Não passava de uma criança quando o Muro de Berlim viera abaixo e, para ela, Stálin, Hitler e todos os outros tiranos eram figuras históricas distantes, quase tão remotas quanto os Bórgia. Quem seriam seus bichos-papões?, indagou-se Isabel. Quem — se é que esse alguém chegaria a existir — aterrorizaria sua geração? Alguns dias antes ela ouvira um sujeito dizer no rádio que era preciso ensinar às crianças que não havia pessoas más, que o mal era apenas o que as pessoas faziam. O comentário a obsedara: estava em pé na cozinha e lá permanecera, imóvel, observando as folhas de uma árvore balançando ao vento no jardim. Não há pessoas más. O sujeito realmente dissera isso? Sempre havia quem se dispusesse a falar esse tipo de coisa, só para mostrar que não era antiquado. Bom, parecia-lhe que ninguém ouviria algo assim do cineasta albanês, que tivera de conviver com o mal à sua volta como se se tratasse das quatro paredes de uma prisão.

Pegou-se olhando fixamente para o rótulo de uma garrafa de azeite que Cat colocara em posição de destaque numa prateleira perto da mesa. Estava pintado naquele estilo rural oitocentista que os italianos empregam para afirmar a integridade de seus produtos agrícolas. Isto não saiu de uma fábrica, proclamava a ilustração, isto veio de uma fazenda de verdade, onde mulheres como as exibidas na garrafa extraem azeite de suas próprias azeitonas, onde há grandes bois brancos exalando um odor adocicado e, ao fundo, um fazendeiro bigodudo empunhando uma enxada. Ali estavam pessoas de bom coração, que acreditavam no mal e na Virgem e numa profusão de santos. Mas era óbvio que pessoas assim não existiam mais e que o azeite devia ser proveniente do Norte da África, tendo sido reenvasado por cínicos comerciantes napolitanos que só se davam o trabalho de simular algum respeito pela Virgem quando suas mães estavam por perto.

"Você está pensativa", disse Cat, sentando-se na outra cadeira. "Sempre percebo quando você está perdida em pensamentos profundos. Sua cara fica com esse ar sonhador."

Isabel sorriu. "Estava pensando na Itália, no mal e coisas assim."

Cat secou as mãos num pano de prato. "Já eu estava pensando em queijos", disse. "Aquela mulher experimentou seis tipos de queijo italiano e acabou levando só um pedacinho de cheddar artesanal."

"Gostos simples", disse Isabel. "Não a culpe por isso."

"Cheguei à conclusão de que não tenho muita paciência com o público", disse Cat. "Gostaria de transformar isto aqui num lugar reservado. As pessoas teriam de se candidatar para poder freqüentar. Teriam de passar pela minha avaliação. Mais ou menos como os membros daquele seu clube de filosofia ou sei lá o quê."

"O Clube Filosófico Dominical não anda muito ativo", comentou Isabel. "Mas vamos fazer uma reunião qualquer dia desses."

"Acho tão legal essa idéia", disse Cat. "Bem que eu gostaria de participar, mas domingo é um dia péssimo para mim. Não consigo me organizar para nada. Você sabe como é. Sabe mesmo, não sabe?"

Isabel sabia. Era esse, provavelmente, o problema que afligia os membros do clube.

Cat fitou-a. "Está tudo bem? Você parece um pouco abatida. E não adianta querer disfarçar, você não me engana."

Isabel permaneceu alguns instantes em silêncio. Baixou os olhos e estudou a estampa da toalha de mesa. Então tornou a olhar para a sobrinha. "Não. Acho que não estou muito bem, não. Aconteceu uma coisa ontem à noite. Eu vi uma coisa horrível."

Cat franziu o cenho e colocou a mão sobre o braço de Isabel. "O que foi?"

"Deu uma espiada nos jornais hoje cedo?"

"Dei."

"Leu aquela matéria sobre um rapaz no Usher Hall?"

"Sim", disse Cat. "Li, sim."

"Eu estava lá", limitou-se a dizer Isabel. "Eu o vi cair das galerias, ele passou bem na minha frente."

Cat comprimiu delicadamente o braço da tia. "Sinto muito", disse ela. "Deve ter sido horrível." Fez uma pausa, depois prosseguiu: "Por sinal, eu sei quem era. Uma freguesa que esteve aqui hoje cedo me contou. Eu o conhecia de vista".

Por um momento Isabel permaneceu calada. Planejara apenas contar a Cat o que havia acontecido. Jamais lhe passara pela cabeça que a sobrinha pudesse conhecer o desafortunado rapaz.

"Ele morava aqui perto", explicou Cat. "Em Marchmont. Num daqueles prédios que dão para o parque Meadows, acho. De vez em quando aparecia aqui, mas quem eu mais via era a moça que morava com ele."

"Quem ele era?", indagou Isabel.

"Mark alguma coisa", respondeu Cat. "Me disseram o sobrenome, mas esqueci. Uma freguesa esteve aqui hoje — ela os conhecia melhor — e me contou o que havia acontecido. Fiquei bastante abalada — como você."

"Ela *os* conhecia?", perguntou Isabel. "Quer dizer que ele era casado?..." Interrompeu-se. Vivia tendo de se lembrar que as pessoas freqüentemente não se davam o trabalho de casar, e, todavia, em muitos casos era a mesma coisa. Porém como formular a pergunta? Ele tinha uma companheira? Mas "companheiro" era um termo que podia incluir qualquer parceiro, dos mais temporários e recentes ao marido ou esposa de cinqüenta anos. Talvez o certo fosse dizer apenas: Havia mais alguém? O que era suficientemente vago para abranger todas as situações.

Cat balançou a cabeça. "Acho que não. Havia os dois que dividiam o apartamento com ele. Eram três no total. Esse Mark, uma moça e outro rapaz. A moça é da costa oeste, de Glasgow ou de outro lugar ali por perto, e é ela que costuma vir aqui. O outro eu não sei bem quem é. Acho que o nome dele é Neil, mas posso estar confundindo com outra pessoa."

O ajudante de Cat, um rapaz caladão chamado Eddie, que sempre evitava olhar nos olhos das pessoas, trouxe uma xícara de café com leite para cada uma. Isabel agradeceu e sorriu, mas ele desviou o olhar e voltou para trás do balcão.

"Qual é o problema do Eddie?", sussurrou Isabel. "Ele nunca olha para mim. Não sou tão assustadora assim, sou?"

Cat sorriu. "É um rapaz muito trabalhador", retrucou ela. "E é honesto."

"Mas ele nunca olha para ninguém."

"Talvez haja um motivo para isso", disse Cat. "Encontrei-o outro dia sentado lá nos fundos com os pés em cima da mesa, a cabeça entre as mãos. No início eu não percebi, mas ele estava chorando."

"Por quê?", indagou Isabel. "Ele falou?"

Cat hesitou um pouco. "Alguma coisa. Não muito."

Isabel esperou, porém Cat evidentemente não queria revelar o que Eddie havia lhe dito e tratou de trazer de novo à baila o incidente da noite anterior. Como o sujeito podia ter caído das galerias se havia aquele guarda-corpo, não havia?, cuja função era justamente impedir esse tipo de acidente? Teria sido suicídio? Mas quem seria louco de pular daquele lugar? Seria uma forma bem egoísta de morrer, já que a pessoa poderia facilmente ferir, ou mesmo matar, alguém que estivesse lá embaixo.

"Não foi suicídio", disse Isabel com firmeza. "Quanto a isso, não há a menor dúvida."

"Como assim?", questionou Cat. "Você disse que não o viu ultrapassar o guarda-corpo. Como pode ter tanta certeza?"

"Ele estava de ponta-cabeça", explicou Isabel, lembrando-se da visão do paletó e da camisa puxados para o peito pela gravidade, deixando o abdome à mostra. Tinha sido como um menino mergulhando de um rochedo à beira-mar, num mar que não estava ali.

"E daí? Vai ver que as pessoas viram de ponta-cabeça quando caem. Isso não quer dizer nada."

Isabel balançou negativamente a cabeça. "Não daria tempo. Lembre-se de que ele estava pouco acima de nós. E quando querem se matar, as pessoas não pulam de cabeça. Elas pulam de pé."

Cat refletiu um momento. Devia ser assim mesmo. Vez por outra os jornais publicavam fotos de pessoas caindo de prédios e pontes, e em geral elas estavam em pé durante a queda. Mas parecia muito improvável transpor por descuido aquele guarda-corpo, a não ser que ele fosse mais baixo do que ela se lembrava. Da próxima vez que fosse ao Usher Hall, daria uma olhada.

Beberam seus cafés. Cat rompeu o silêncio. "Você deve estar se sentindo péssima. Lembro que também fiquei assim quando vi um acidente na George Street. É tão traumático ver essas coisas acontecerem."

"Eu não vim até aqui para ficar me lamuriando", disse Isabel. "Não queria me sentar aqui e fazer você também se sentir mal. Desculpe."

"Não diga isso, não se desculpe", volveu Cat, pegando a mão de Isabel. "Fique o quanto quiser. Daqui a pouco podemos sair para almoçar. Depois eu tiro a tarde de folga e fazemos um programa juntas. Que tal?"

Isabel gostou da oferta, mas queria dormir à tarde. E não se julgava no direito de continuar ocupando a mesa por muito tempo, uma vez que aquele espaço era destinado aos fregueses.

"E se você fosse jantar em casa hoje à noite?", indagou ela. "Posso preparar alguma coisinha pra gente."

Cat abriu a boca para falar, mas hesitou. Isabel percebeu. A sobrinha pretendia sair com o namorado.

"Eu adoraria ir", disse Cat por fim. "Mas combinei de sair com o Toby. Marquei um encontro com ele no pub."

"Claro", apressou-se em dizer Isabel. "Fica para outro dia."

"A menos que o Toby também fosse...", acrescentou Cat. "Tenho certeza de que ele iria adorar. E eu podia levar uma entrada."

Isabel estava prestes a recusar, pois imaginava que no fundo o jovem casal talvez não quisesse jantar com ela, mas Cat insistiu e então ficou acertado que Toby e ela apareceriam em sua casa pouco depois das oito. Ao deixar a delicatéssen e dar início à caminhada de volta, Isabel pôs-se a pensar no namorado da sobrinha. Ele surgira na vida de Cat alguns meses antes e, como havia acontecido com o rapaz que o precedera, Andrew, Isabel nutria por ele certa desconfiança. Era difícil indicar com exatidão o motivo de suas restrições, mas ela estava certa de que não se tratava de simples má impressão.

3

Isabel passou a tarde dormindo. Quando acordou, pouco antes das cinco, sentia-se bem melhor. Grace tinha ido embora, mas deixara um bilhete em cima da mesa da cozinha. *Um sujeito ligou. Não quis dizer quem era. Avisei que a senhora estava descansando. Ele disse que ligaria outra hora. Não gostei da voz dele.* Estava habituada a esses bilhetes de Grace: os recados eram acompanhados de um comentário sobre o caráter da pessoa. *Aquele encanador que sempre me deixa desconfiada ligou e disse que vem amanhã. Mas não falou a hora.* Ou: *Depois que a senhora saiu, aquela mulher veio devolver o livro que ela tinha pegado emprestado. Até que enfim.*

Em geral, os comentários da empregada a deixavam perplexa, mas com o passar dos anos Isabel verificara que as intuições dela eram úteis. Grace raramente se equivocava a respeito do caráter de uma pessoa, e seus julgamentos não deixavam margem a dúvida. Amiúde se resumiam a uma única palavra: *vigarista*, dizia sobre alguém, ou *desonesto*, ou *beberrão*. Quando a opinião era favorável, ela se estendia um pouco mais — *tão generosa*, ou *muito atencioso* —, mas não era fácil conquistar elogios como esses. Certa vez Isabel tentara arrancar de Grace uma explicação de como ela fazia para desnudar as pessoas assim, porém a empregada se recusara a revelar seu segredo.

"Eu olho e vejo", dissera. "Essas coisas ficam estampadas na cara da pessoa. Não tem mistério."

"Mas há tantas coisas numa pessoa sobre as quais não fazemos idéia", retrucara Isabel. "Muitas vezes, suas qualidades só vêm à tona depois de as conhecermos melhor."

Grace dera de ombros. "Tem gente que eu não faço questão de conhecer melhor."

A discussão terminara assim. Isabel sabia que não seria capaz de mudar a forma de pensar da outra mulher. O mundo de Grace era muito claro: havia Edimburgo e os valores que Edimburgo endossava, e havia o resto. E não era preciso dizer que Edimburgo estava com a razão e que o máximo que se poderia esperar era que aqueles que viam as coisas de outro modo um dia se convertessem à visão correta do mundo.

Quando Grace fora contratada, pouco depois de o pai de Isabel adoecer, esta ficara atônita ao descobrir a existência de alguém ainda tão firmemente assentado num mundo que ela imaginava haver, em sua maior parte, desaparecido: o mundo da Edimburgo austera, sóbria, erigido sobre hierarquias rígidas e sobre as convicções inabaláveis do presbiterianismo escocês. Grace era a prova de que ela estava errada.

Esse era o mundo de onde provinha seu pai, mas do qual ele desejara libertar-se. O pai de Isabel tinha sido mais um representante da linhagem de juristas da família. Poderia ter permanecido no mundo estreito do próprio pai e do avô, um mundo delimitado por contratos fiduciários e documentos de título, mas ainda na faculdade ele fora apresentado ao direito internacional e a um mundo de possibilidades mais amplas. Matriculara-se num mestrado em tratados internacionais. Harvard, para onde se transferira com o objetivo de seguir esse curso, talvez pudesse ter lhe oferecido uma fuga, mas não fora assim. Pressões de ordem moral começaram a ser feitas no intuito de forçar seu retorno à Escócia. Quase permaneceu na América, mas no último instante resolveu partir, levando consigo a esposa, uma moça que ele havia conhecido em

Boston e com a qual se casara pouco antes. De volta a Edimburgo, viu-se novamente sugado pelo escritório de advocacia da família, onde jamais foi feliz. Numa conversa que tivera com a filha, deixara escapar que todos aqueles anos de atividade profissional eram, a seus olhos, uma pena que ele fora condenado a cumprir; conclusão essa que, em seu íntimo, Isabel recebera com perplexidade e horror. E tinha sido por esse motivo que, ao chegar sua vez de ir para a universidade, ela deixara de lado toda e qualquer preocupação com uma carreira e escolhera a área que realmente lhe interessava: filosofia.

Além de Isabel, a mais velha, havia outro filho, um menino. Isabel estudara em Edimburgo, mas aos doze anos seu irmão fora mandado para um internato na Inglaterra. Seus pais escolheram para ele uma escola conhecida por proporcionar aos alunos extraordinária formação intelectual — e muita infelicidade. O que se poderia esperar? Juntar quinhentos meninos, isolados do mundo, era estimular a formação de uma comunidade na qual podiam florescer, e floresciam, todas as formas de crueldade e vício. O irmão de Isabel tornara-se um sujeito infeliz e rígido em seus pontos de vista, o que não passava de autodefesa — o encouraçamento da personalidade a que se referia Wilhelm Reich, pensava Isabel, esse mecanismo que produzia homens circunspectos, ensimesmados, que falavam com um tom de voz extremamente reservado, engolindo sílabas. Ele abandonara a faculdade antes de se graduar e arrumara um emprego num banco de investimento na City londrina, onde passara a levar uma vida pacata e correta, fazendo as coisas que os banqueiros costumam fazer. Os dois nunca haviam sido próximos e, desde que chegara à vida adulta, ele só procurava Isabel ocasionalmente. Era quase um estranho para ela, um estranho afável, ainda que um tanto frio, cuja única verdadeira paixão, até onde ela podia perceber, eram os velhos e coloridos certificados de ações e títulos que ele colecionava com ardor incansável: ações de antigas empresas ferroviárias sul-americanas, títulos czaristas de longo prazo — todo um colorido mundo de capitalismo. Mas certa vez Isabel lhe perguntara o que havia por trás daqueles certificados de propriedade impressos com capricho ornamental. Catorze horas diárias de trabalho na lavoura? Homens se esfalfando em troca de salários miseráveis até que a silicose ou as toxinas os deixassem sem forças para trabalhar? (As injustiças do passado, pensara ela na ocasião, são um interessante problema para a filosofia moral. Uma injustiça cometida há muito tempo nos parece menos injusta apenas por ser menos vívida?)

Isabel foi até a despensa para apanhar os ingredientes do risoto que pretendia preparar para Cat e Toby. Era uma receita com *funghi porcini*, dos quais ela mantinha uma provisão num saquinho de musselina. Tirou um punhado de cogumelos secos do saco, deliciando-se com seu aroma incomum, azedo e salgado, tão difícil de classificar. Extrato de levedura? Deixaria os cogumelos de molho por meia hora e depois usaria o líquido escurecido que eles produziam para cozinhar o arroz. Sabia que Cat gostava de risoto e essa era uma de suas receitas favoritas. Quanto a Toby, comeria qualquer coisa, imaginava ela. Cat o trouxera para jantar uma vez, e fora durante essa refeição que as dúvidas de Isabel começaram a se formar. Tinha de tomar cuidado, ou acabaria proferindo julgamentos açodados como os de Grace. *Infiel*. Pronto, já o fizera.

Retornou à cozinha e ligou o rádio. O noticiário estava no fim, e o mundo, como de costume, parecia de pernas para o ar. Guerras e rumores de guerra. Um político, ministro governamental, recusava-se a responder, não obstante a pressão do entrevistador, à pergunta que lhe fora feita. Não há crise nenhuma, garantia ele. As coisas precisam ser postas em perspectiva.

Mas há uma crise, insistia o entrevistador, não dá para negar.

Isso é uma questão de ponto de vista. Não vejo por que alarmar as pessoas sem necessidade.

Foi nesse momento constrangedor para o político que a campainha tocou. Isabel deixou os cogumelos numa vasilha e atravessou o hall para abrir a porta. Grace sugerira que ela instalasse um olho mágico, a fim de poder identificar quem estava à porta antes de abri-la, mas ela nunca fizera isso. Quando era muito tarde, chegava a dar uma espiadela pela caixa de correio, mas na maioria das vezes abria em confiança. Se todos nós resolvêssemos viver atrás de barreiras, acabaríamos terrivelmente isolados.

O homem parado na soleira estava de costas para ela e olhava para o jardim da frente. Quando Isabel abriu a porta, ele se virou, de maneira quase culpada, e sorriu para ela.

"Isabel Dalhousie?"

Ela confirmou com a cabeça. "Sou eu." Correu os olhos pelo sujeito. Tinha trinta e poucos anos, cabelos escuros, grossos, e parecia razoavelmente bem vestido com um paletó escuro e calça preta. Usava óculos pequenos e redondos e gravata vermelha. Levava uma caneta e algum tipo de agenda eletrônica no bolso da camisa. Isabel imaginou o comentário de Grace: *espertalhão*.

"Sou jornalista", disse ele, exibindo um cartão com o nome do jornal para o qual trabalhava. "Geoffrey McManus."

Isabel assentiu educadamente com a cabeça. Era o tipo de jornal que ela nunca lia nem pretendia ler.

"Gostaria de trocar uma palavrinha com você", disse ele. "Soube que testemunhou aquele acidente horrível ontem à noite no Usher Hall. Se importaria de falar comigo sobre isso?"

Isabel hesitou por um momento, mas em seguida deu um passo para trás e convidou-o a entrar. McManus avançou rapidamente, como se temesse que ela mudasse de idéia de repente. "Sinto muito incomodá-la com esse assunto desagradável", comentou enquanto a acompanhava até a sala de estar, na parte da frente da casa. "Mas são os ossos do ofício."

Com um gesto, Isabel ofereceu-lhe uma poltrona e em seguida instalou-se no sofá junto à lareira. Notou que, ao curvar o corpo para sentar-se, ele percorreu as paredes com os olhos, como se calculando o valor dos quadros ali dependurados. Isabel se contorceu. Não gostava de fazer alarde de seu patrimônio e sentia-se desconfortável quando o percebia sob escrutínio. Contudo, talvez o sujeito não fizesse idéia do que estava vendo. O quadro junto à porta, por exemplo, era um Peploe, e dos primeiros. E o pequeno óleo ao lado da lareira era um Stanley Spencer — um esboço de uma parte de *When we dead awaken*.

"Belos quadros", disse McManus, mostrando-se à vontade. "Gosta de arte?"

Isabel olhou para ele. O tom de voz era abusado. "Gosto. Gosto de arte, sim."

Ele lançou outro olhar pela sala. "Entrevistei o Robin Philipson uma vez", disse. "Conheci o estúdio dele."

"Deve ter sido muito interessante."

"Não", retrucou ele com indiferença. "Acho que o cheiro de tinta não me faz bem. Fico com dor de cabeça."

McManus se entretinha com uma lapiseira, soltando a ponta do grafite, depois a empurrando novamente para dentro. "Pode me dizer o que faz? Quer dizer, se é que trabalha."

"Sou editora de um periódico", disse Isabel. "Uma publicação de filosofia. Chama-se *Revista de Ética Aplicada*."

McManus levantou uma sobrancelha. "Quer dizer que somos colegas?", indagou.

Isabel sorriu. Estava prestes a dizer "acho que não", mas não o fez. E em certo sentido, o jornalista tinha razão. Era um trabalho de meio período, que envolvia a avaliação e a edição de artigos acadêmicos, porém no frigir dos ovos tratava-se, como ele sugeria, de colocar as palavras no papel.

Voltando ao tema do acidente, ela perguntou: "E sobre o que aconteceu no Usher Hall, descobriram alguma coisa?".

McManus tirou uma caderneta do bolso do paletó e abriu-a. "Não muito", disse. "Sabemos quem era o rapaz e o que ele fazia. Conversei com as duas pessoas que moravam com ele e estou tentando entrar em contato com os pais. Acho que conseguirei vê-los esta noite. Vivem em Perth."

Isabel cravou os olhos no sujeito. Ele pretendia falar com os pais do rapaz ainda naquela noite, no meio da aflição deles. "Por quê?", indagou ela. "Por que precisa falar com essa pobre gente?"

McManus passava os dedos pela espiral da caderneta. "Estou escrevendo uma matéria sobre o acidente", disse. "Preciso cobrir todos os ângulos. Inclusive o dos pais."

"Mas eles devem estar sofrendo tanto", retrucou Isabel. "O que espera que digam? Que foi uma tragédia?"

McManus dirigiu-lhe um olhar agressivo. "Os leitores têm um interesse legítimo nessas coisas", tornou ele. "Vejo que não aprova isso, mas nossos leitores têm o direito de ser informados. Algum problema?"

Isabel gostaria de dizer que sim, porém resolveu não discutir com o sujeito. Dissesse o que dissesse sobre práticas jornalistas intrusivas, isso não faria a menor diferença em seu modo de encarar a profissão. Se ele tinha escrúpulos morais quanto a importunar familiares de pessoas recentemente falecidas, decerto não deixava que eles interferissem em seu trabalho.

"O que quer saber de mim, senhor McManus?", indagou ela, olhando de relance para o relógio. Decidira que o visitante não seria contemplado com nenhuma xícara café.

"Muito bem", começou ele. "Quero saber tudo. Por favor, conte-me tudo o que viu."

"Eu vi muito pouco", respondeu Isabel. "Vi o rapaz caindo e depois, mais tarde, vi quando o levaram na maca. Foi só isso."

McManus balançou positivamente a cabeça. "Sei, sei. Mas fale um pouco mais sobre isso. Que aspecto ele tinha ao cair? Deu para ver o rosto dele?"

Isabel olhou para as próprias mãos, que permaneciam dobradas no colo. Vira o rosto do rapaz e tivera a impressão de que ele também a vira. Seus olhos estavam esbugalhados e tinham uma expressão que devia ser de surpresa ou terror. Sim, vira os olhos dele.

"Por que quer saber se eu vi o rosto dele?", perguntou ela.

"Isso pode nos dizer alguma coisa. Sabe como é. Alguma coisa sobre o que ele estava sentindo. Sobre o que aconteceu."

Ela fitou o jornalista por alguns instantes, tentando reprimir a aversão que sua insensibilidade despertava nela. "Não vi o rosto. Sinto muito."

"E a cabeça? Ele estava de costas ou de frente para você?"

Isabel suspirou. "Senhor McManus, foi tudo muito rápido, não mais que um ou dois segundos. Não deu para ver muita coisa. Só um corpo caindo, mais nada."

"Mas você deve ter notado alguma coisa nele", insistiu McManus. "Deve ter visto algo. Corpos são feitos de rosto e braços e pernas e todo o resto. Ao ver o conjunto, a pessoa também vê alguns detalhes."

Isabel perguntou a si mesma se poderia pedir que ele fosse embora, e resolveu fazê-lo em seguida. Mas as perguntas de repente tomaram novo rumo.

"O que aconteceu depois?", quis saber o repórter. "O que você fez?"

"Desci até o foyer", respondeu ela. "Havia um grupo de pessoas lá. Todos estavam bastante abalados."

"E então viu o rapaz sendo levado embora?"

"Isso."

"E foi aí que viu o rosto dele?"

"Acho que sim. Vi quando o levaram na maca."

"E depois? Fez alguma coisa depois disso?"

"Voltei para casa", volveu rispidamente Isabel. "Prestei meu depoimento à polícia e voltei para casa."

McManus pôs-se a brincar com a lapiseira. "E isso foi tudo o que fez?"

"Foi."

McManus anotou alguma coisa na caderneta. "Que aspecto ele tinha quando passou na maca?"

Isabel sentia o coração martelando no peito. Não era obrigada a continuar tolerando aquilo. O sujeito só estava ali porque ela o convidara a entrar em sua casa e, se não queria mais conversar sobre aquele assunto com ele, tudo o que tinha a fazer era pedir que fosse embora. Respirou fundo. "Senhor McManus", principiou, "não creio que faça o menor sentido falar sobre essas questões. Não compreendo a importância que isso possa ter para a matéria que o senhor pretende escrever sobre o acidente. Um rapaz sofreu uma queda e morreu. Parece o bastante, não? Por acaso seus leitores precisam saber que aspecto ele tinha quando caiu? O que eles acham? Que ele estava rindo enquanto caía? Que parecia alegre na maca? E quanto aos pais do rapaz — o que esperam deles? Que estejam em estado de choque? Ora, tenha dó!"

McManus riu. "Não queira ensinar o pai-nosso ao vigário, Isabel."

"Senhora Dalhousie, por favor."

"Ah, sim, senhora Dalhousie. A solteirona do pedaço." Fez uma pausa. "O que chega a causar espanto. Considerando o fato de você ser uma mulher atraente — e sexy —, se me permite dizê-lo."

Isabel fitou-o com uma expressão ultrajada e ele olhou para a caderneta.

"Tenho muito o que fazer", disse ela, levantando-se do sofá. "O senhor vai ter de me dar licença."

McManus fechou a caderneta, mas permaneceu sentado.

"Você acaba de me dar uma lição sobre como a imprensa deveria se comportar", disse ele. "É claro que tem todo o direito de fazer isso. Só lamento que esteja com a autoridade moral um pouco em baixa para ficar censurando os outros."

Sem saber como interpretar essa observação, Isabel fitou-o com uma expressão impassível.

"Veja, você mentiu para mim", prosseguiu McManus. "Disse que voltou para casa, mas, conversando com a polícia, e também com outra pessoa, fiquei sabendo que subiu até as galerias. Foi vista olhando para baixo, exatamente no lugar de onde o rapaz caiu. E, no entanto, tomou o cuidado de não mencionar isso para mim. Disse mesmo que voltou para casa. De modo que fico me perguntando por que motivo teria mentido para mim."

Isabel respondeu rápido. "Eu não tinha nenhuma razão para mencionar isso. Não tem a menor relação com o acidente."

"Sério?", ironizou McManus. "Mas e se eu dissesse que tenho a impressão de que você sabe mais coisas sobre esse acidente do que dá a entender? Não acha que eu teria o direito de tirar essa conclusão agora?"

Isabel aproximou-se da porta e abriu-a com um gesto firme. "Não sou obrigada a tolerar isso na minha própria casa", disse. "Quer fazer o favor de ir embora?"

McManus levantou-se sem pressa. "Claro", concordou ele. "A casa é sua. E não tenho a menor intenção de ser inconveniente."

Isabel atravessou o hall e abriu a porta da frente. McManus foi atrás dela, curvando-se por um momento para examinar um quadro no caminho.

"Tem coisas bonitas aqui", comentou ele. "Muita grana?"

4

Cozinhar com raiva exigia especial atenção com a pimenta; em sua irritação, a pessoa podia exagerar e arruinar um risoto. Isabel sentia-se suja após o contato com McManus, como sempre acontecia quando se pegava conversando com alguém cuja visão sobre a vida era completamente amoral. Há uma quantidade surpreendente de pessoas assim, pensou ela, e estão se tornando cada vez mais comuns; pessoas completamente alheias à idéia de um senso moral. O que a deixara mais consternada em relação a McManus fora o fato de ele pretender falar com os pais do rapaz morto, cuja dor, aos olhos do jornalista, contava menos que o desejo do público de testemunhar o sofrimento dos outros. Isabel sentiu um calafrio. Parecia não haver ninguém a quem se pudesse recorrer, ninguém que estivesse disposto a dizer: Deixem essa pobre gente em paz.

Mexeu o risoto e provou uma pequena colherada para experimentar o tempero. O caldo dos *funghi porcini* havia transmitido seu sabor ao arroz e o gosto estava perfeito. Em breve ela poderia colocar a travessa no forno mais baixo e deixá-la ali até que Cat e Toby estivessem à mesa. Enquanto isso, havia uma salada a preparar e uma garrafa de vinho a abrir.

Ao ouvir a campainha e receber seus convidados, já se sentia mais calma. A noite esfriara, e Cat estava usando o casaco marrom comprido que Isabel havia lhe dado de presente de aniversário alguns anos antes. Ela o tirou e deixou-o sobre uma cadeira que havia no hall, revelando um vestido longo vermelho por baixo. Toby, um rapaz alto, um ou dois anos mais velho que Cat, trajava paletó de tweed marrom-escuro, com camisa de gola rulê por baixo. Isabel olhou de relance para sua calça, que era de veludo cotelê bordô, o tipo de coisa que ela esperava que ele vestisse. O namorado de Cat nunca a surpreendia nesse aspecto. Tenho que tentar, pensou ela. Tenho que tentar gostar dele.

Cat trouxera uma bandeja de salmão defumado, que ela e Isabel levaram para a cozinha enquanto Toby aguardava na sala de estar do andar de baixo.

"Está se sentindo melhor?", perguntou Cat. "Você parecia tão chateada de manhã."

Isabel tirou a bandeja das mãos da sobrinha e removeu o papel-alumínio que a protegia.

"Estou, sim", respondeu ela. "Estou bem melhor." Não mencionou a visita do jornalista; em parte porque não queria dar a impressão de continuar remoendo o assunto, em parte porque queria tirá-lo da cabeça.

Transferiram o salmão para um prato e voltaram para a sala. Toby estava junto à janela, as mãos unidas às suas costas. Isabel ofereceu um drinque ao casal. Quando entregou a Toby a bebida que havia preparado no bar, ele ergueu o copo em sua direção e proferiu o brinde gaélico.

"*Slainte.*"

Isabel ergueu seu drinque com certa má vontade. Tinha certeza de que *slainte* era a única coisa em gaélico que Toby falava, e ela não gostava de temperar uma língua com palavras de outras, *pas du tout*. Por isso resmungou baixinho: "*Brindisi*".

"*Brin* o quê?", indagou Toby.

"*Brindisi*", repetiu Isabel. "O brinde italiano."

Cat olhou para ela. Esperava que a tia não fizesse nenhuma travessura: sabia que ela era capaz de fazer gato-sapato de Toby.

"A Isabel fala italiano muito bem", comentou Cat.
"Muito útil", replicou Toby. "Não sou bom em línguas. Lembro de uma ou duas palavras do francês que aprendi na escola e um pouco de alemão. E só."
Estendeu a mão para servir-se de um pedaço de pão preto com salmão defumado. "Acho isso irresistível", disse ele. "Cat compra de um sujeito em Argyll. Archie alguma coisa, não é, Cat?"
"Archie MacKinnon", respondeu Cat. "Ele próprio defuma o salmão no jardim de casa. Tem um daqueles antigos barracões de defumação. Deixa o peixe de molho no rum e depois o coloca sobre aparas de carvalho. É o rum que dá esse sabor maravilhoso."
Toby serviu-se de mais um dos pedaços maiores.
Cat apressou-se em pegar o prato e oferecê-lo a Isabel. "Costumo visitar o Archie quando vou a Campbelltown", contou, deixando o prato ao lado de Isabel. "É um velhinho muito simpático. Está com oitenta e poucos anos, mas ainda sai para pescar no barco dele. Tem dois cachorros, o Max e o Morris."
"Como os meninos?", perguntou Isabel.
"É", disse Cat.
Toby olhava para o salmão. "Que meninos?"
"Max e Morris", explicou Isabel. "Dois meninos alemães. Os primeiros personagens de histórias em quadrinhos. Faziam todo tipo de traquinagem, até que um padeiro cortou os dois em pedacinhos e os transformou em biscoito."
Olhou para Toby. Max e Morris tinham caído na cuba de farinha do padeiro e em seguida haviam sido jogados no misturador. Uma vez transformados em biscoitos, foram comidos por patos. Uma idéia bem germânica, pensou ela, e por um momento imaginou que Toby podia ter o mesmo fim: cair numa máquina daquelas e ser transformado em biscoito.
"Você está sorrindo", comentou Cat.
"Não tinha me dado conta", apressou-se a dizer Isabel. Poderia haver intenção num sorriso?

Conversaram por cerca de meia hora antes do jantar. Toby fora esquiar com um grupo de amigos e relatou as aventuras por que eles haviam passado quando resolveram andar fora da pista. Tinham experimentado momentos de tensão ao provocar uma pequena avalanche, mas acabaram se safando.

"Foi por pouco", disse ele. "Sabem o que lembra o som de uma avalanche?"

"Uma onda quebrando na praia?", sugeriu Isabel.

Toby fez que não com a cabeça. "É como um trovão", disse ele. "Igualzinho a um trovão. E vai ficando cada vez mais alto."

Isabel imaginou a cena: Toby com uma roupa de esqui bordô, um vagalhão de neve atrás dele e o sol brilhando nos picos brancos das montanhas. E então, por um breve momento, viu a neve alcançá-lo e cobrir seus membros alvoroçados com um turbilhão branco, e em seguida tudo era calma e silêncio e não havia nada além da ponta de um bastão de esqui a indicar o lugar. Não, era um pensamento indigno, tão impróprio quanto imaginar o namorado de Cat transformado em biscoito, e tratou de tirá-lo da cabeça. Mas por que Cat não fora junto? Ela gostava de esquiar, porém Toby talvez não a tivesse convidado.

"Você não quis ir, Cat?", indagou. A pergunta era potencialmente constrangedora, mas havia algo na autoconfiança daquele rapaz que a fazia sentir-se inclinada à mordacidade.

Cat deu um suspiro. "A delicatéssen", explicou. "Não posso sair. Eu adoraria ter ido. Mas não dava."

"E o Eddie?", questionou Toby. "Ele já tem idade para tomar conta das coisas por uma semana ou dez dias, não? Você não confia nele?"

"É claro que confio", retrucou Cat. "Acontece que o Eddie é um pouco... vulnerável."

Toby olhou de soslaio para ela. Estava sentado ao lado de Cat no sofá perto da janela, e Isabel pensou ter visto o esboço de uma careta de desdém. Isso era interessante.

"Vulnerável?", disse Toby. "É esse o nome que você dá à coisa?"

Cat baixou os olhos e fitou o próprio copo. Isabel estudou o semblante de Toby. Havia um toque de crueldade em seu rosto, pensou ela; pouco abaixo da superfície, abaixo daquela fisionomia asseada, ligeiramente rósea. E o rosto era um pouco rechonchudo e dentro de dez anos seu nariz começaria a cair e... Isabel controlou-se. Não conseguia simpatizar com ele, mas a compaixão, cujas exigências não devem ser jamais ignoradas, deu-lhe uma leve cutucada.

"É um bom rapaz", balbuciou Cat. "Passou por maus bocados. E tenho total confiança nele. É ótima pessoa."

"É claro que é", concordou Toby. "Só tem um jeito meio afeminado, não é mesmo? Só um pouco... Sabe como é."

Isabel assistira ao diálogo com fascínio discreto, mas agora sentia que teria de intervir. Não queria que Cat ficasse constrangida daquela maneira, por mais atraente que fosse a perspectiva de abrir os olhos da sobrinha. O que ela via naquele rapaz? Havia alguma coisa além do fato de ele ser um representante perfeito de certo tipo de masculinidade obtusa? A linguagem da geração de Cat era bem menos refinada que a da sua, e mais sucintamente correta: nas palavras deles, Toby era um "sarado". Mas o que, perguntou-se ela, faz alguém querer um sarado quando os não sarados são tão mais interessantes?

Era o caso de John Liamor. Um sujeito capaz de falar horas a fio sem parecer desinteressante nem por um segundo. As pessoas sentavam-se, mais ou menos a seus pés, e punham-se a escutá-lo. Que importância tinha o fato de ele ser magro e possuir aquela tez pálida, quase translúcida, tão afim a certo tipo de compleição celta? Era um homem bonito, aos olhos de Isabel, e interessante, e agora outra mulher, alguém que ela jamais conheceria, alguém que vivia na Califórnia ou em outro lugar qualquer, tinha-o todinho para si.

Isabel o conhecera em Cambridge. Ela cursava o último ano de filosofia no Newnham College. Ele era pesquisador associado no Clare College, alguns anos mais velho que ela, um irlandês de cabelos pretos que se formara no University College de Dublin e ganhara uma bolsa de pós-doutorado para escrever um livro sobre Synge. Seu alojamento ficava nos fundos da faculdade e dava para o Fellows' Garden, do outro lado do rio, e certo dia ele levou Isabel para lá, onde se sentou e pôs-se a fumar e a olhar para ela. Seu olhar a deixava embaraçada, e ela se perguntava se, em sua ausência, ele falava dela com a mesma condescendência — e ironia — com que falava dos outros.

John Liamor achava que a maioria das pessoas em Cambridge era provinciana — ele nascera em Cork, cidade que, supunha-se, era tudo menos provinciana. Desprezava os produtos das dispendiosas escolas inglesas — "um bando de rebeldes sem causa" — e escarnecia dos clérigos que ainda povoavam a faculdade. "Prelado", título ainda ostentado por muitos professores em áreas tão diversas quanto a matemática e os estudos clássicos, ele mudava para "Protelado", que, sem saber bem por quê, Isabel e os outros achavam engraçado. O diretor da faculdade, um historiador econômico, homem muito afável, que sempre se mostrara generoso e solícito para com seu visitante irlandês, era chamado por ele de "obscurantista-mor".

John Liamor vivia cercado por um grupo de acólitos. Eram estudantes que se deixavam seduzir tanto por seu inegável brilhantismo quanto pelo odor de enxofre que exalava de suas idéias. Corriam os anos 70, e o palavrório da década anterior já abrandara. Restara alguma coisa em que acreditar ou — o que dava no mesmo — de que zombar? A ambição e a cobiça, essas deusas inebriantes da década seguinte, já estavam nos bastidores, mas ain-

44

da não haviam ocupado o centro do palco, o que fazia daquele irlandês casmurro, de talento iconoclástico, uma opção curiosa. Com John Liamor não era fundamental acreditar em nada, tudo o que se exigia era a capacidade de irrisão. E era esse seu verdadeiro apelo: ele era capaz de escarnecer dos próprios escarnecedores, pois era irlandês, ao passo que eles, não obstante todo o seu radicalismo, eram ingleses e, portanto, aos olhos dele, parte irremediavelmente integrante do aparelho de opressão.

Isabel não tinha o mesmo perfil dos seguidores de Liamor, e muitas pessoas comentavam o caráter singular da crescente proximidade entre os dois. Os detratores de John Liamor, em especial — e ele não era popular em sua faculdade, nem no departamento de filosofia —, achavam o relacionamento bastante estranho. Essas pessoas se ressentiam da condescendência intelectual de Liamor e de suas armadilhas; ele lia os filósofos franceses e apimentava suas observações com referências a Foucault. E para ao menos um ou dois, os que *realmente* não gostavam dele, havia algo mais: Liamor não era inglês. "Nosso amigo irlandês e *sua* amiga escocesa", observara um de seus críticos certa feita. "Que casal mais interessante. Ela, tão reflexiva, ponderada, educada; ele, um Brendan Behan arrivista.* Dá a impressão de que a qualquer momento vai sair por aí entoando hinos. Conhecem o tipo. *Dele não choro a sorte, se foi de forte a sua morte*, e assim por diante. Sempre remoendo a raiva pelo que não fizemos por eles no passado. Esse tipo de coisa."

Às vezes, ela própria ficava surpresa com o fato de sentir tamanha atração por ele. Era quase como se não tivessem outro lugar para ir; como se fossem duas pessoas fazendo uma viagem, as quais, tendo sido obrigadas a di-

---

(*) Brendan Behan: escritor irlandês (1923-64) conhecido por suas sátiras de forte conteúdo social e político. Passou dois anos (1940-42) de sua juventude num reformatório inglês, por ter participado de uma missão de sabotagem do IRA. (N. T.)

vidir o mesmo compartimento no trem, acabassem se resignando com a presença uma da outra. Mas havia quem tivesse explicação mais prosaica. "É o sexo", dizia uma de suas amigas. "O sexo aproxima as pessoas mais diferentes, não é? É muito simples. Não precisam nem se gostar."

"Os Pireneus", disse subitamente Isabel.
Toby e Cat olharam-na surpresos.
"Sim", prosseguiu ela em tom jovial. "Os Pireneus. Sabiam que nunca estive lá? Nunca."
"Eu já", disse Toby.
"Eu não", volveu Cat. "Mas gostaria de ir."
"Podíamos ir juntas", continuou Isabel, acrescentando, "e o Toby também, claro. Se você quiser, Toby. Podíamos escalar as montanhas. O Toby iria na frente e nós nos amarraríamos a ele com uma corda. Ficaríamos completamente seguras!"
Cat riu. "Ele ia escorregar e nós três despencaríamos lá de cima e morreríamos..." Interrompeu-se de súbito. Fizera o comentário de maneira impensada e agora dirigia um olhar de desculpas a Isabel. A noite havia sido planejada justamente com o propósito de tirar de sua cabeça o acidente no Usher Hall.
"Os Andes", disse Isabel em tom animado. "Bom, nos Andes eu já estive. É tão lindo, um lugar maravilhoso. Mas eu mal conseguia respirar, de tão alto que é."
"Estive uma vez nos Andes", interveio Toby. "Na faculdade. Nosso clube de montanhismo organizou uma excursão. Um cara escorregou e caiu. Quase duzentos metros, se não mais."
Ficaram em silêncio. Toby olhava para o fundo do copo, relembrando. Cat tinha os olhos voltados para o teto.

Depois que seus convidados se foram, mais cedo do que o esperado, Isabel parou no meio da cozinha e ficou olhando para os pratos empilhados em cima da lavadora de louça. A noite não tinha sido lá um sucesso. A conversa ficara um pouco mais animada depois que eles se sentaram à mesa, porém Toby se pusera a discorrer sobre vinhos — seu pai era um bem-sucedido importador, e ele trabalhava no negócio da família. Isabel o surpreendeu cheirando o vinho que ela havia lhe servido, provavelmente imaginando que ela não perceberia — mas ela percebeu. Não havia nada de errado com o vinho, claro: era um Cabernet Sauvignon australiano, e não dos mais baratos, mas no mundo do vinho tudo o que não vinha de solo europeu era visto com desconfiança. Por mais que o negassem, as pessoas desse meio, lideradas pelos franceses, eram irremediavelmente esnobes, e Isabel imaginou que Toby devia estar pensando que ela era ignorante a ponto de ser capaz de colocar na mesa um vinho de supermercado. Ocorre que, na realidade, de vinho Isabel entendia mais do que muita gente, e não havia nada de errado com o vinho que ela servira ao casal.

"Australiano", ele se limitara a dizer. "Do sul da Austrália."

"Muito bom", comentou Cat.

Toby a ignorou. "Bastante frutado."

Isabel dirigiu-lhe um olhar cortês. "Obviamente, você deve estar acostumado com coisa melhor."

"Pelo amor de Deus", retrucou Toby. "Assim você me faz parecer esnobe. Este vinho é muito... muito razoável. Não há nada de errado com ele." Toby descansou o copo na mesa. "Recebemos um clarete *premier cru* fantástico outro dia. Vocês não iam acreditar. O velho desencavou não sei onde. Estava coberto de poeira. Desbotava rápido demais, mas, se você o tomasse antes de desbotar, meu Deus!"

Isabel ouvira educadamente. O desempenho do rapaz a deixara um tanto ou quanto esperançosa, pois imaginava ser inevitável que Cat acabasse se aborrecendo com esse tipo de conversa e, por conseguinte, com o próprio Toby. Ela não tardaria a entediar-se e, quando isso acontecesse, se esqueceria rapidamente do que quer que apreciasse nele. Cat estaria de fato apaixonada? Isabel achava isso improvável, visto ter detectado certa sensibilidade aos defeitos do rapaz — os olhos ligeiramente virados para cima, por exemplo — sempre que ele fazia um comentário que a deixava constrangida. As pessoas que amamos não nos constrangem; podemos até experimentar um desconforto passageiro, mas nunca é constrangimento no sentido exato do termo. Perdoamos seus defeitos, em certos casos jamais reparamos neles. E ela havia perdoado John Liamor, é claro, mesmo na noite em que o encontrara com uma aluna em seu alojamento na faculdade, uma garota que se limitara a rir baixinho enquanto se cobria com a camisa que ele largara no chão, tendo John simplesmente se virado para a janela e dito: "Péssima hora, Liamor".

Talvez seja mais simples, refletiu ela, não se permitir amar ninguém; permanecer sozinha, imune às mágoas infligidas pelos outros. Há muitas pessoas assim que parecem satisfeitas com a vida — ou não? Perguntou a si mesma quantas delas seriam solitárias por opção e quantas viveriam sozinhas porque ninguém jamais aparecera em suas vidas para livrá-las da solidão. Havia uma diferença entre a resignação perante a solidão — ou sua aceitação — e a opção por ficar só.

O enigma fundamental, obviamente, era o porquê da necessidade que o ser humano tem de amar. A resposta reducionista era que se tratava tão-somente de uma questão biológica e que o amor proporcionava a força motivacional que fazia as pessoas permanecerem juntas para criar seus filhos. Como todos os argumentos da psicologia evolucionista, parecia simples e óbvio, mas, se os seres humanos se resumiam a isso, então por que se apaixonavam por idéias, coisas, lugares? Auden mirara nesse potencial ao dizer que havia se apaixonado por uma bomba de água quando menino e que a achava "em todos os aspectos linda como você". Deslocamento, diriam os adeptos da sociobiologia. E havia a velha piada freudiana segundo a qual o tênis era um substituto para o sexo. Para a qual só havia uma resposta: a de que o sexo também podia ser um substituto para o tênis.

"Muito gozado", dissera Cat quando, em certa ocasião, Isabel chamara sua atenção para isso. "Mas deve ser assim mesmo. Tenho a impressão de que todas as nossas emoções servem para nos preservar, por assim dizer, enquanto animais. A gente sente medo e foge, luta por comida, tem ódio, inveja, tudo muito físico e ligado à sobrevivência."

"Mas não seria igualmente correto dizer que as emoções têm um papel no desenvolvimento das nossas faculdades mais elevadas?", retorquira Isabel. "Graças a nossas emoções, somos capazes de nos identificar com os outros. Se amo uma pessoa, sei o que é ser essa pessoa. Por sua vez, a compaixão — que é uma emoção bastante importante, não é? — me ajuda a compreender o sofrimento dos outros. De modo que nossas emoções nos ajudam a crescer moralmente. É graças a elas que desenvolvemos uma imaginação moral."

"Pode ser", respondera Cat, que a essa altura olhava para um pote de cebolas em conserva — a conversa tivera lugar no interior da delicatéssen — e obviamente não havia prestado muita atenção no que ela dissera. As cebolas em conserva não tinham nada a ver com a imaginação moral, mas, à sua maneira serena e avinagrada, eram também importantes, ponderara Isabel.

Depois de Cat e Toby terem partido, Isabel saiu um pouco para sentir o frescor da noite. Nos fundos da casa, protegido dos olhares curiosos de quem passasse pela rua, o amplo jardim murado permanecia às escuras. O céu estava claro e havia estrelas, normalmente não visíveis na cidade, apagadas como o são por toda a luz que a habitação humana lança para o alto. Isabel avançou pelo gramado, rumo à pequena estufa de madeira, sob a qual recentemente descobrira a toca de uma raposa. Dera a seu novo inquilino o nome de Senhor Raposo e de vez em quando o via: uma criatura esguia correndo com segurança sobre o muro ou atravessando velozmente a rua à noite, às voltas com seus impenetráveis afazeres. Acolhera-o com prazer e chegara a presenteá-lo uma noite, deixando no jardim um frango assado. Pela manhã não havia sinal de frango, embora ela tivesse encontrado mais tarde, num canteiro de flores, um osso bem roído e já sem tutano.

O que desejava para Cat? A resposta era simples: felicidade, o que podia parecer banal, mas não obstante era verdade. No caso de Cat, isso significava encontrar o homem certo, visto os homens parecerem ser tão importantes para ela. Não tinha má vontade para com os namorados da sobrinha — ao menos em princípio. Se a tivesse, a causa de sua prevenção seria evidente: ciúme. Mas não era isso. Isabel reconhecia o que era importante para Cat e só queria que ela encontrasse o que estava procurando, aquilo que realmente desejava. Em sua opinião, essa busca tinha destino certo: Jamie. E quanto a mim?, pensou. O que eu desejo?

Que John Liamor entre pela porta desta casa e diga: Me perdoe. Todos esses anos desperdiçados. Me perdoe.

5

Os jornais que Isabel chamava de "sujos" (bom, é o que eles são, defendia-se ela, basta ver seu conteúdo) não publicaram mais nada sobre o acidente, e os que ela considerava "moralmente sérios", o *Scotsman* e o *Herald*, também não tocaram mais no assunto. McManus decerto não descobrira nada de novo ou, se fora capaz de reunir mais algumas informações, seu editor provavelmente as considerara muito insignificantes para ser publicadas. Havia limites para o que se podia fazer com uma simples tragédia, mesmo quando ela ocorria em circunstâncias inusitadas. Isabel imaginava que a morte do rapaz no Usher Hall viria a ser objeto de um inquérito, como sempre acontecia com acidentes fatais, e que a imprensa noticiaria o resultado das investigações. Estas seriam conduzidas pelo juiz local, que realizaria algumas audiências públicas até dar a sindicância — que na maioria das vezes era um procedimento rápido e conclusivo — por encerrada. Acidentes de trabalho causados por alguém que se esquecera de que determinado cabo de força estava ligado à corrente elétrica, exaustores de monóxido de carbono conectados de modo incorreto, espingardas supostamente descarregadas. A tragédia não tardava a ser esclarecida, e o juiz pronunciava sua decisão, arrolando pacientemente os erros cometidos e tudo o que precisava ser corrigido, por vezes proferindo advertências, mas raramente tecendo comentários. Então o tribunal passava para a fatalidade seguinte e os familiares daquele cuja morte acabara de ser investigada saíam para a rua em pequenos agrupamentos pesarosos. A conclusão mais provável no caso do Usher Hall era que tinha sido mesmo um acidente. Devido às circunstâncias em que havia se dado, talvez fossem feitos alguns comentários sobre a segurança do teatro, e o juiz possivelmente sugeriria a elevação do guarda-corpo das galerias. Mas isso ainda podia levar meses para acontecer, e até lá, esperava Isabel, ela teria esquecido o assunto.

Podia ter voltado a conversar com Grace, mas a cabeça da empregada parecia ocupada com outras coisas. Uma amiga andava com problemas e Grace estava lhe dando apoio moral. Era um caso de mau comportamento masculino, explicou ela: o marido de sua amiga estava passando por uma crise de meia-idade, e a mulher, a amiga de Grace, já não sabia o que fazer.

"O sujeito trocou o guarda-roupa inteiro", disse Grace, revirando os olhos.

"Talvez ele queira variar um pouco o jeito de se vestir", sugeriu Isabel. "Eu mesma já fiz isso uma ou duas vezes."

Grace balançou a cabeça. "São roupas de adolescente", explicou. "Jeans justos. Blusas estampadas com letras enormes. Esse tipo de coisa. E agora ele também deu para escutar rock e freqüentar casas noturnas."

"Oh", disse Isabel. Casas noturnas não eram um bom sinal. "Que idade ele tem?"

"Quarenta e cinco. Uma idade muito perigosa para os homens, dizem."

Isabel refletiu por um momento. O que se havia de fazer num caso desses?

Grace forneceu sua resposta. "Eu ri na cara dele", comentou. "Disse que ele estava fazendo um papel ridículo. Falei que era um absurdo ele andar por aí vestido como um jovenzinho."

Isabel podia imaginar a cena. "E ele?"

"Falou para eu cuidar da minha vida", respondeu Grace num tom indignado. "Disse que, se eu não tinha mais

idade para certas coisas, isso era problema meu. Então eu perguntei: 'Que coisas?'. Mas ele não respondeu."
"Difícil", comentou Isabel.
"Coitada da Maggie", prosseguiu Grace. "Ele vai a essas casas noturnas e nunca a leva junto — não que ela queira ir, é claro. Mas ela morre de aflição só de pensar no que ele anda aprontando. E não há muito que eu possa fazer, fora o livro que dei a ele."
"Que livro?"
"Um livro usado. Comprei num sebo na West Port. *Cem coisas para um adolescente fazer*. Ele não achou a menor graça."
Isabel caiu na gargalhada. Grace não tinha papas na língua — conseqüência, imaginava ela, do fato de ter sido criada num pequeno apartamento nas redondezas miseráveis da Cowgate Street, um lar em que ninguém tinha tempo senão para trabalhar e onde as pessoas falavam tudo o que pensavam. Isabel sabia da enorme distância que havia entre a experiência de Grace e a sua. Tivera à sua disposição todos os privilégios, todas as oportunidades educacionais, ao passo que Grace fora obrigada a se virar com uma escola indiferente e superlotada. Às vezes parecia a Isabel que sua educação lhe proporcionara dúvidas e incertezas, enquanto Grace tivera reforçados os valores da Edimburgo tradicional. Estes não davam margem a dúvidas, o que fazia Isabel perguntar-se quem era mais feliz, os que tinham consciência e duvidavam ou os que estavam convictos daquilo em que acreditavam e nunca haviam posto em dúvida ou questionado suas crenças. A resposta, concluíra, era que isso não tinha nada a ver com a felicidade, a qual era inconstante como o tempo e determinada pela personalidade de cada um.
"Minha amiga Maggie", declarou Grace, "acha que é impossível a gente ser feliz sem um homem. E é isso que a deixa tão aflita com o Bill e suas roupas de garotão. Se ele arrumar uma mulher mais jovem e a abandonar, ela não vai ter mais nada em que se agarrar, nada."

"É preciso dizer a ela", sugeriu Isabel. "É preciso dizer a ela que você não precisa de um homem para ser feliz."

Fez o comentário sem pensar em como Grace o interpretaria, e de repente lhe ocorreu que a empregada podia achar que com isso ela estava sugerindo que Grace era uma solteirona inveterada, sem a menor chance de encontrar um homem.

"O que eu quis dizer", começou Isabel, "é que *ninguém* precisa..."

"Não se preocupe", interrompeu Grace. "Eu entendi o que a senhora quis dizer."

Isabel olhou de relance para ela, depois continuou: "De qualquer forma, não sou a pessoa mais indicada para falar sobre homens. Não tive muito sucesso com eles".

Mas por quê?, indagou a si mesma. Por que não havia tido sucesso com eles? Tinha sido o homem errado, a hora errada ou o quê?

Grace olhou para ela com uma expressão de interrogação. "E aquele seu namorado? John não sei das quantas. O irlandês. A senhora nunca contou direito o que aconteceu."

"Ele me traía", respondeu Isabel. "Vivia me traindo quando morávamos em Cambridge. Depois, quando ganhei uma bolsa e nos mudamos para Cornell, ele um belo dia me disse que estava indo para a Califórnia com outra mulher — mulher é modo de dizer, era uma menina. E foi assim, no dia seguinte ele tinha ido embora."

"Assim, sem mais nem menos?"

"Pois é. A América subiu à cabeça dele. Ele dizia que lá se sentia mais livre. Ouvi dizer que muitas pessoas normalmente ajuizadas desbundam ao ir para lá, endoidecem com o simples fato de se verem livres de tudo o que as reprimia em sua terra. Com ele foi assim. Bebia mais, tinha mais namoradas e ficou mais impulsivo."

Grace digeriu isso. Então perguntou: "E ele continua por lá, não é?".

Isabel deu de ombros. "Acho que sim. Imagino que a esta altura já esteja com outra. Não sei."

"E não gostaria de saber?"

A resposta era: claro que gostaria. Pois, apesar de ser totalmente irracional e ir contra todas as suas convicções, não titubearia em perdoá-lo se ele voltasse e pedisse perdão, coisa que ele jamais faria, é óbvio. E isso a protegia de tal fraqueza; o fato de que nunca mais seria seduzida por John Liamor, nunca mais se veria naquela situação tão temerária.

Isabel estava em vias de esquecer o incidente no Usher Hall quando, duas semanas depois, foi convidada para um vernissage. Como costumava comprar quadros, os convites das galerias de arte chegavam com grande regularidade a sua casa. De modo geral, evitava esses eventos apinhados e barulhentos, crivados de pretensão, mas, quando sabia que as obras expostas despertariam grande interesse, às vezes se dispunha a comparecer — e então chegava cedo, a fim de ver as obras antes que bolinhas vermelhas rivais aparecessem sob as etiquetas. Aprendera a fazer isso após chegar atrasada para o vernissage de uma retrospectiva de James Cowie e descobrir que os poucos quadros à venda haviam sido comprados nos primeiros quinze minutos. Gostava de Cowie, que havia pintado retratos perturbadores de pessoas que pareciam encapsuladas numa quietude antiquada, quartos silenciosos em que colegiais de expressão triste entretinham-se desenhando ou bordando, estradas e caminhos do interior da Escócia que não pareciam levar a lugar nenhum, exceto a um silêncio ainda mais profundo, dobras de pano no ateliê do artista. Isabel possuía dois óleos do pintor escocês e teria apreciado adquirir outro, mas chegara tarde demais e aprendera a lição.

A exposição inaugurada naquele fim de tarde reunia obras de Elizabeth Blackadder. Isabel cogitou comprar uma grande aquarela, mas resolveu examinar os outros quadros antes de tomar uma decisão. Não vendo nada que a atraísse tanto, retornou à aquarela, mas uma bolinha vermelha havia aparecido sob o quadro. Um rapaz que beirava os trinta anos, de terno de risca de giz, estava parado diante dele com um copo na mão. Ela lançou um olhar rápido para a aquarela, que parecia ainda mais desejável agora que havia sido vendida, depois fitou o sujeito, esforçando-se para não demonstrar seu aborrecimento.

"Maravilhoso, não?", comentou ele. "Sempre penso nela como uma pintora chinesa. Essa delicadeza. Essas flores."

"E os gatos também", acrescentou Isabel num tom ranzinza. "Ela pinta gatos."

"É verdade", disse o rapaz. "Gatos em jardins. Muito confortável. Não dá para dizer que seja realismo social."

"Os gatos existem", retrucou Isabel. "Para eles, deve ser realismo social." Tornou a olhar para a aquarela. "Foi você quem comprou?", indagou.

O rapaz fez que sim com a cabeça. "É para a minha noiva. Vai ser meu presente de noivado."

Isso foi dito com orgulho — mais pelo noivado do que pela aquisição em si — e arrefeceu imediatamente o mau humor de Isabel.

"Ela vai adorar", comentou. "Eu também tinha pensado em comprá-lo, mas fico feliz que tenha sido você o comprador."

A expressão do rapaz tornou-se apreensiva. "Puxa, sinto muito", desculpou-se. "Disseram que estava disponível. Não vi nenhuma indicação..."

Isabel desconsiderou a observação. "É claro que não. A regra aqui é: quem chegar primeiro leva. Você foi mais rápido. Numa exposição é preciso ter dentes e garras afiadas."

"Ainda há vários quadros à venda", disse o rapaz, apontando para a parede atrás deles. "Tenho certeza de que vai encontrar outro tão bom quanto este. Se não melhor."

Isabel sorriu. "É claro que vou. De todo modo, as paredes da minha casa estão tão cheias que eu teria de tirar alguma coisa para abrir espaço. Não preciso de mais quadros."

Ele riu do comentário. Então, notando que o copo dela estava vazio, ofereceu-se para tornar a enchê-lo e Isabel aceitou. Na volta, apresentou-se. Seu nome era Paul Hogg e ele morava a um quarteirão dali, na Great King Street. Estava certo de já tê-la visto em outras exposições antes, mas, ora bolas, o fato era que Edimburgo não passava de uma vilazinha, onde todo mundo tinha a impressão de já ter visto todo mundo antes. Ela também não pensava assim?

Isabel concordou. É claro que isso tinha lá suas desvantagens, não? E se a pessoa quisesse levar uma vida secreta? Não seria difícil em Edimburgo? Não seria preciso ir para Glasgow e viver os segredos lá?

Paul não concordava. Deu a entender que conhecia várias pessoas que tinham suas vidas secretas sem que aparentemente ninguém desconfiasse de nada.

"Mas como você ficou sabendo?", indagou Isabel. "Foram elas que contaram?"

Paul refletiu um momento. "Não", respondeu ele. "Se tivessem me contado, não seria segredo."

"Então descobriu por conta própria?", questionou Isabel. "Isso comprova o que eu disse."

Ele teve de admitir que ela tinha razão, e ambos riram. "Francamente", disse ele, "não sei por que cargas-d'água alguém resolve levar uma vida secreta. Há algum tipo de comportamento que as pessoas realmente reprovem hoje em dia? Ninguém se escandaliza com mais nada. Deram até para publicar livros de gente que está na prisão, homicidas condenados."

"É verdade", concordou Isabel. "Mas esses livros prestam para alguma coisa? Têm algo a nos dizer? Só os muito imaturos e os muito idiotas se deixam impressionar por gente perversa." Permaneceu alguns instantes em silêncio. Então: "Imagino que as pessoas se envergonhem de fazer certas coisas e são essas coisas que elas preferem fazer em segredo".

"Garotos", disse Paul. "Conheço um sujeito que gosta de garotos. Nada de ilegal. Dezessete, dezoito anos. Mesmo assim, garotos."

Isabel olhou para o quadro, para as flores e os gatos. Garotos... Que distância do mundo de Elizabeth Blackadder!

"Garotos", disse ela. "Imagino que algumas pessoas os achem... Como dizer? Interessantes. E talvez prefiram manter isso em segredo. Não era o caso de Catulo, que escrevia poemas sobre eles. E não parecia sentir o menor constrangimento. Na literatura clássica, esse é um tema bastante comum, não é?"

"Esse sujeito que eu conheço costuma ir até o Calton Hill, se não me engano", disse Paul. "Sobe o morro com o carro vazio e desce com um menino no banco do passageiro. Em segredo, é claro."

Isabel soergueu uma sobrancelha. "Ah, sei. Bom, as pessoas fazem esse tipo de coisa." Muito do que acontecia de um lado de Edimburgo era ignorado pelo outro. Sem dúvida, como diziam, Edimburgo fora construída sobre um alicerce de hipocrisia. Tinha sido a cidade de Hume, o seio do iluminismo escocês, mas o que havia acontecido depois? No século XIX, o calvinismo mesquinho florescera e as luzes haviam se mudado para outros lugares, retornando a Paris, a Berlim ou transferindo-se para a América — para Harvard e suas congêneres, onde agora tudo era possível. E Edimburgo tornara-se sinônimo da respeitabilidade e do fazer as coisas da maneira como sempre haviam sido feitas. Ocorre que a respeitabilidade exigia um esforço enorme, e ali estavam os bares e as casas noturnas, onde as pessoas podiam agir como realmente desejavam agir, embora não ousassem fazê-lo em público. A história de Jekyll e Hyde fora concebida em Edimburgo, claro, e fazia todo o sentido ali.

"Falando sério", prosseguiu Paul, "o fato é que não tenho uma vida secreta. Ao contrário, minha vida é extremamente convencional. Sou administrador de fundos de investimento. Não é uma atividade das mais excitantes. E a minha noiva trabalha na Charlotte Square. De modo que não somos muito... como dizer?"
"Boêmios?", sugeriu Isabel, rindo.
"Isso mesmo", disse ele. "Somos mais..."
"Elizabeth Blackadder? Flores e gatos?"
Os dois continuaram conversando. Após uns quinze minutos, Paul descansou o copo no peitoril de uma janela.
"Por que não vamos ao Vincent Bar?", sugeriu ele. "Vou me encontrar com a Minty às nove e estou com preguiça de voltar para casa. Podíamos tomar um drinque e continuar a conversa. Quer dizer, se você quiser. Talvez tenha outras coisas para fazer."
Isabel aceitou o convite com prazer. A essa altura a galeria já estava cheia de gente e começava a fazer calor. O volume das vozes também havia se elevado e as pessoas tinham de gritar para ser ouvidas. Se ela continuasse ali, acabaria rouca. Apanhou o casaco, despediu-se dos donos da galeria e foi com Paul até o pequeno e bem preservado bar no fim da rua.
O Vincent estava praticamente vazio e eles escolheram uma mesa perto da porta, a fim de aproveitar o ar fresco.
"Quase nunca vou a pubs", disse Paul. "Mas gosto de lugares assim."
"Não me lembro mais quando foi a última vez que estive num pub", comentou Isabel. "Talvez em vidas passadas." Mas é claro que se lembrava daquelas noites em companhia de John Liamor, e isso era doloroso.
"Tenho a impressão de que em vidas passadas eu já era administrador de fundos", disse Paul. "E suspeito que também continuarei a sê-lo nas próximas."
Isabel riu. "Ah, certamente deve haver coisas interessantes no seu trabalho. Acompanhar o mercado. Esperar as coisas acontecerem. Não é isso que você faz?"

"Claro, claro que há", respondeu ele. "A pessoa precisa ler muito. Eu me sento à minha escrivaninha e leio todo o noticiário financeiro, todos os balanços das empresas. Na realidade, sou uma espécie de espião. Coleto informações confidenciais."

"E o ambiente de trabalho é bom?", indagou Isabel. "Seus colegas são pessoas agradáveis?"

Paul não respondeu de imediato. Erguendo o copo, tomou um longo gole de cerveja. Ao responder, manteve os olhos baixos, voltados para a mesa. "De modo geral, sim."

"O que significa que a resposta é não", arriscou Isabel.

"Não, eu não diria isso. É só que... Bom, eu perdi uma pessoa que trabalhava para mim. Algumas semanas atrás. No meu departamento, há — quer dizer, havia — duas pessoas sob minha responsabilidade, e ele era uma delas."

"Foi trabalhar em outro lugar?", ela perguntou. "Alguém o roubou de você? Ouvi dizer que hoje em dia a caça aos executivos é implacável. As pessoas vivem recebendo propostas para mudar de emprego. Não é assim que funciona?"

Paul balançou a cabeça. "Ele morreu", disse. "Sofreu um acidente, uma queda horrível."

Talvez ele estivesse se referindo a um acidente de alpinismo. Quase todas as semanas aconteciam coisas assim nas Highlands. Mas não estava, e Isabel sabia disso.

"Acho que sei quem era", disse ela. "Foi no..."

"Usher Hall", completou Paul. "Foi lá, sim. Era ele. Mark Fraser." Fez uma pausa. "Você o conhecia?"

"Não", respondeu Isabel. "Mas vi o acidente. Eu estava no balcão do teatro conversando com uma amiga e de repente ele despencou lá de cima e passou por nós como um... como um..."

Ela parou de falar e estendeu a mão para tocar o braço de Paul, que segurava o copo com força, os olhos fixos na mesa, consternado com o que estava ouvindo.

6

Sempre acontecia quando a pessoa passava certo tempo num recinto fechado onde havia fumantes. Isabel se lembrava de ter lido em algum lugar que o motivo era que a superfície das roupas dos não-fumantes encontrava-se coberta por íons negativos, enquanto a fumaça de cigarro era repleta de íons positivos. De modo que, quando havia fumaça no ar, ela era imediatamente atraída pela superfície com carga oposta à sua, deixando malcheirosas as roupas das pessoas. E foi por isso que, ao pegar a jaqueta que havia usado na noite anterior, e que depois abandonara sobre a cadeira do quarto, Isabel foi assaltada pelo fedor rançoso e acre de fumaça de cigarro. Havia fumantes no Vincent Bar — como sempre acontece nos bares —, e embora ela e Paul Hogg tivessem se instalado junto à porta da frente, fora o que bastara para o tabaco deixar sua marca.

Isabel deu uma boa chacoalhada na jaqueta diante da janela aberta, coisa que sempre ajudava, antes de guardá-la no armário. Depois voltou à janela e olhou para o jardim, contemplando as árvores que se erguiam junto ao muro, o alto sicômoro e as bétulas gêmeas, que o vento balançava tão alegremente. Paul Hogg. Era um nome da região de Borders, e sempre que ela deparava com ele pensava em James Hogg, escritor conhecido pela alcunha de Pastor de Ettrick, o mais célebre dos Hogg, apesar de haver outros Hogg, inclusive ingleses. Quintin Hogg, antigo presidente da Câmara dos Lordes (em cuja aparência talvez houvesse algo de suíno, embora, como Isabel tratou de lembrar a si mesma, não conviesse maldizer os Hogg), e seu filho, Douglas Hogg. Todos esses Hogg.

Não tinham ficado muito tempo no bar. A lembrança da queda de Mark Fraser deixara Paul visivelmente aborrecido e, apesar de ele logo ter mudado de assunto, daquele momento em diante uma sombra pairara sobre a conversa. Contudo, antes de terminarem de beber seus drinques e tomarem seus respectivos rumos, ele dissera algo que a deixara perplexa. *"Mark nunca cairia sozinho. Sabia lidar muito bem com alturas. Era um alpinista nato. Uma vez escalei com ele o Buchaille Etive Mhor. Ele chegou ao pico sem a menor dificuldade. Tinha total intimidade com alturas."*

Ela o interrompera e perguntara o que ele estava querendo dizer com aquilo. Se não havia caído, Mark teria pulado deliberadamente? Paul balançara a cabeça. "Duvido muito. Sei que às vezes a gente se surpreende com as pessoas, mas não consigo identificar nada que o tenha levado a isso. Passamos várias horas juntos naquele dia, horas e mais horas, e ele não estava nem um pouco abatido. Pelo contrário. Na realidade, uma das empresas para a qual ele tinha chamado a nossa atenção, e na qual em seguida havíamos investido pesadamente, publicara uma série espetacular de resultados provisórios. Nosso presidente enviara-lhe um memorando, congratulando-o por sua perspicácia, e isso deixou Mark contente. Ele estava feliz, sorrindo à toa. Por que se mataria?"

Paul balançara a cabeça e então mudara de assunto, deixando Isabel entregue a suas próprias cogitações. E agora estava novamente às voltas com elas, ao descer para o café-da-manhã. Grace havia chegado cedo e colocara seu ovo para cozinhar. As duas puseram-se a falar sobre uma matéria que saíra nos jornais: um ministro do governo fora evasivo ao ser sabatinado durante uma sessão do Parlamento, recusando-se a fornecer as informações solicitadas pela oposição. Grace o achara com cara de mentiroso desde a primeira vez que vira sua foto no jornal e agora tinha a comprovação disso. Olhou para a patroa, desafiando-a a refutar a proposição. Isabel limitou-se a anuir com a cabeça.

"É escandaloso", disse ela. "Não consigo me lembrar quando foi que as mentiras passaram a ser aceitáveis na vida pública. Você lembra?"

Grace se lembrava. "Começou com Nixon. Ele mentiu até não poder mais. Aí a coisa cruzou o Atlântico e o nosso pessoal começou a mentir também. Foi assim que começou. Agora o descaramento é geral."

Isabel foi obrigada a concordar. Parecia que as pessoas haviam perdido sua bússola moral, e aquele era apenas mais um exemplo disso. Grace, obviamente, jamais mentiria. Era de uma honestidade ímpar, tanto nas questões menores como nas maiores, e Isabel tinha total confiança nela. Porém Grace não era uma política, e jamais o seria. As primeiras mentiras, supunha Isabel, deveriam ser ditas ainda nos comitês responsáveis pela seleção de candidatos.

Obviamente, nem todas as mentiras eram ruins, o que apontava para outro aspecto, pensou ela, em que Kant estava equivocado. Uma de suas afirmações mais ridículas era aquela em que ele sustentava que a pessoa tinha o dever de falar a verdade ao assassino que estivesse à procura de sua vítima. Se o criminoso batesse à porta de alguém e perguntasse: *Ele está aí dentro?*, o sujeito era obrigado a dizer a verdade, mesmo que isso levasse à morte de uma pessoa inocente. Um absurdo; e Isabel recordava até as palavras dessa passagem repugnante: *A veracidade em declarações de que não há como se esquivar é o dever formal de um indivíduo para com todos, não importando quão grandes possam ser as desvantagens que isso implique para ele próprio ou para outrem.* Não era de espantar que Benjamin Constant se sentisse ultrajado com isso, apesar de Kant ter respondido — de maneira inconvincente —, alegando que o assassino podia ser capturado antes de agir com base no conhecimento obtido a partir de uma resposta veraz.

Decerto a resposta é que, *em geral*, mentir é errado, porém algumas mentiras, claramente identificadas como exceções, são toleráveis. Havia, portanto, mentiras boas e mentiras más, sendo as primeiras resultantes de intenções benévolas (como, por exemplo, o desejo de proteger os sentimentos de alguém). Se uma pessoa perguntava a opinião de outra sobre um objeto de gosto duvidoso recentemente adquirido e recebia uma resposta honesta, isso podia ferir seus sentimentos e despojá-la da alegria da posse. Daí que mentir e enaltecer o objeto era, sem dúvida, a coisa certa a fazer. Ou não? Talvez não fosse assim tão simples. O hábito de mentir nessas circunstâncias podia tornar indistinta a linha divisória entre a verdade e a mentira.

Isabel pensou que um dia talvez pudesse abordar essa questão de forma mais meticulosa e escrever um artigo sobre o assunto. "Em louvor da hipocrisia" talvez fosse um título apropriado, e o artigo poderia começar da seguinte maneira: "Chamar uma pessoa de hipócrita geralmente envolve a imputação de um defeito moral. Mas será que a hipocrisia é inevitavelmente ruim? Alguns hipócritas merecem mais consideração...".

Havia outras possibilidades. Ser hipócrita não era apenas contar mentiras, era dizer uma coisa e fazer outra. Quem agia assim costumava ser severamente criticado, porém mais uma vez a coisa talvez não fosse tão simples como sugeriam alguns. Seria hipocrisia um alcoólatra advertir contra os malefícios da bebida? Ou um glutão recomendar um regime? Quem recebe tais conselhos pode muito bem acusar de hipocrisia a pessoa que os dá, mas só se ela sustentar que não bebe nem come demais. Se o alcoólatra, ou glutão, simplesmente omitir seu vício, talvez possa ainda assim ser considerado um hipócrita, porém sua hipocrisia não é danosa. Decerto não prejudica ninguém e, de fato, pode até ajudar (desde que permaneça em segredo). Esse seria um tópico ideal para o Clube Filosófico Dominical. E se ela tentasse reunir as pessoas para discutir isso? Quem seria capaz de resistir a um convite para debater a questão da hipocrisia? Os membros do clube, desconfiava ela.

Estando seu ovo servido, Isabel sentou-se à mesa com um exemplar do *Scotsman* e uma xícara de café fresco; Grace foi para a lavanderia cuidar das roupas. Como não havia nada de muito importante no jornal — não estava com disposição para ler sobre as atividades do Parlamento escocês —, Isabel passou rapidamente para as palavras cruzadas. Quarta horizontal: *Guerreiro núbil, ele triunfa sobre todos.* Tamburlaine, é claro. Era uma velha charada, inclusive utilizada por Auden no verso final de um de seus poemas. WHA, como ela se referia mentalmente ao poeta, gostava de palavras cruzadas e recebia o *Times* em Kirchstetten com esse propósito específico. Podia vê-lo naquela cidadezinha do interior da Áustria, em sua lendária desordem doméstica, com manuscritos e livros e cinzeiros cheios por toda parte, fazendo diariamente as cruzadas do *Times*, um velho dicionário *Oxford* aberto sobre a cadeira ao lado. Teria apreciado tanto ter estado com ele e trocado algumas palavras, mesmo que fosse apenas para agradecer por tudo o que ele havia escrito (com exceção dos dois últimos livros), mas temia que ele desdenhasse dela, tomando-a apenas por mais uma integrante de sua legião de fãs professorais. Sexta vertical: *Era um poeta cândido, pastor de ovelhas, mas em inglês o chamavam de porco* (4). Hogg, naturalmente. (Ainda que mera coincidência.)

Terminou as palavras cruzadas na varanda e acabou deixando sua segunda xícara de café esfriar tanto que não pôde tomá-la. Por algum motivo sentia-se indisposta, quase nauseada, e conjecturou se teria bebido demais na noite anterior. Mas, fazendo um retrospecto, concluiu que não. Tinham sido duas pequenas taças de vinho no vernissage e outra, ainda que um pouco maior, no Vincent Bar. Era pouco para deixá-la com o estômago virado e um princípio de dor de cabeça. Não, a indisposição não era física; ela estava era acabrunhada. Pensava ter se recuperado da visão daquele acidente horrível, mas obviamente isso ainda a atormentava e continuava a produzir efeitos psicológicos. Deixando o jornal sobre a mesinha de canto, Isabel olhou para o teto e indagou a si mesma se estaria sofrendo do chamado transtorno de estresse pós-traumático. Fora um problema comum entre os soldados que haviam lutado na Primeira Guerra Mundial, embora naquela época tivesse o nome de *"shell shock"* — em alusão ao abalo causado pela exposição aos ataques de obuses — e suas vítimas fossem fuziladas por covardia.

Pensou na manhã que tinha pela frente. Havia trabalho a fazer: pelo menos três dos artigos que haviam sido enviados à *Revista de Ética Aplicada* precisavam ser encaminhados a pareceristas, e isso teria de ser feito antes do almoço. Também era preciso preparar o índice analítico do número especial que a revista pretendia publicar no fim do ano. Esse era o tipo de tarefa que aborrecia Isabel e havia algum tempo ela a vinha adiando. Mas o índice ainda deveria passar pela aprovação do editor-geral e, portanto, tinha de lhe ser remetido até o fim da semana, o que significava que ela precisava dar cabo dele naquele dia ou no seguinte. Consultou o relógio. Eram quase nove e meia. Se trabalhasse por três horas, conseguiria organizar a maior parte do índice, senão ele todo. Então poderia sair e almoçar com Cat, se ela estivesse livre. A idéia a animou: algumas horas de trabalho seguidas de uma conversa descontraída com a sobrinha eram exatamente o que ela necessitava para superar aquela depressão temporária — o remédio perfeito para um transtorno de estresse pós-traumático.

Cat estava disponível, mas somente à uma e meia, pois Eddie pedira para fazer sua hora de almoço mais cedo. Combinaram de se encontrar no bistrô que ficava em frente à delicatéssen; Cat preferia almoçar fora em vez de ocupar uma das poucas mesas que tinha para oferecer aos fregueses. Além do mais, ela sabia que, sempre que podia, Eddie escutava suas conversas, e isso a irritava.

Isabel progrediu bem na elaboração do índice, concluindo a tarefa pouco antes do meio-dia. Imprimiu o que havia feito e preparou um envelope para colocar no correio quando estivesse a caminho de Bruntsfield. Completar o trabalho melhorou muito seu estado de ânimo, mas não foi suficiente para lhe tirar da cabeça a conversa com Paul. Isso ainda a afligia e ela não conseguia parar de pensar nos dois rapazes, Paul e Mark, escalando juntos o Buchaille Etive Mhor, possivelmente amarrados um ao outro, com Mark virando-se de vez em quando para baixo e olhando para Paul, o sol em seu rosto. Ele parecia tão bonito no retrato publicado pelos jornais, e isso tornava a coisa toda ainda mais triste, embora evidentemente não devesse fazer diferença nenhuma. A morte dos mais favorecidos pela beleza em nada diferia da dos não tão bem aquinhoados por ela; isso era incontestável. Mas por que a morte de um Rupert Brooke, ou mesmo de um Byron, parecia mais trágica que a de outros jovens? Talvez por amarmos mais o que é belo, ou por ser ainda mais formidável o triunfo momentâneo da Morte. Ninguém, diz ela sorrindo, é bonito o bastante para ser poupado por mim.

À uma e meia, quando Isabel chegou, o bistrô já estava vazio. Havia duas mesas ocupadas nos fundos, uma por um grupo de mulheres com sacolas de compras amontoadas a seus pés e outra por três estudantes que se comprimiam em torno da história que um deles estava contando aos demais. Isabel sentou-se a uma mesa vazia e pôs-se a analisar o menu enquanto esperava a chegada de Cat. As mulheres comiam praticamente em silêncio, atacando compridos fios de talharim com garfos e colheres, enquanto os estudantes continuavam sua conversa. Isabel não pôde deixar de escutar alguns trechos do que eles diziam, particularmente quando um deles, um rapaz de blusa vermelha, elevou a voz.

"... e ela disse que, se eu não fosse para a Grécia com ela, não ia mais alugar o quarto para mim, eu teria de sair do apartamento, e vocês sabem que eu pago uma mixaria lá. O que é que eu ia fazer? Me digam. O que vocês teriam feito no meu lugar?"

Seguiu-se um silêncio momentâneo. Então um dos interlocutores do rapaz, uma moça, disse algo que Isabel não conseguiu compreender, e os três caíram na gargalhada.

Isabel olhou de relance para eles, depois baixou os olhos para retomar o exame do menu. O rapaz vivia num apartamento de propriedade daquela "ela" anônima, que queria que ele fosse para a Grécia consigo, estando efetivamente disposta a usar todo o seu poder de barganha para obrigá-lo a tanto. Mas, se o estava coagindo assim, não havia a menor dúvida de que ele daria um péssimo companheiro de viagem.

"Eu falei para ela que..." O que veio em seguida, Isabel não conseguiu escutar. Depois ouviu: "Eu disse que só iria se ela prometesse não ficar pegando no meu pé. Resolvi falar isso na cara dela, sem meias palavras. Disse que sabia o que ela estava planejando...".

"Convencido!", comentou a moça.

"Não", disse o outro rapaz. "É que você não conhece essa fulana. Ela é uma loba, dá em cima de todo mundo. Pergunte ao Tom. Ele sabe o que é cair nas garras dela."

Isabel teve vontade de perguntar: "E você foi? Foi para a Grécia?", mas é claro que não podia fazê-lo. O rapaz não era menos perverso do que a garota que queria arrastá-lo com ela. Aliás, todos os três tinham um aspecto desagradável; sentados ali, às voltas com aquela mexericaquice maledicente. As propostas sexuais que os outros nos fazem jamais devem ser comentadas com terceiros, pensou ela. Mas aqueles jovens não compreendiam isso.

Retornou ao menu, agora desejando não mais ouvir a conversa dos três estudantes. Felizmente, porém, Cat chegou em seguida e ela pôde deixar o menu de lado e dedicar sua atenção à sobrinha.

"Desculpe o atraso", disse Cat. "Tivemos de enfrentar uma pequena crise. Uns fregueses apareceram com um salmão cuja data de validade estava para lá de vencida. Disseram que tinham comprado de mim, e tudo indicava que estavam falando a verdade. Não sei como foi acontecer. Aí ameaçaram chamar a vigilância sanitária. E você sabe as implicações disso. Aquela gente adora criar caso."

Isabel mostrou-se compreensiva. Sabia que Cat jamais se arriscaria deliberadamente. "Mas você conseguiu resolver o problema?"

"Acalmei-os com um presente — uma garrafa de champanhe — e um pedido de desculpas."

Cat pegou o menu, correu os olhos por ele e tornou a colocá-lo no lugar. Nunca tinha fome no almoço; uma salada minimalista a satisfaria. Isabel pensou que isso talvez tivesse alguma relação com o fato de ela lidar com comida o dia inteiro.

Falaram brevemente sobre as últimas novidades. Toby fora viajar a negócios com o pai — estavam selecionando vinhos para importar —, mas havia telefonado de Bordeaux na noite anterior. Voltaria dentro de poucos dias e então levaria Cat para passar o fim de semana em Perth, onde viviam alguns amigos dele. Isabel ouviu com educação, mas a notícia não a entusiasmou. Por que passar o fim de semana numa cidadezinha como aquela? Ou a pergunta era ingênua? Não era fácil relembrar como havia sido ter vinte anos.

Cat a observava. "Você devia dar uma chance a ele", disse calmamente. "O Toby é ótima pessoa. Falando sério."

"É claro que é", Isabel respondeu mais que depressa. "Claro. Não tenho nada contra ele."

Cat sorriu. "Você não convence ninguém quando mente", disse ela. "Está na cara que não gosta dele. Não consegue disfarçar."

Isabel percebeu que tinha caído numa cilada e pensou: *Sou uma hipócrita que não convence ninguém*. Na mesa dos estudantes agora reinava o silêncio, e ela sabia que eles estavam escutando a conversa. Olhou demoradamente na direção deles e notou que um dos rapazes tinha um piercing na orelha. "Gente que tem piercing de metal na cabeça está procurando encrenca", Grace havia dito certa feita. Isabel perguntara o porquê disso. "As pessoas usam brincos e não acontece nada com elas, não é mesmo?" Grace retrucara, dizendo que os piercings de metal atraíam raios e que ela havia lido sobre um sujeito cheio de piercings que morrera ao ser atingido por um raio durante uma tempestade, ao passo que as pessoas a seu lado, nenhuma delas com piercing, não tinham sofrido nada.

Os estudantes se entreolharam e Isabel virou-se novamente para Cat. "Este não é o lugar mais apropriado para falarmos sobre isso", disse ela, baixando a voz.

"Pode não ser, mas essa história está me aborrecendo. Eu só queria que você desse uma chance ao Toby e deixasse de lado a primeira impressão que teve dele."

"Não foi uma primeira impressão totalmente negativa", cochichou Isabel. "Talvez eu não tenha simpatizado muito com ele, mas é só porque ele não faz o meu tipo. Só isso."

"E por que ele não faz o seu tipo?", indagou Cat defensivamente, elevando o tom de voz. "O que há de errado com ele?"

Isabel olhou de relance para os estudantes, que agora sorriam. Ela bem que merecia ser alvo daquela atenção bisbilhoteira, refletiu: *seus atos serão todos revidados, um por um.*

"Não é que haja algo de errado com ele", começou. "É só que... Você não acha que, em termos intelectuais, ele é um pouco fraco demais para você? Isso pode atrapalhar, sabe."

Cat franziu o cenho e Isabel se perguntou se havia

ido longe demais. "O Toby não é um ignorante", disse Cat com indignação. "Não se esqueça de que ele tem um diploma da St. Andrews. E já viajou muito."

St. Andrews! Isabel esteve prestes a exclamar: "Está vendo só? St. Andrews!", mas pensou melhor e calou-se. A universidade tinha fama de atrair os filhos das famílias mais abastadas, jovens ricos em busca de um lugar agradável onde pudessem passar alguns anos enquanto se entretinham com festas e mais festas. Os americanos chamavam lugares assim de "faculdade de farrista". No caso de St. Andrews, era uma reputação injusta, como o eram muitas reputações, mas havia um quê de verdade nela. Toby se encaixava com perfeição nesse estereótipo de St. Andrews, mas seria indelicado sugerir isso, e, de todo modo, Isabel não queria esticar a conversa. Não pretendia se ver enredada numa discussão a respeito de Toby; não achava certo interferir nesse tipo de coisa e precisava impedir-se de entrar em confronto com Cat. Isso tornaria as coisas mais embaraçosas no futuro. Além do mais, Toby não tardaria a trocar Cat por outra, o que encerraria o assunto. A menos que — e lá vinha outro pensamento chocante —, a menos que ele estivesse de olho no dinheiro dela.

Isabel tendia a não pensar muito em dinheiro, o que, como bem sabia, era um privilégio. Ela e o irmão haviam herdado, cada um, metade das ações da Louisiana and Gulf Land Company, e isso os deixara, segundo todos os parâmetros, muito prósperos. Isabel era extremamente discreta em relação a seu patrimônio, agindo com parcimônia quando o usava em benefício próprio e com generosidade quando o empregava em benefício de outrem. Contudo, o bem que ela praticava era feito às escondidas.

No aniversário de vinte e um anos de Cat, o irmão de Isabel transferira para a filha o suficiente para ela comprar um apartamento e, um ou dois anos depois, a delicatéssen. Não sobrara muita coisa desse dinheiro — uma medida sábia da parte dele, pensava Isabel —, mas, para alguém tão jovem, Cat estava muito bem de vida: em sua faixa etária, a maioria tinha de suar muito até conseguir juntar o bastante para dar de entrada num apartamento. A vida em Edimburgo era cara, e isso só estava ao alcance de poucos.

Toby evidentemente nascera em berço de ouro, mas o dinheiro de sua família devia estar todo investido no negócio de importação de vinhos, e o salário que seu pai lhe pagava decerto não era dos mais altos. Jovens como ele sabiam como ninguém a importância do dinheiro e tinham um faro apurado para descobrir onde encontrá-lo. O que significava que ele talvez estivesse bastante interessado nos bens que Cat tinha à disposição, embora Isabel jamais pudesse sugerir isso abertamente. Se ao menos conseguisse reunir evidências que lhe permitissem provar algo assim, como no desfecho de um desses dramalhões abomináveis... Mas suas chances eram mínimas.

Esticou o braço e tocou a mão de Cat com o intuito de apaziguá-la antes de mudar de assunto.

"Não há nada de errado com ele", disse. "Vou me esforçar, e tenho certeza de que verei seus pontos positivos. A culpa é minha, eu não devia ter opiniões tão... tão rígidas. Me desculpe."

Isso pareceu reconfortar Cat, e Isabel pôde então fazer um relato de seu encontro com Paul Hogg. Tomara uma decisão a caminho do bistrô e agora se punha a explicá-la à sobrinha.

"Tentei esquecer o acidente", disse ela. "Não deu certo. Volta e meia me vem a imagem daquele rapaz caindo. E a conversa que tive com esse tal de Paul Hogg me deixou ainda mais perturbada. Não sei o que aconteceu no Usher Hall naquela noite. Mas não foi acidente. Estou convencida disso."

Cat fitou-a com ceticismo. "Espero que você não acabe metendo o nariz onde não é chamada", disse ela. "Já fez isso antes. Se meteu em coisas que não lhe diziam respeito. Não me parece uma boa idéia repetir aquela experiência."

Cat tinha consciência de que não adiantava censurar a tia: ela nunca mudaria. Mesmo sem ter nenhum motivo para se envolver em assuntos dos outros, Isabel parecia ser irresistivelmente atraída por eles. Era o que acontecia sempre que se imaginava sob algum tipo de imperativo moral. Essa visão do mundo, com seu estoque aparentemente infindável de imperativos em potencial, significava que qualquer um que estivesse com problemas e batesse à sua porta encontraria nela uma padroeira, simplesmente porque o pré-requisito da proximidade moral — ou do entendimento que ela tinha de proximidade moral — fora satisfeito.

As duas já haviam discutido a dificuldade que Isabel tinha para dizer não, coisa que, na opinião de Cat, estava na raiz do problema. "Você não pode se deixar levar pelos problemas das pessoas dessa maneira", protestara ela depois de Isabel ter se envolvido na busca de uma solução para os conflitos internos de uma família cujos membros divergiam sobre o que fazer com o hotel de que eram proprietários. Contudo, por ter sido freqüentadora do hotel quando criança, onde ia regularmente almoçar com seus pais aos domingos, Isabel chegara à conclusão de que o futuro do empreendimento também lhe dizia respeito e, assim, acabara sendo engolfada por uma desagradável disputa empresarial.

Agora, Cat dava vazão à mesma ordem de preocupações no tocante ao desafortunado rapaz que caíra das galerias do Usher Hall. "Mas isso tem a ver comigo, sim", replicou Isabel. "Eu vi tudo o que aconteceu — ou quase tudo. Fui a última pessoa que aquele rapaz viu. A última. Você não acha que a última pessoa que alguém vê na vida lhe deve alguma coisa?"

"Não faz sentido", protestou Cat. "Não entendo o que você está querendo dizer."

Isabel reclinou-se na cadeira. "É o seguinte. Não podemos ter obrigações morais com toda e qualquer pessoa neste mundo. Nossas obrigações morais se restringem àqueles que encontramos pelo caminho, aos que adentram o nosso, por assim dizer, espaço moral. Em outras palavras, os nossos vizinhos, as pessoas com quem lidamos no dia-a-dia e assim por diante."

Mas quem são os nossos vizinhos?, indagaria ela ao Clube Filosófico Dominical. E os integrantes do Clube Filosófico Dominical refletiriam cuidadosamente sobre a questão e chegariam à conclusão, suspeitava Isabel, de que o único parâmetro efetivo que somos capazes de encontrar para isso é o conceito de proximidade. Nossos vizinhos morais são as pessoas que estão próximas de nós, em termos espaciais assim como em outros sentidos reconhecidos. As reivindicações de quem está distante de nós não são tão poderosas quanto as de quem vemos à nossa frente. Estas últimas são mais vívidas e, portanto, mais reais.

"É um argumento bastante plausível", disse Cat. "Mas não foi nesse sentido que você teve contato com aquele rapaz. Você só... me desculpe por falar assim, mas... você só o viu de passagem."

"Ele deve ter me visto também", retrucou Isabel. "E eu o vi — numa situação de extrema vulnerabilidade. Não quero bancar a filósofa, mas na minha opinião isso cria um vínculo moral entre nós. Não éramos moralmente estranhos um ao outro."

"Você parece a *Revista de Ética Aplicada*", disse Cat secamente.

"Eu *sou* a *Revista de Ética Aplicada*", replicou Isabel.

A observação levou ambas a rir e dissipou a tensão que vinha se acumulando entre elas.

"Bom", disse Cat, "obviamente não há nada que eu possa fazer para impedir você de fazer o que bem entender. Então não me custa dar uma mão. Do que precisa?"

"O endereço da moça e do rapaz que moravam com ele", disse Isabel. "Só isso."

"Quer falar com eles?"

"É."

Cat deu de ombros. "Não acho que vá descobrir muita coisa. Eles não estavam no teatro. Como iriam saber o que aconteceu?"

"Quero contextualizar um pouco as coisas", disse Isabel. "Preciso de informações sobre ele."

"Tudo bem", disse Cat. "Eu consigo para você. Não vai ser difícil."

No caminho de volta para casa depois do almoço, Isabel pôs-se a pensar na conversa que haviam acabado de ter. Cat tinha razão em perguntar-lhe o porquê de ela se envolver com esse tipo de coisa; era uma pergunta que ela própria devia se fazer com mais freqüência, mas não fazia. Evidentemente, não era preciso refletir muito para se chegar à conclusão de que as pessoas tinham obrigações morais umas com as outras, mas esse não era o verdadeiro xis do problema. A questão com a qual ela precisava se haver era o que a levava a ter aquele tipo de reação que lhe era tão peculiar. E, se quisesse ser honesta consigo mesma, devia admitir que uma razão para isso talvez fosse o simples fato de ela achar o envolvimento intelectualmente excitante. Queria saber por que as coisas aconteciam. Queria saber por que as pessoas faziam o que faziam. Era curiosa. E o que, indagava a si mesma, havia de errado nisso?

A curiosidade matou o gato, pensou de súbito, e imediatamente se arrependeu desse pensamento. Cat* era tudo para ela, tudo mesmo: a filha que ela nunca havia tido, sua precária imortalidade.

(*) Abreviação de Catherine e nomes similares. *Cat*, em inglês, também significa "gato" (ou "gata"). (N. T.)

7

Isabel contava passar a noite sozinha. Seu progresso com o índice analítico a havia encorajado a enfrentar outra tarefa que ela vinha adiando: o meticuloso trabalho exigido por um artigo que recebera um parecer repleto de comentários e correções. Estes tinham sido rabiscados à margem do texto e precisavam ser cotejados e digitados, tarefa que as abreviações irritantes e as garatujas do parecerista tornavam especialmente árdua. Era a última vez, decidira Isabel, que os préstimos do sujeito eram requisitados — fosse ele eminente ou não.

Todavia, foi surpreendida pela chegada de Jamie, que tocou a campainha pouco antes das seis. Isabel o recebeu afetuosamente e, assim que ele entrou, perguntou-lhe se não queria ficar para jantar, caso não tivesse nenhum outro compromisso, claro. Sabia que Jamie aceitaria, como de fato aceitou, após hesitar um pouco, é verdade, mas por mera formalidade. E também por orgulho: ele tinha a idade de Cat, vinte e quatro anos, e era sexta-feira. Numa noite como aquela, seria de esperar que, como todo mundo, Jamie já tivesse o que fazer, e ele não gostaria que Isabel pensasse o contrário.

"Bom", disse ele, "eu pretendia ver uma pessoa, mas já que você está convidando... Por que não?"

Isabel sorriu. "Vai ser o trivial de sempre, mas sei que você não é muito exigente."

Jamie tirou o paletó e o deixou no hall, junto com sua bolsa.

"Eu trouxe algumas partituras", disse. "Pensei que talvez você quisesse me acompanhar. Mais tarde, é claro."

Isabel fez que sim. Ela tocava piano razoavelmente bem e, de modo geral, dava conta de acompanhar Jamie, que era tenor. Ele havia estudado canto e fazia parte de um coral renomado, o que era outro atributo, pensava ela, que Cat poderia ter levado em consideração. Não sabia se Toby cantava, mas ficaria surpresa se o fizesse. E era improvável que tocasse algum instrumento (exceto, talvez, gaita-de-foles ou, quando muito, percussão), ao passo que Jamie tocava fagote. Cat tinha bom ouvido para música e também era uma pianista razoável. Durante o breve período de seu namoro com Jamie, ela o acompanhara com brilhantismo, ajudando-o a se soltar mais em suas apresentações. Os dois combinavam tão bem, pensava Isabel. Se ao menos Cat se desse conta disso! Se ao menos percebesse do que estava abrindo mão. Entretanto, Isabel evidentemente sabia que essas coisas não são racionais. Havia dois testes: o do bem que uma pessoa fazia a outra e o da química entre elas. Jamie fazia muito bem a Cat — disso Isabel não tinha dúvida —, mas a questão da química entre eles era outra história.

Isabel olhou de relance para seu visitante. No início, Cat decerto se sentira bastante atraída por ele, e ao observá-lo nesse instante Isabel constatou a razão disso. Cat gostava de homens altos, e Jamie tinha a mesma estatura de Toby, se não fosse até um pouco mais alto. Era muito bem-apanhado: tinha malares altivos, cabelos pretos — amiúde cortados à escovinha — e um bronzeado natural. Por pouco não passava por português — ou italiano, quem sabe —, embora fosse escocês de ambos os lados. O que mais Cat podia querer?, indagou-se Isabel. Francamente! Que garota enjeitaria um escocês que tinha pinta de homem mediterrâneo e sabia cantar?

Contra sua vontade, veio-lhe à cabeça uma objeção, como uma verdade incômoda que chama a atenção da pessoa num momento inoportuno. Jamie era bonzinho demais. Dedicara toda a sua atenção a Cat — bajulara-a, talvez — e ela acabara se cansando disso. Não gostamos de pessoas que se põem completamente à nossa disposição, que se entregam a nós de corpo e alma. Elas nos sufocam. Causam-nos mal-estar.

Era isso. Se Jamie houvesse guardado certa distância, certo grau de alheamento, teria mantido o interesse de Cat por ele. Daí ela parecer tão feliz agora. Não podia contar com a posse integral de Toby, que sempre dava a impressão de permanecer ligeiramente arredio, como se a excluísse de parte de seus planos (coisa que ele de fato fazia, convencera-se Isabel). Era um equívoco achar que os homens eram os predadores: as mulheres tinham exatamente as mesmas inclinações, embora com freqüência as revelassem mais discretamente. Toby era uma presa ideal. Por sua vez, ao deixar claro que Cat contava com sua atenção total e irrestrita, Jamie deixara de ser interessante para ela. Uma conclusão nada animadora.

"Você foi bonzinho demais com ela", murmurou Isabel.

Jamie fitou-a com perplexidade. "Bonzinho demais?"

Isabel sorriu. "Eu estava pensando em voz alta", justificou-se. "Estava pensando que você foi bonzinho demais com a Cat. Por isso não deu certo. Devia ter sido mais... mais esquivo. Devia ter-lhe causado aborrecimentos de vez em quando, ter olhado para outras garotas."

Jamie não disse nada. Os dois freqüentemente falavam de Cat e ele ainda nutria esperanças de que seu relacionamento com Isabel o ajudasse a reconquistar a ex-namorada — pelo menos essa era a impressão que Isabel tinha. Contudo, o que ela acabara de dizer representava, sem dúvida, uma maneira nova e inesperada de ver as coisas. Por que ele devia ter causado aborrecimentos a Cat?

Isabel suspirou. "Desculpe", disse. "Imagino que você não faça muita questão de voltar a falar sobre essas coisas."

Jamie ergueu as mãos. "Não, não me importo. Gosto de falar sobre a Cat. Acho bom falar sobre ela."

"Ah, eu sei", tornou Isabel. Fez uma pausa. Gostaria de dizer-lhe algo que não havia dito antes, e estava avaliando se o momento era propício. "Você ainda gosta dela, não é? Continua apaixonado."

Jamie baixou os olhos, constrangido.

"Igualzinho a mim", disse calmamente Isabel. "Nós dois. Continuo apaixonada por um homem que conheci há muito tempo, anos atrás. E aí está você, apaixonado por uma moça que aparentemente não o ama. Que bela dupla nós formamos. Por que insistimos nisso?"

Jamie permaneceu um momento em silêncio. Então perguntou: "Como ele se chamava? O seu... esse homem?".

"John Liamor."

"E o que aconteceu?"

"Ele me largou", disse Isabel. "Hoje vive na Califórnia. Com outra mulher."

"Não deve ser nada fácil para você", comentou Jamie.

"É, não é fácil", concordou Isabel. "Mas, no fundo, a culpa é minha, não é? Eu devia ter encontrado outra pessoa em vez de ficar pensando nele o tempo todo. E talvez seja isso que você deva fazer." Não era um conselho sincero; mas, ao formulá-lo, Isabel se deu conta de que era precisamente o mais adequado ao caso. Se Jamie encontrasse outra moça, Cat talvez voltasse a demonstrar interesse por ele — depois que Toby fosse tirado do caminho. Tirado do caminho! Isso parecia tão sinistro, como se eles dois pudessem provocar intencionalmente um acidente. Quem sabe uma avalanche.

"Dá para uma pessoa provocar uma avalanche?", indagou ela.

Jamie arregalou os olhos. "Que pergunta mais esquisita!", exclamou. "Mas é claro que sim. Se a neve estiver nas condições adequadas, é só mexê-la um pouco, até mesmo umas boas pisadas bastam para colocá-la em movimento. Há inclusive situações em que as avalanches são provocadas por alguém falando em voz alta. As vibrações da voz fazem com que a neve comece a se mexer."

Isabel sorriu. Tornou a imaginar Toby na encosta de uma montanha, trajando sua roupa de esqui bordô, falando aos brados sobre vinhos. "Outro dia eu tomei uma garrafa de Chablis sensacional. Era um vinho simplesmente fantástico. Robusto, nervoso..." Haveria então uma pausa e as palavras "robusto, nervoso" ecoariam pelos campos nevados apenas o suficiente para dar início ao vagalhão de neve.

Isabel se conteve. Era a terceira vez que imaginava o namorado de Cat envolvido num desastre e estava na hora de parar com aquilo. Era pueril, cruel e errado. Temos o dever de controlar nossos pensamentos, disse ela com seus botões. Somos responsáveis por nossos estados mentais, como lhe haviam ensinado seus estudos em filosofia moral. Se pensamentos indesejáveis vinham à tona, isso era moralmente indiferente, mas não devíamos insistir em fantasias perniciosas, pois não faziam bem ao nosso caráter e, além do mais, podíamos ser tentados a *transformar fantasias em realidade*. Em termos kantianos, era uma questão de dever para com o próprio eu, e, a despeito do que ela achasse de Toby, o namorado de Cat não merecia ser colhido por uma avalanche nem se ver reduzido a biscoito. Ninguém merecia isso, nem mesmo as pessoas realmente más ou os membros daquela outra classe de provocadores de Nêmesis, os totalmente egoístas.

E quem eram eles, indagou a si mesma, esses praticantes do húbris? Isabel tinha na cabeça uma pequena lista dos que, para seu próprio bem, talvez devessem ser advertidos de quão perto estavam de atrair as atenções de Nêmesis — uma lista encabeçada por certo arrivista local espantosamente descarado. Uma avalanche poderia reduzir sua presunção imoderada, mas seria algo desumano; o sujeito tinha seu lado positivo, e pensamentos como esse deviam ser postos de lado. Eram indignos da editora da *Revista de Ética Aplicada*.

"Música antes do jantar", disse abruptamente Isabel. "O que você tem aí? Me deixe dar uma olhada."

* * *

Foram para a sala de música, um pequeno cômodo nos fundos da casa, mobiliado com uma estante de música do início do século passado e com o piano de um quarto de cauda que pertencera à mãe de Isabel. Jamie abriu sua pasta de música e extraiu um delgado álbum de partituras, oferecendo-o ao exame de sua anfitriã. Isabel folheou o álbum e sorriu. Era o tipo de música que ele sempre escolhia: canções de Burns, árias de Gilbert e Sullivan e, é claro, "O mio babbino caro".

"São perfeitas para sua voz", comentou Isabel. "Como sempre."

Jamie enrubesceu. "Não me dou muito bem com coisas mais modernas", disse. "Lembra daquela peça do Britten? Não havia meio de eu cantar aquilo."

Isabel tratou de tranqüilizá-lo. "Eu gosto desse tipo de música", comentou ela. "É bem mais fácil de tocar do que uma composição de Britten." Tornou a folhear o álbum e fez sua escolha. " 'Take a pair of sparkling eyes'?"

"Muito bem", disse Jamie.

Ela começou a tocar a introdução, e Jamie, assumindo a postura apropriada, a cabeça ligeiramente empinada para a frente de modo a não constringir a laringe, pôs-se a entoar a canção. Isabel tocou com determinação — essa era, em sua opinião, a única maneira de tocar as composições de Gilbert e Sullivan —, e eles terminaram com um floreado que não chegava a fazer parte da música, mas que poderia muito bem estar ali se Sullivan houvesse se dado esse trabalho. Em seguida foi a vez de Burns e "John Anderson, my jo".

John Anderson, pensou ela. Sim. Uma reflexão sobre a passagem dos anos e sobre o amor que sobrevive. *But blessings on your frosty pow, John Anderson, my jo.* Havia no verso uma tristeza inefável que invariavelmente arrancava suspiros de Isabel. Esse era um Burns em registro terno, falando de uma fidelidade que, segundo todos os relatos, inclusive o dele próprio, eludia-o em suas relações com as mulheres. Que sujeito mais hipócrita! Ou não? Havia algo de errado em alguém enaltecer qualidades que lhe faltavam? Claro que não. As pessoas que sofriam de acrasia (esse fenômeno que os filósofos conheciam tão bem e sobre o qual apreciavam discorrer demoradamente) não estavam impedidas de preconizar comportamentos que elas próprias não conseguiam ter. Não há problema em alguém condenar o consumo excessivo de chocolate ou de vinho ou de qualquer outra das coisas que as pessoas gostam de consumir em excesso e, todavia, também manifestar uma avidez imoderada por essas coisas. O fundamental, obviamente, é não ocultar os próprios abusos.

"John Anderson" fora feita para ser cantada por uma mulher, mas se um homem quisesse podia muito bem cantá-la. E, em certo sentido, a canção ficava ainda mais tocante na voz de um homem, pois também podia referir-se a uma amizade masculina. Não que os homens gostassem de falar — quanto mais cantar — sobre esse tipo de coisa, o que sempre deixara Isabel cismada. As mulheres eram tão mais espontâneas em suas amizades e na aceitação do significado que tais relacionamentos tinham para elas. Os homens eram tão diferentes: mantinham os amigos à distância e jamais lhes confessavam seus sentimentos. Que vida mais árida e recalcada deviam levar, que mundo de emoção e afeto devia lhes faltar, como se vivessem no deserto. E, contudo, quantas exceções havia, como devia ser maravilhoso, por exemplo, ser um rapaz como Jamie, com aquele rosto admirável, tão expressivo de sentimentos, um rosto como o daqueles jovens retratados nos quadros da Renascença florentina.

"John Anderson", disse Isabel ao tocar o último acorde. "Eu estava pensando em você e em John Anderson. No seu amigo John Anderson."

"Nunca tive um", volveu Jamie. "Nunca tive um amigo assim."

Isabel levantou os olhos da partitura e olhou para

fora, através da janela. Estava começando a escurecer e os galhos das árvores formavam silhuetas contra o céu pálido do crepúsculo.

"Nenhum? Nem quando era menino? Sempre achei que os meninos tinham amizades apaixonadas. Tipo Davi e Jônatas."

Jamie deu de ombros.

"Eu tinha amigos, mas nenhum ao qual eu permanecesse fiel por anos e anos. Nenhum sobre o qual eu pudesse cantar algo assim."

"Que triste", comentou Isabel. "E você não lamenta isso?"

Jamie refletiu por um momento. "Acho que sim", respondeu ele. "Eu gostaria de ter uma porção de amigos."

"Você podia ter uma porção de amigos", disse Isabel. "Essa turma de vocês — gente da sua idade — faz amizade com tanta facilidade."

"Mas eu não", tornou Jamie. "Eu só quero..."

"É claro." Isabel abaixou a tampa do teclado e levantou-se. "É melhor irmos jantar", disse ela. "É o melhor que temos a fazer agora. Mas antes..."

Voltou para o piano e pôs-se a tocar de novo, fazendo Jamie sorrir. "Soave sia il vento", que o vento seja suave, o vento que empurra o barco de cada um para a frente; que as ondas sejam calmas. Era a mais divina ária já composta, pensou Isabel, e expressava um sentimento tão generoso, algo que podíamos desejar para qualquer pessoa, inclusive para nós mesmos, embora saibamos que nem sempre as coisas são assim, que às vezes elas são bem diferentes.

Ao final da refeição, que eles fizeram na cozinha, sentados à comprida mesa de pinho que Isabel usava em jantares informais — sendo a cozinha o lugar mais quente da casa —, Jamie falou: "Tem uma coisa que você disse quando estávamos na sala de música. Você mencionou aquele sujeito, John não sei o quê...".

"Liamor. John Liamor."
Jamie experimentou o nome. "Liamor. Difícil de pronunciar, não? A língua tem de subir no *li*, depois descer no *ah* e então os lábios precisam trabalhar um pouco. *Dalhousie* é bem mais fácil. Mas, enfim, o que você disse me fez refletir."
Isabel pegou sua xícara de café. "Que bom que eu sou capaz de suscitar reflexões."
"Pois é", disse Jamie, e prosseguiu: "Fiquei me perguntando por que nos envolvemos com pessoas que não nos fazem felizes. Você não foi feliz com ele, foi?".
Isabel baixou os olhos e pôs-se a estudar a estampa da toalha do seu jogo americano — um panorama do estuário de Forth visto não de Edimburgo, mas do condado de Fife. "Pelo contrário, fui muito infeliz."
"Mas não percebeu isso logo no começo?", perguntou Jamie. "Não quero me intrometer, mas estou curioso. Você não viu como ia ser?"
Isabel fitou o rapaz. Havia tido aquela breve conversa com Grace, mas esse era um assunto sobre o qual, a bem da verdade, não falava com ninguém. E, de qualquer forma, o que havia para dizer, fora o fato de que reconhecia ter se apaixonado pelo homem errado e de que continuara apaixonada por ele na esperança de que algo mudaria?
"Eu era louca por ele", disse em voz baixa. "Fiquei tão apaixonada! Não queria ver mais ninguém, só queria estar com ele. E o resto não parecia ter tanta importância por causa da dor que eu sabia que sentiria se desistisse dele. Por isso insisti, que é o que as pessoas fazem. Insistem."
"E..."
"E um dia — estávamos em Cambridge —, ele me convidou para fazer uma viagem à Irlanda. Ele era irlandês e pretendia passar alguns dias na casa dos pais, que moravam em Cork. Aceitei o convite e foi esse, acho, o meu grande erro."

Isabel fez uma pausa. Não imaginara que iria contar isso a Jamie, já que significava abrir-lhe uma porta que ela preferia manter fechada. Mas ele estava ali, fitando-a com uma expressão expectante, e ela resolveu continuar.

"Você não conhece a Irlanda, conhece? Bom, saiba que lá as pessoas têm muita clareza de quem elas são, de quem são os outros e de qual a diferença entre elas e os outros. Em Cambridge, John era o maior gozador — não se cansava de caçoar de toda aquela gente de classe média que via à sua volta. Dizia que eram mesquinhos e tacanhos. Para minha surpresa, porém, ao chegar a Cork vi que os pais dele viviam numa casa avarandada de classe média, com um Sagrado Coração de Jesus pendurado na parede da cozinha. E a mãe dele não poupou esforços para que eu me sentisse excluída. Foi horrível. Tivemos uma briga feia quando resolvi pôr as coisas em pratos limpos e perguntei se o que a incomodava mais em mim era eu não ser católica ou não ser irlandesa."

Jamie sorriu. "E o que ela respondeu?"

Isabel hesitou. "Ela disse... Ela disse... Aquela bruxa disse que eu era uma vadia e que era isso que mais a incomodava."

Olhou para Jamie, que a fitava com os olhos arregalados. Então ele sorriu. "Que mulher..." Mas não concluiu.

"Tem razão. Por isso falei ao John que eu não queria mais ficar ali. Então fomos para Kerry, onde acabamos nos instalando num hotel e ele me pediu em casamento. Disse que, se fôssemos casados, teríamos direito a uma residência universitária quando voltássemos para Cambridge. E eu aceitei. E então ele disse que arrumaríamos um autêntico padre irlandês para nos casar, um 'protelado', como ele os chamava. E eu quis saber por que chamar um padre se ele não acreditava em Deus. E ele respondeu que o padre também não acreditava."

Isabel interrompeu-se. Jamie apanhara seu guardanapo e pusera-se a dobrá-lo. "Me desculpe", disse ele simplesmente. "Me desculpe por tê-la feito falar sobre essas coisas. Eu devia ter me mancado, não é mesmo?"

"Não tem problema", tornou Isabel. "Mas isso mostra como somos levados a tomar decisões importantes de forma atabalhoada. E que podemos estar redondamente enganados sobre elas. Não deixe isso acontecer na sua vida, Jamie. Não se deixe enganar dessa maneira."

8

Na manhã seguinte, Isabel estava no jardim quando Grace recebeu o recado. O endereço que ela estava procurando era 48, Warrender Park Terrace, quarto andar do lado direito. Na porta ela veria o nome Duffus, o sobrenome da moça que havia morado com Mark Fraser. Chamava-se Henrietta Duffus, mas era conhecida como Hen, e o outro rapaz, o terceiro dos três inquilinos que originalmente dividiam o apartamento, chamava-se Neil Macfarlane. Isso era tudo o que Cat conseguira descobrir, mas Isabel também não havia lhe pedido nada mais que isso.

Ao transmitir a informação, Grace exibia uma expressão inquisitiva no rosto, porém Isabel resolveu não explicar nada a ela. Grace tinha opiniões categóricas sobre todo tipo de curiosidade intrusiva, e seu comportamento era invariavelmente marcado pela discrição. Decerto consideraria injustificáveis quaisquer inquirições que Isabel pretendesse realizar e não deixaria de fazer um comentário nessa linha. Por isso, Isabel preferiu ficar quieta.

Decidiu visitar os companheiros de Mark Fraser no final da tarde, pois não fazia sentido procurá-los antes disso, quando estariam no trabalho. Dedicou o restante do dia à *Revista*, lendo diversos artigos que o correio trouxera pela manhã. Tratava-se de um importante processo seletivo. Como qualquer periódico, fosse ele mais ou menos acadêmico, a *Revista* recebia contribuições completamente inadequadas, que nem sequer precisavam ser avaliadas por especialistas. Naquela manhã, porém, havia chegado cinco artigos sérios, que exigiam uma leitura cuidadosa. Isabel começou por um ensaio que fazia uma discussão minuciosa sobre o utilitarismo normativo no processo legislativo e deixou o mais apimentado, "Falar a verdade em relacionamentos sexuais: Uma provocação a Kant", para a parte final da manhã. Este merece ser lido depois do café, pensou ela, que gostava de saborear críticas a Kant.

O dia passou rápido. O artigo sobre utilitarismo normativo era denso, porém praticamente ilegível devido ao estilo do autor. O texto parecia ter sido escrito em inglês, mas tratava-se de uma variante do inglês que Isabel tinha a impressão de ser usada somente em certos nichos acadêmicos, onde a falsa profundidade era uma virtude. Era como se o texto tivesse sido traduzido do alemão, pensou. Não que os verbos migrassem todos para o fim, mas tudo parecia tão *pesado*, tão formidavelmente grave!

Era tentador excluir o artigo ininteligível com base em sua obscuridade gramatical e então escrever para o autor — com simplicidade —, explicando-lhe por que essa decisão havia sido tomada. Contudo, Isabel vira o nome do sujeito e a instituição a que ele pertencia estampados na página de rosto do artigo e sabia que, se procedesse assim, haveria repercussão. Harvard!

"Falar a verdade em relacionamentos sexuais" fora escrito com maior clareza, mas não dizia nada de surpreendente. Devemos falar a verdade, argumentava o autor, mas não toda a verdade. Há ocasiões em que, para proteger os sentimentos dos outros, a hipocrisia se faz necessária. (Era como se o sujeito estivesse ecoando as reflexões que ela própria fizera recentemente sobre o assunto.) Assim, devemos evitar dizer a nossos parceiros sexuais que eles não são bons amantes — se de fato não o forem. Decerto que apenas e tão-somente se não o forem, pensou Isabel. Nesse departamento, os limites da honestidade eram, com toda a razão, especialmente rígidos.

Isabel achou o artigo um tanto ou quanto divertido e pensou que daria uma leitura instigante para os assinantes da *Revista*, os quais talvez andassem precisando de um pouco de *estímulo*. A filosofia do sexo era uma área inusitada da ética aplicada, porém tinha seus expoentes, que, como ela sabia, reuniam-se todos os anos para uma conferência nos Estados Unidos. Vez por outra a *Revista* publicava notas anunciando a realização desses encontros, mas Isabel se perguntava se aquelas poucas palavras insípidas contavam a história toda: *sessão da manhã: Semiótica sexual e espaço privado; café*; *Perversão e autonomia*; *almoço* (pois havia outros apetites a ser considerados), e assim tarde adentro. As sinopses dos artigos deviam ser bastante fiéis, mas, numa conferência como essa, o que, podia-se indagar, acontecia *depois*? Seus participantes não eram puritanos, suspeitava ela, e, afinal de contas, estavam no ramo da ética aplicada.

Isabel também não tinha nada de puritana, mas acreditava firmemente que, em se tratando de sexo, a discrição estava acima de tudo. Em especial, questionava se havia alguma situação em que uma pessoa podia publicar os detalhes de seus relacionamentos sexuais. O parceiro estaria de acordo?, indagava a si mesma. Era provável que não, e, nesse caso, a pessoa estaria lhe fazendo um mal ao escrever sobre algo que era essencialmente um assunto privado dos dois. Havia duas classes de pessoas sobre as quais repousava uma obrigação de confidencialidade quase absoluta: médicos e amantes. O paciente precisava ter a segurança de poder contar tudo a seu médico, confiando que nada do que ele dissesse ultrapassaria as quatro paredes do consultório, e o mesmo valia para os amantes. No entanto, essa idéia encontrava-se sob ataque: o Estado queria obter informações dos médicos (sobre os genes, hábitos sexuais e doenças infantis de seus pacientes) e os médicos tinham de resistir. E os curiosos vulgares, dos quais havia legiões incontáveis, queriam saber sobre a vida sexual das pessoas e estavam dispostos a pagar um bom dinheiro por isso — desde que se tratasse de alguém razoavelmente conhecido. Entretanto, todo mundo tinha o direito de ter seus segredos, de saber que havia ao menos uma parte de sua vida que, ao fim e ao cabo, era intimamente privada; pois, do contrário, seu próprio eu se constringia. Deixem que as pessoas tenham seus segredos, clamou Isabel com seus botões, ainda que, para muitos, isso talvez soasse antiquado.

Infelizmente, quando se tratava de revelações íntimas, os filósofos eram célebres contraventores. Bertrand Russell procedera assim com seus diários indiscretos e A. J. Ayer também. Por que essa gente supunha que o público queria saber se eles tinham dormido com esta ou aquela pessoa e a freqüência com que o haviam feito? Estariam querendo provar alguma coisa? E ela, Isabel indagou a si mesma, teria resistido a Bertrand Russell? E respondeu imediatamente: sim. E a A. J. Ayer também.

Às seis da tarde, os artigos estavam todos lidos e as cartas referentes àqueles que passariam para a fase seguinte encontravam-se igualmente prontas para ser encaminhadas aos pareceristas que se encarregariam de sua avaliação. Isabel concluíra que seis e meia seria a hora ideal para chegar ao apartamento 48 do Warrender Park Terrace, pois daria tempo para que seus moradores retornassem do trabalho (fosse ele qual fosse) sem todavia interferir em seus planos para o jantar. Saindo de sua biblioteca, ela foi para a cozinha e preparou uma xícara de café antes de partir.

Não era longa a caminhada até aquele edifício situado pouco adiante do triângulo do parque Meadows, no final da Bruntsfield Avenue. Isabel fez um pouco de hora, olhando as vitrines das lojas antes de finalmente atravessar o gramado até o fim do terrapleno. Embora fizesse uma tarde primaveril agradável, começara a soprar uma brisa cortante e as nuvens corriam velozmente pelo céu, na direção da Noruega. Aquela era uma luz boreal, a luz de uma cidade que pertencia tanto às planícies enormes e hostis do mar do Norte quanto às colinas do interior adjacente. Não se tratava de Glasgow, com sua luz suave, ocidental e sua proximidade com a Irlanda e com o Gaeldom das Highlands, mas de uma paisagem urbana construída ao arrepio dos ventos frios provenientes do leste, uma cidade de ruas tortuosas, calçamento de pedra e colunas altivas; uma cidade de noites escuras, passadas à luz de velas, e de intelecto.

Isabel chegou ao Warrender Park Terrace e margeou-o em sua curva suave. Era uma construção elegante, que ocupava um dos lados da rua e dava para o parque Meadows e, à distância, para os telhados pontiagudos e as torres da velha Enfermaria. O edifício, em estilo vitoriano, tinha seis andares de pedra revestida, encimados por um telhado de ardósia bastante inclinado. Partes do telhado eram rematadas com torrinhas, como as torrinhas de ardósia dos castelos franceses, com figuras trabalhadas em ferro na ponta. Em outros trechos, a borda do telhado apresentava ameias de pedra, cardos entalhados e uma ou outra gárgula, e tudo isso devia ter bastado para dar a seus ocupantes originais a sensação de que viviam com certo estilo e de que era só o tamanho que distinguia suas habitações das da pequena nobreza. Mas, não obstante essa presunção, eram bons apartamentos, de construção sólida e, embora originalmente destinados a famílias pequeno-burguesas, haviam se tornado uma reserva de mercado de universitários e recém-formados. O apartamento que Isabel estava indo visitar provavelmente era um exemplo desse tipo de moradia em que conviviam grupos de três ou quatro jovens. O espaço interno generoso permitia a cada inquilino ter seu próprio quarto, sem que se fizesse necessário invadir as razoavelmente amplas salas de estar e de jantar. Era um arranjo confortável, que convinha aos moradores até o momento em que o casamento ou a coabitação começasse a lhes fazer acenos. E, como não poderia deixar de ser, esses apartamentos eram o celeiro de amizades sólidas — e de inimizades não menos renitentes, supunha Isabel.

Os apartamentos eram construídos em torno de uma escada de circulação comum, cujo acesso se dava, para quem vinha da rua, por uma porta imponente. Tais portas em geral permaneciam trancadas, mas podiam ser abertas de dentro dos apartamentos por meio de um botão. Isabel examinou a série de campainhas junto à porta da frente e identificou uma em cuja etiqueta se lia o nome DUFFUS. Apertou-a e aguardou. Após um ou dois minutos uma voz soou no pequeno alto-falante do interfone, perguntando o que ela queria.

Isabel inclinou-se para falar no minúsculo microfone que havia na caixa do interfone. Disse seu nome e explicou que gostaria de conversar com a srta. Duffus. Era algo referente ao acidente, acrescentou.

Fez-se uma breve pausa, e então a cigarra do trinco soou. Isabel abriu a porta e começou a subir a escada, notando o cheiro rançoso, ligeiramente poeirento, que parecia haver no ar de tantas escadas de circulação comum. Era o cheiro de pedra que havia sido molhada e então secara, associado ao leve odor de comida no fogo que vazava dos apartamentos, um cheiro que a fazia lembrar-se da infância, quando ela galgava semanalmente uma escada como aquela para tomar aulas de piano com a srta. Marilyn McGibbon — a srta. McGibbon, que se referia a músicas que lhe "falavam à *arma*"; o que significava que elas tocavam sua alma. Isabel ainda pensava em músicas que falavam à *arma*.

Ela estacou e permaneceu assim por um momento, lembrando-se da srta. McGibbon, a quem se afeiçoara quando criança, mas em quem detectara, mesmo ainda criança, um sentimento de tristeza, de algo irresolvido. Certa feita, chegara para a aula e a encontrara com os olhos vermelhos e o pó-de-arroz manchado de lágrimas e então a fitara em silêncio até ela virar de costas e balbuciar: "Hoje não estou parecendo eu mesma. Me desculpe. Nem pareço eu mesma".

E Isabel perguntara: "Aconteceu alguma coisa?".

A srta. McGibbon começara a dizer que sim, mas transformara isso em não e balançara a cabeça, e então as duas se voltaram para as escalas que Isabel havia aprendido e para Mozart, e nada mais fora dito. Anos mais tarde, já na faculdade, Isabel descobrira por acaso que a srta. McGibbon havia perdido sua amiga e companheira, uma certa Lalla Gordon, filha de um juiz do Supremo Tribunal escocês, a qual fora forçada a escolher entre a família (que não aprovava a srta. McGibbon) e a amiga, e havia optado pela primeira.

O apartamento ficava no quarto andar. Quando Isabel chegou, a porta já estava entreaberta. Uma moça a aguardava no interior do hall e abriu completamente a porta assim que ela se aproximou. Isabel dirigiu-lhe um sorriso, estudando num relance a aparência de Hen Duffus: alta, quase esbelta e dotada daqueles grandes e encantadores olhos de corça que Isabel sempre associava às garotas da costa oeste escocesa, mas que provavelmente não tinham nada a ver com isso. Seu sorriso foi correspondido, e Hen convidou-a a entrar. Sim, pensou Isabel ao ouvir seu sotaque: é da costa oeste, embora não de Glasgow, como Cat dissera, mas de algum lugar pequeno e aconchegante, Dunbarton talvez, ou, quando muito, Helensburgh. Mas definitivamente não se tratava de uma Henrietta; Hen, sim, o diminutivo caía-lhe com muito mais propriedade.

"Me desculpe por ter vindo sem avisar. Achei que talvez você estivesse em casa. Você e o..."

"Neil. Acho que ele ainda não chegou. Mas não demora."

Hen fechou a porta atrás de si e indicou outra porta no final do corredor. "Podemos conversar ali", disse. "Só não repare a bagunça."

"Não se preocupe", volveu Isabel. "Não conheço ninguém que não viva em meio à bagunça. É mais confortável assim."

"Eu bem que gostaria de ser mais organizada", comentou Hen. "Até tento, mas acho que a gente não consegue ser o que não é."

Isabel sorriu, porém não disse nada. Havia uma coisa física naquela mulher, um ar de... bem, de energia sexual. Era inconfundível, como a musicalidade ou o ascetismo. Hen era feita de quartos desarrumados e camas amarfanhadas.

A sala de estar, para onde Isabel foi levada, tinha face norte, dando para as copas das árvores que se alinhavam ao longo da extremidade sul do parque Meadows. As generosas janelas vitorianas provavelmente haviam inundado o aposento de luz durante o dia e, embora começasse a anoitecer, ainda não havia necessidade de luz artificial. Isabel atravessou a sala e parou diante de uma das janelas. Olhou para a rua. Lá embaixo, um menino puxava pela guia um cachorro relutante. O menino curvou o tronco e desferiu uma pancada no dorso do animal, que se virou para ele num movimento de autodefesa. Então o cão recebeu um chute nas costelas e tornou a ser puxado pela guia.

Hen juntou-se a Isabel e também olhou para a rua. "Esse menino é um peste. Apelidei-o de Soapy Soutar. Mora no térreo com a mãe e o namorado dela. Acho que o cachorro não gosta de nenhum deles."

Isabel riu. Agradou-lhe a referência a Soapy Soutar. Antigamente, toda criança escocesa conhecia os quadrinhos do pirralho Oor Wullie e seus amigos Soapy Soutar e Fat Boab, mas e hoje em dia? De onde vinham as imagens da infância escocesa? Certamente não das ruas de Dundee, pensou ela, aquelas ruas quentes e míticas que o *Sunday Post* povoava com inocentes endiabrados.

As duas se afastaram da janela e Hen fitou Isabel. "Por que quer falar conosco? Você não é jornalista, é?"

Isabel balançou vigorosamente a cabeça. "De jeito nenhum. Não, eu fui testemunha do acidente. Vi o que aconteceu."

Hen olhou fixamente para ela. "Você estava lá? Viu o Mark cair?"

"Infelizmente, sim."

Hen olhou atrás de si à procura de um lugar para se sentar. Sentou-se, olhou para o chão e por alguns instantes não disse nada. Então levantou os olhos. "Não gosto muito de pensar nisso, sabe? Faz tão pouco tempo e já estou tentando esquecer. Mas não é fácil perder um amigo assim."

"É claro. Dá perfeitamente para entender."

"A polícia esteve aqui. Vieram e fizeram uma porção de perguntas sobre o Mark. Depois foi a vez dos pais. Apareceram para buscar as coisas dele. Faz idéia do que foi isso?"

"É, posso imaginar."

"E não foram só eles", prosseguiu Hen. "Os amigos do Mark também vieram. E um sujeito que trabalhava com ele. A coisa parecia não ter fim."

Isabel sentou-se ao lado de Hen no sofá. "E agora venho eu. Me desculpe por mais essa intromissão. Posso imaginar como tem sido duro para vocês."

"E o que você veio fazer aqui?", indagou Hen. Isso não foi dito em tom hostil, porém havia na pergunta uma acrimônia que Isabel detectou. Talvez fosse o cansaço, o esgotamento diante de mais um interrogatório.

"Não sei ao certo", respondeu calmamente. "Acho que vim porque me vi envolvida nessa coisa e não tinha com quem falar sobre ela — ninguém que tivesse alguma relação com o acidente, se é que você me entende. Eu vi essa coisa horrível acontecer e não conhecia ninguém que soubesse algo sobre ele, sobre Mark." Isabel interrompeu-se. Hen a observava com seus enormes olhos amendoados. Isabel acreditava no que estava dizendo, mas a verdade se resumia a isso? E, todavia, não podia revelar àquelas pessoas que estava ali por curiosidade, simples curiosidade, o desejo de saber o que tinha acontecido; isso e a suspeita um tanto vaga de que havia algo mal contado naquele acidente.

Hen fechou os olhos, depois assentiu com a cabeça. "Entendo", disse ela. "Se é assim, tudo bem. E, de certa forma, vai ser bom saber como ele caiu. Já queimei os neurônios tentando imaginar isso."

"Quer dizer que não se incomoda?"

"Não, não me importo. Se vai ajudar você, então está bem para mim." Hen estendeu a mão e tocou o braço de Isabel. Foi um gesto inesperado de comiseração e Isabel o considerou — indignamente, disse com seus botões — um tanto anômalo. "Vou fazer um café", prosseguiu a moça, levantando-se. "Depois podemos conversar."

Hen se retirou. Isabel tornou a reclinar o corpo no sofá e pôs-se a inspecionar com os olhos o apartamento. Era bem mobiliado, diferentemente de tantos apartamentos alugados, que não demoravam a adquirir um aspecto deteriorado. Havia reproduções de quadros nas paredes — uma provável mistura do gosto do proprietário com o dos inquilinos: uma vista das Falls of Clyde (proprietário); *A bigger splash*, de Hockney, e *Amateur philosophers*, de Vettriano (inquilinos); e Iona, de Peploe (proprietário). Isabel sorriu ao ver o Vettriano — o establishment artístico de Edimburgo o desprezava, mas ele continuava decididamente popular. Por quê? Porque suas pinturas figurativas diziam algo sobre a vida das pessoas (pelo menos sobre a vida de gente que dançava na praia em trajes de gala); tinham uma narrativa, tal como os quadros de Edward Hopper. Era por isso que os trabalhos de Hopper haviam inspirado tantos poemas: em tudo o que ele pintava havia um convite à leitura. O que as pessoas estão fazendo ali? Em que estão pensando? O que vão fazer agora? Hockney, obviamente, não deixava nada sem resposta. Em seus quadros era evidente o que estava acontecendo: piscinas, sexo, narcisismo. Hockney não pintara o retrato de WHA? Sim, Isabel recordava que ele o pintara e que conseguira captar bastante bem a catástrofe geológica que era o rosto de WHA. *Eu sou como um mapa da Islândia.* Ele havia dito isso? Não que ela se lembrasse, mas poderia ter dito. Um dia ainda pretendia escrever um livro com citações que, embora completamente apócrifas, cairiam como uma luva na boca de determinadas pessoas. *Reinei a tarde inteira e agora começou a nevar.* Rainha Vitória.

    Isabel estivera com os olhos fixos no Vittriano. Então olhou para a porta aberta do hall. Havia um espelho ali — um espelho alto, comprido, do tipo que é mais comum encontrar na face interna da porta de um armário. De onde estava, Isabel tinha uma visão desimpedida dele, e naquele exato instante viu um rapaz sair correndo por uma porta, cruzar o hall e desaparecer no interior de outro cômodo. Ele não a viu, embora parecesse estar ciente de sua presença no apartamento. E parecia também que não queria que ela o visse, e de fato não o teria visto não fosse pelo espelho posicionado naquele lugar estratégico. E ele estava nu.

    Após alguns minutos, Hen voltou, trazendo duas xícaras. Colocou-as em cima da mesa que havia defronte do sofá e tornou a sentar-se ao lado de Isabel. "Você chegou a conhecer o Mark?"

    Isabel esteve a ponto de dizer que sim, pois tinha a sensação bizarra de que o havia conhecido, mas balançou negativamente a cabeça. "Foi a primeira vez que o vi. Naquela noite."

    "Era um sujeito muito bacana", disse Hen. "Um cara sensacional. Todo mundo gostava dele."

    "Aposto que sim", disse Isabel.

    "Fiquei um pouco insegura no começo, sabe como é, morar com duas pessoas que eu nunca tinha visto. Mas o fato é que aluguei o quarto ao mesmo tempo que eles. De modo que nós três entramos aqui juntos."

    "E deu certo?"

    "Deu, sim. Tínhamos um desentendimento ou outro, como seria de se esperar. Mas nada sério. A gente se dava muito bem." Hen pegou sua xícara e bebericou o café. "Sinto falta dele."

"E ele e o Neil? Também eram amigos?"

"Muito", respondeu Hen. "De vez em quando jogavam golfe juntos, embora Neil fosse bom demais para Mark. O Neil joga bem pra chuchu. Podia ter se tornado profissional. Atualmente é estagiário de um escritório de advocacia no West End. Um lugar bem empetecado — mas isso todos eles são, não é verdade? Afinal de contas, estamos em Edimburgo."

Isabel pegou sua xícara de café e deu o primeiro gole. Era café solúvel, mas tentaria beber mesmo assim, não queria ser descortês.

"O que aconteceu?", indagou ela calmamente. "O que você acha que aconteceu?"

Hen deu de ombros. "Ele caiu. Não pode ter sido outra coisa. Foi um desses acidentes inexplicáveis. Por algum motivo resolveu olhar para baixo e caiu. O que mais poderia ter acontecido?"

"Será que ele não estava vivendo um momento difícil?" Isabel fez a sugestão com cautela, como se receasse provocar uma resposta agressiva, mas não foi o que aconteceu.

"Algo que o levasse a se matar?"

"É, isso."

Hen fez que não com a cabeça. "Impossível. Eu saberia. Não teria como não saber. Não foi isso, não."

Isabel ponderou as palavras de Hen. "Eu saberia." Por que saberia? Porque vivera com ele; essa, obviamente, era a razão. Detectamos os estados de ânimo daqueles com os quais convivemos na intimidade.

"Quer dizer que não havia sinais disso?"

"Não. Nenhum." Hen fez uma pausa. "Ele não era esse tipo de pessoa. O suicídio é uma fuga. E ele não tinha medo de enfrentar as coisas. Ele era... Era alguém em quem você podia confiar, alguém com quem a gente sabia que podia contar. Era uma pessoa que tinha consciência. Entende o que quero dizer?"

Isabel observava sua interlocutora. A palavra "consciência" andava em desuso, o que era estranho e, em última instância, preocupante. Tinha a ver com o desaparecimento da culpa da vida das pessoas e, em certo sentido, não havia mal nenhum nisso, uma vez que a culpa havia sido a causa de muita infelicidade desnecessária. Porém ela ainda tinha um papel na esfera das ações morais, enquanto desincentivo necessário. A culpa realçava o erro; tornava possível a vida moral. Afora isso, havia outra coisa digna de nota nas palavras de Hen: elas tinham sido pronunciadas com convicção, mas só poderiam ter sido ditas por alguém que jamais experimentara um período de depressão ou de insegurança acentuada...

"Há pessoas que externamente são muito desenvoltas em relação às coisas, embora internamente não tenham a mesma segurança... Muitas vezes são pessoas profundamente infelizes, mas não deixam isso vir à tona. São..." Isabel não completou a frase. Hen dava mostras de estar achando o tom professoral demais. "Desculpe. Não vim aqui dar lições a você..."

Hen sorriu. "Tudo bem. É provável que você esteja com a razão — em termos gerais —, mas não neste caso. Eu sinceramente não acho que tenha sido suicídio."

"Não, e longe de mim contestar isso", contemporizou Isabel. "Você obviamente o conhecia muito bem."

Sobrevieram alguns instantes de silêncio. Hen bebericava o café e dava a impressão de estar perdida em meditações, Isabel olhava para o Vettriano, perguntando-se o que diria em seguida. Não parecia haver muito sentido em dar prosseguimento à conversa: dificilmente conseguiria arrancar mais informações de Hen, que aparentemente havia dito tudo o que pretendia dizer, além de não ser, na avaliação de Isabel, uma pessoa das mais perceptivas.

Hen apoiou a xícara na mesa. Isabel desviou o olhar daquele quadro estranhamente perturbador. Então o rapaz que ela vira no corredor entrou na sala, já vestido.

"Este é o Neil", disse Hen.

Isabel levantou-se para apertar a mão do rapaz. A palma da mão dele estava quente e um pouco úmida, e ela pensou: Ele estava no banho. Foi por isso que passou nu pelo corredor. Talvez hoje em dia não fosse incomum que pessoas que moravam juntas, mesmo sendo apenas amigas, circulassem pela casa sem roupa, na mais perfeita inocência, como crianças no Éden.

Neil sentou-se na poltrona que havia em frente ao sofá enquanto Hen explicava o que Isabel estava fazendo ali.

"Não quero me intrometer", disse Isabel. "Só gostaria de conversar um pouco sobre o acidente. Espero que não se importe."

"Não", volveu Neil. "Não me importo. Se você quer conversar sobre isso, não vejo problema algum."

Isabel olhou de relance para ele. Seu jeito de falar era diferente do de Hen; pertencia ao outro lado do país, mas também traía uma educação cara em algum lugar. Ele devia regular em idade com Hen, ou talvez fosse um pouco mais velho, e, como ela, tinha um ar ligeiramente campestre. Claro, ele era o golfista, e o que Isabel estava vendo era o efeito de muitas horas passadas em meio às ventanias dos campos de golfe escoceses.

"Acho que não devo importuná-los mais", disse Isabel. "Já os conheci e pude conversar sobre o acidente. Agora é melhor deixá-los em paz."

"E ajudou em alguma coisa?", perguntou Hen, trocando um olhar — que não passou despercebido de Isabel — com Neil. O significado do olhar era evidente; assim que fosse embora, Hen diria a ele: "O que essa fulana veio fazer aqui? Que coisa mais sem sentido!". E diria isso porque Isabel não era nada para ela, só uma quarentona e, exceto por esse detalhe, alguém irreal, alguém que não lhe despertava o menor interesse.

"Vou levar sua xícara", disse Hen de repente, levantando-se. "Preciso começar a preparar uma coisa na cozinha. É só um minuto. Já volto."

"Tenho de ir", repetiu Isabel. Porém permaneceu no sofá mesmo depois de Hen ter se retirado da sala, pondo-se a olhar para Neil, que a observava, as mãos descansando sobre os braços da cadeira.

"Você acha que ele pulou?", ela indagou.

O rosto do rapaz mantinha-se impassível, mas havia algo de esquisito em seus modos, uma inquietude. "Pulou?", disse.

"Acha que foi suicídio?"

Neil abriu a boca para falar, mas em seguida tornou a fechá-la. Olhava fixamente para Isabel.

"Me desculpe por perguntar isso", prosseguiu ela. "Dá para perceber que a sua resposta é não. E, bem, provavelmente você está certo."

"Provavelmente", disse ele em voz baixa.

"Posso fazer outra pergunta?" E então, antes que Neil tivesse tempo de dizer qualquer coisa, ela emendou: "Hen me contou que Mark era um sujeito popular. Mas será que não havia alguém que tivesse raiva ou inveja dele?".

A pergunta fora feita e agora Isabel o observava. Notou a movimentação dos olhos, primeiro para baixo, para o chão, depois novamente para cima. E, ao responder, Neil não olhou para ela, mas para a porta que se abria para o hall, como se estivesse à procura de Hen para que ela respondesse à pergunta por ele.

"Acho que não. Não. Acho que não."

Isabel assentiu com a cabeça. "Quer dizer que não havia nada... nada de extraordinário na vida dele?"

"Não. Nada de extraordinário."

Então ele fitou Isabel, e ela viu em seus olhos uma expressão de animosidade. Neil sentia — e quem o haveria de censurar por isso? — que ela não tinha nada que se intrometer na vida do amigo falecido. Evidentemente, já havia passado da hora de ela se retirar, como Hen insinuara, e agora ela teria de ir embora. Levantou-se, e ele fez o mesmo.

"Gostaria de me despedir da Hen", disse ela, adentrando o hall, seguida por Neil. Isabel lançou um olhar rápido à sua volta. A porta por onde ele tinha saído correndo quando ela olhara acidentalmente para o espelho devia ser a primeira à direita.

"Ela está na cozinha, não é?", disse Isabel, virando-se de imediato para a direita e abrindo a porta.

"Não é aí", exclamou Neil às suas costas. "Esse é o quarto da Hen."

Mas Isabel havia dado um passo à frente e pôde ver o quarto amplo, com o abajur de cabeceira aceso, as cortinas fechadas e a cama desfeita.

"Oh", disse ela. "Me desculpe."

"A cozinha é ali", indicou ele com azedume. "Naquela porta." E dirigiu-lhe um olhar enviesado. Ele está nervoso, pensou ela; nervoso e hostil.

Isabel recuou e caminhou até a porta que ele havia indicado. Ao abri-la, deu de cara com Hen, que ficou evidentemente constrangida ao ser apanhada sentada numa banqueta lendo uma revista. Isabel, porém, agradeceu-lhe profusamente, despediu-se e partiu, ouvindo o som de Neil trancando a porta às suas costas assim que ela pôs os pés fora do apartamento. Deixara-lhes seu cartão de visita e dissera que, quando quisessem, poderiam procurá-la, mas eles olharam com desconfiança para o cartão, e ela teve certeza de que jamais a procurariam. Sentia-se constrangida e tola, e era assim, refletiu, que merecia sentir-se. Ao menos uma coisa, porém, tinha ficado clara.

Hen e Neil estavam tendo um caso, e era por isso que ele se achava no quarto dela quando Isabel tocara a campainha. Hen dissera que Neil ainda não havia chegado em casa, mas o fato é que lhe teria sido embaraçoso revelar a uma desconhecida que o rapaz estava na cama dela, ainda mais àquela hora. É claro que isso demonstrava o acerto de sua intuição a respeito de Hen, porém contribuía muito pouco para esclarecer como havia sido a vida em comum dos três jovens. Era possível, obviamente, que Mark se sentisse excluído. Hen dera a entender que não conhecia os dois rapazes antes de se mudar para o apartamento, o que significava que a certa altura o relacionamento se transformara em algo mais próximo de uma coabitação íntima. Isso talvez houvesse alterado a dinâmica entre eles, o que fora uma comunidade de três amigos dando lugar à convivência entre um casal e um amigo. Por outro lado, possivelmente Hen e Neil tivessem caído nos braços um do outro após a morte de Mark, em busca, talvez, de conforto e consolo para a tristeza que ambos compartilhavam. Isabel era até capaz de conjecturar que fora isso o que de fato acontecera, mas, novamente, tal conjectura não acrescentava nada a seu entendimento do que poderia estar passando pela cabeça de Mark naquela noite no Usher Hall. Se não sabia muita coisa a seu respeito antes de entrar no apartamento do Warrender Park Terrace, sabia pouco ou quase nada mais agora. Ele tinha sido um rapaz atraente, popular e sem propensão a sentimentos de insegurança; o que talvez não fosse surpresa, visto ser a insegurança o território dos adolescentes e, bem mais tarde, das pessoas de saúde frágil, não de um jovem na casa dos vinte anos. Se algo o afligia, decerto permanecera oculto daqueles com os quais ele convivia mais intimamente no dia-a-dia.

 Isabel voltou para casa caminhando devagar. Fazia uma noite agradável para aquela época do ano, uma noite em que se percebia apenas um levíssimo indício de verão, e nas ruas havia outras pessoas que também voltavam para casa. Tinham, em sua maioria, alguém que as aguardasse: maridos, esposas, namorados, pais. A casa de Isabel a aguardava, grande e vazia, coisa que, como ela sabia, era o resultado de escolhas que ela própria havia feito, mas pelas quais talvez não fosse a única responsável. Não fora uma resolução deliberada que a levara a apaixonar-se tão completa e definitivamente a ponto de nenhum outro homem despertar seu interesse. Fora algo que acontecera com ela, e as coisas que nos acontecem nem sempre são conseqüência de nossas ações. John Liamor acontecera, e isso significava que ela carregava uma sentença. Mas não pensava demais nisso e tampouco falava sobre isso com outras pessoas (embora houvesse falado, talvez imprudentemente, com Jamie na noite anterior). Assim eram as coisas, e Isabel tentava tirar o máximo delas, o que, em sua opinião, era o dever moral com o qual todas as pessoas tinham de se haver, ou pelo menos todas aquelas que acreditavam que os indivíduos tinham deveres para consigo mesmos. Se p, então q. Mas por q?

9

A semana seguinte foi marcada por certo marasmo. Havia um pouco de trabalho a ser feito para a *Revista*, mas, com as provas do número seguinte recentemente despachadas para a gráfica e com dois membros do conselho editorial fora do país, não se podia dizer que Isabel estivesse sobrecarregada. Passou grande parte do tempo livre lendo, além de ter ajudado Grace numa faxina de que havia muito o sótão estava precisando. Mas ainda lhe sobrou tempo para as reflexões e então não houve como não voltar ao que ela agora chamava de *o acontecimento*. O sentimento doloroso que sobreviera àquela noite sem dúvida se aplacara, mas parecia ter sido substituído por uma sensação de irresolução. Isabel chegou à conclusão de que seu encontro com Hen e Neil fora insatisfatório e de que não havia mais nada a fazer. Estava para ser aberto um inquérito sobre acidentes fatais. O promotor responsável pelo caso a informara da data em que isso ocorreria e lhe dissera que, na condição de testemunha mais imediata, ela seria convocada para relatar o que tinha visto, porém ele dera a entender também que tudo não passaria de formalidade. O caso estava solucionado de antemão.

"Não creio que restem muitas dúvidas", dissera o promotor. "A perícia constatou que a altura do guarda-corpo é perfeitamente adequada e que uma pessoa só poderia cair de lá se se debruçasse. É o que por alguma razão ele deve ter feito — talvez estivesse tentando ver alguém lá embaixo. De modo que vai ser mais ou menos isso."

"Então por que abrir um inquérito?", ela havia questionado, sentada diante da escrivaninha do promotor, no interior de um escritório parcamente mobiliado. Ele a chamara para uma entrevista, e Isabel o encontrara numa sala cuja porta estampava o letreiro ÓBITOS; um homem alto, dono de um rosto descarnado e triste. Na parede às suas costas havia uma foto emoldurada. Eram dois rapazes e duas moças, sentados numa postura rígida em quatro cadeiras dispostas defronte a uma arcada de pedra: UNIVERSIDADE DE EDIMBURGO, CENTRO ACADÊMICO DOS ESTUDANTES DE DIREITO, dizia a inscrição na extremidade inferior da foto. Um dos jovens era o promotor, facilmente identificável devido a sua deselegância magricela. Teria nutrido esperanças ou expectativas de um futuro melhor?

Ele mirou Isabel e em seguida desviou o olhar. Ali estava o funcionário responsável pelas mortes sucedidas em Edimburgo. Mortes. Todos os dias. Mortes. Ínfimas e graúdas. Mortes. Ele cuidava disso o ano inteiro e então voltava à cena do crime em lugares como Airdrie ou Bathgate. Todos os dias: crimes, crueldades, até o momento da ainda longínqua aposentadoria. "Como é que se diz por aí?", perguntou ele, tentando não parecer fatigado. "Ponto final? Para pôr um ponto final?"

Então era isso. Uma tragédia absolutamente inusitada havia acontecido e ninguém era responsável por ela. Por um capricho do destino, Isabel a testemunhara; depois fizera de tudo para entender o que podia ter sucedido. E, ao fim e ao cabo, o acidente permanecia sem explicação, e não havia nada mais que ela pudesse fazer, a não ser aceitar a situação.

Assim, Isabel tentou se concentrar no livro que estava lendo, que, por coincidência, tinha muito a ver com a questão em pauta. Viera à luz recentemente uma nova obra sobre os limites da obrigação moral — um tema familiar, o qual sofrera uma reviravolta quando um grupo de filósofos resolveu argumentar que, em se tratando de moralidade, a ênfase devia recair não sobre o que fazemos, mas sobre o que deixamos de fazer. Era uma posição potencialmente severa, com implicações desagradáveis para quem procurava levar uma vida sossegada. Exigia vigilância e mais atenção às necessidades dos outros do que Isabel se julgava capaz. Também era uma posição inadequada para quem quisesse se esquecer de algo. Segundo tal ponto de vista, o ato de tirar determinada coisa da cabeça podia ser entendido como uma omissão deliberada e culpável.

Era um livro de leitura difícil e frustrante — em todas as suas quinhentas e setenta páginas. Isabel sentia a tentação de deixá-lo um pouco de lado ou de abandoná-lo definitivamente, mas fazer isso seria corroborar a tese do autor. *Desgraçado*, pensava ela. *Me pegou de jeito*.

Quando finalmente terminou o livro, tratou de guardá-lo, sentindo um frisson de excitação culpada ao escolher para ele um canto obscuro na prateleira mais alta da estante. Isso foi num sábado à tarde, e ela decidiu que sua persistência em relação àquele livro irritante devia ser recompensada com um passeio à cidade, uma visita a uma ou duas galerias, seguida de um café e um doce numa das cafeterias da Dundas Street.

Isabel tomou um ônibus para ir à cidade. Quando estava se aproximando do ponto onde pretendia descer, logo depois da Queen Street, viu Toby descendo o morro com uma sacola de compras na mão. Foi a calça de veludo cotelê bordô que primeiro chamou sua atenção, e ela sorriu ao pensar que era isso que saltava aos olhos em sua figura, e continuava sorrindo quando desceu do ônibus. Toby estava a uns vinte ou trinta metros à sua frente. Não percebera que ela o tinha visto do ônibus, o que era um alívio, pois Isabel não estava com ânimo para conversar com ele. Agora, porém, ao descer o morro a uma distância segura do namorado de Cat, pegou-se indagando a si mesma o que ele andara fazendo. Compras, obviamente, mas aonde estava indo? Toby morava em Manor Place, do outro lado da Cidade Nova, de modo que não estava a caminho de casa.

Que mundano, pensou ela. Como é mundano o interesse que esse rapaz enfadonho desperta em mim. Que motivo tenho eu para querer saber como ele passa as tardes de sábado? Nenhum. Contudo, essa foi uma resposta que só fez aumentar sua curiosidade. Seria interessante descobrir pelo menos alguma coisa sobre ele; um detalhezinho qualquer, como, por exemplo, que ele gostava de comprar massas na Valvona & Crolla. Ou que tinha o hábito de fuçar lojas de antigüidades (por mais improvável que isso fosse). Quem sabe não simpatizaria com ele se soubesse mais coisas a seu respeito? Cat dera a entender que ele possuía qualidades recônditas, das quais ela não suspeitava e para as quais devia ao menos estar aberta. (Dever moral de empreender um esforço adicional para superar a prevenção que nutria contra ele? Não. As quinhentas e setenta páginas estavam bem guardadas na estante e ela se recusou a voltar a esse tema durante o passeio.)

Toby caminhava bastante rápido e, a fim de manter uma distância constante dele, Isabel teve de apertar o passo. Viu-o cruzar a Heriot Row e avançar pela Dundas Street. Agora o estava literalmente seguindo. Tinha uma vaga consciência do ridículo disso, mas era divertido mesmo assim. Ele não vai entrar em nenhuma galeria de arte, disse com seus botões, e certamente não está interessado em livros. Excluindo isso, o que restava? Talvez a agência de turismo na esquina da Great King Street (uma temporada tardia numa estação de esqui?).

De repente Toby estacou, e Isabel, absorta em pensamentos interditos, encurtou a distância entre eles. Quando se deu conta, parou imediatamente. Toby olhava para uma vitrine, escrutando o vidro como se tentasse distinguir o detalhe de um objeto em exposição ou o preço gravado numa etiqueta. Isabel olhou para a esquerda. Ela estava diante de uma casa, não de uma loja, de modo que a única "vitrine" que tinha à disposição para olhar era a janela de uma sala de estar. Foi para onde olhou;

assim, se Toby se virasse em sua direção, não perceberia que ela o estava vigiando.

Era uma sala de estar elegante, faustosamente mobiliada, típica daquela parte da Cidade Nova georgiana. O olhar de Isabel varava os cerca de quatro metros que a separavam da janela, quando de repente surgiu, do outro lado do vidro, o rosto de uma mulher, que, surpresa, olhou de volta para ela. Até então a mulher estava sentada numa poltrona, fora do ângulo de visão de Isabel; agora olhava para fora e via outra mulher olhando para ela.

Por um momento seus olhares se encontraram. O constrangimento congelou Isabel. A mulher à janela parecia-lhe vagamente familiar, mas não sabia dizer se realmente a conhecia. Permaneceram assim alguns instantes, olhando uma para a outra, até que, quando uma expressão de contrariedade começou a substituir o ar de surpresa no rosto da dona da casa, Isabel desviou o olhar e consultou o relógio. Resolveu fazer o papel da distraída. Viera caminhando pela Dundas Street e de súbito estacara, tentando lembrar-se do que é que havia esquecido. Ficara ali, olhando para o vazio (ou para uma pequena extensão de vazio) e então consultara o relógio e lembrara-se.

Deu certo. A mulher virou de costas e Isabel recomeçou a descer o morro, observando que Toby também retomara a caminhada e estava prestes a cruzar a rua para pegar a Northumberland Street. Isabel parou novamente, dessa vez com toda a legitimidade de uma vitrine comercial diante de si, e pôs-se a olhar para as mercadorias ali expostas enquanto Toby terminava de atravessar a rua.

Era um momento de decisão. Ou dava um fim àquela perseguição ridícula naquele instante, enquanto ainda se encontrava num rumo que, conforme podia alegar sem incorrer em inverdade, já estava seguindo antes, ou continuava no encalço de Toby. Hesitou por um instante e então, lançando um olhar indiferente para a direita e para a esquerda no intuito de ver se vinha algum carro, atravessou tranqüilamente a rua. Entretanto, antes mesmo de chegar ao outro lado ocorreu-lhe que o que estava fazendo era completamente ridículo. Ela, a editora da *Revista de Ética Aplicada*, estava se esgueirando por uma rua de Edimburgo, em plena luz do dia, em perseguição a um rapaz; justo ela, que acreditava no direito à privacidade, que tinha horror da vulgaridade exacerbada desta nossa era tão bisbilhoteira, comportava-se qual um desses garotos de imaginação particularmente fantasiosa. Por que se deixava atrair pelos assuntos dos outros como se fosse um detetive sórdido de filme B?

A Northumberland Street era uma das ruas mais estreitas da Cidade Nova. Ocupada por construções em escala ligeiramente menor que as das ruas que se estendiam ao norte e ao sul dela, tinha seus adeptos, que valorizavam o que tendiam a descrever como "privacidade". Já Isabel a achava escura demais — uma rua sem horizonte e sem aquele senso de elevação e grandiosidade que tornava a vida na Cidade Nova tão excitante. Não que ela própria tivesse vontade de viver ali. Claro que não. Preferia a tranqüilidade de Merchiston e Morningside e os prazeres de um jardim. Olhou para a casa que se erguia à sua direita, da qual fora freqüentadora na época em que era habitada por John Pinkerton. John, que tinha sido advogado e conhecia como ninguém a história da arquitetura de Edimburgo, montara uma casa que era impecavelmente georgiana em todos os aspectos. Fora um homem tão divertido, com sua voz curiosa e sua propensão a fazer um barulho engraçado ao pigarrear, como um peru gorgolejante, mas também fora muito generoso e tinha vivido à altura do lema de sua família, que era simplesmente: *Seja gentil*. Ninguém habitara a cidade de forma tão intensa nem conhecera como ele suas pedras. E John tinha sido tão valente em seu prematuro leito de morte, cantando, quem diria, hinos que ele sabia de cor e salteado; um homem de memória prodigiosa. O leito de morte. Isabel lembrou-se então do poema que Dou-

glas Young havia escrito para Willie Soutar: *Vinte anos acamado e agora / a mortalha. / Sua vida valeu a pena? Ah, / se valeu. / Deu corpo e alma / à causa escocesa.* Tal como John. A causa escocesa: *Seja gentil.*
A essa altura Toby caminhava mais devagar, estava quase flanando. Isabel receava que ele se virasse, pois naquela ruazinha tão estreita dificilmente escaparia de ser notada. É claro que isso não precisava ser demasiadamente constrangedor. Nada a impedia de passar por ali numa tarde de sábado, tal como ele próprio estava fazendo. A única diferença, pensou Isabel, era que ele evidentemente ia a algum lugar, ao passo que ela não tinha a menor idéia de qual era seu destino.

Em sua extremidade leste, a Northumberland Street fazia uma curva acentuada para a esquerda e passava a chamar-se Nelson Street, uma rua bem mais promissora, na opinião de Isabel. Um pintor amigo seu morara ali, numa cobertura com clarabóias voltadas para o norte, as quais deixavam entrar uma luz límpida, que inundava todas as suas telas. Isabel fora bastante amiga dele e de sua esposa, com os quais costumava jantar antes de eles se mudarem para a França. Lá, segundo ouvira dizer, ele abandonara a pintura e passara a cultivar videiras. Então morreu de repente e sua esposa casou-se com um francês, tendo ido morar em Lyon, onde o novo marido era juiz. De tempos em tempos Isabel recebia notícias suas, mas após alguns anos a correspondência fora interrompida. O juiz, segundo haviam lhe contado, envolvera-se num escândalo de corrupção e estava cumprindo pena numa prisão em Marselha. A viúva do pintor se mudara para o sul a fim de poder visitar o marido na cadeia, mas sua vergonha era tanta que ela não tinha coragem de contar aos velhos amigos o que havia sucedido. Assim, para Isabel, aquela era uma rua que suscitava recordações ambivalentes.

Balançando a sacola de plástico enquanto caminhava, Toby prosseguiu até o fim da Nelson Street, sempre discretamente observado por uma Isabel que agora andava a passos arrastados, quase vadios. Ele olhou para o prédio de apartamentos e consultou o relógio. Estava em frente à escada de cinco degraus que conduzia à porta de um dos apartamentos do andar térreo. Fez uma breve pausa, depois transpôs os degraus e apertou o botão da grande campainha de latão ao lado da porta. Isabel também interrompera sua caminhada, aproveitando-se do abrigo oferecido por uma van estacionada perto da esquina. Após alguns instantes, a porta se abriu e ela viu uma moça — aparentemente vestindo camiseta e jeans — sair da penumbra do hall, adentrar a claridade do dia e ali, sob o olhar de Isabel, inclinar-se para a frente, colocar os braços em volta dos ombros de Toby e beijá-lo.

Ele não deu um salto de surpresa para trás, claro que não. Ao contrário, mergulhou nos braços dela, abaixando-se para pousar a sacola de compras no chão, e então a abraçou, empurrando-a delicadamente para dentro do hall. Isabel ficou paralisada. Não contava com isso. Não contava com nada. Mas não imaginava que a decisão extravagante que havia tomado cinco minutos antes levaria à ratificação conclusiva de suas primeiras intuições a respeito de Toby. *Infiel*.

Permaneceu ali por mais cinco minutos, o olhar fixo na porta fechada. Depois deu meia-volta e tornou a subir a Northumberland Street, sentindo-se suja pelo que havia visto e feito. Era dessa maneira e com esse sentimento que provavelmente as pessoas deixavam os bordéis ou os locais de seus encontros amorosos clandestinos; *mortais*, *culpadas*, como diz WHA naquele poema grave em que ele descreve os momentos que sobrevêm ao carnal, quando cabeças sonolentas repousam, tão inocentemente, sobre braços desleais.

10

Disse Grace: "Eu estava no ponto esperando meu ônibus. Eles falam que passam de doze em doze minutos, mas é conversa fiada, pura conversa fiada. Tinha uma poça d'água na rua e veio um carro com um rapaz ao volante, um garoto com boné de beisebol, a aba virada para trás, e ele passou com a roda em cima da poça e molhou a mulher que estava do meu lado. Ela ficou encharcada. Pingando. E ele viu tudo, sabe? Mas por acaso parou para pedir desculpas? Claro que não. Ou a senhora achava que ele ia parar?".

"Não, claro que não", disse Isabel, aquecendo as mãos em torno de sua caneca de café. "É o declínio da civilidade. Ou melhor, a ausência de civilidade."

"Declínio, ausência, é tudo a mesma coisa", retrucou Grace.

"Não exatamente", disse Isabel. "Declínio significa menos que antes. Ausência quer dizer que a coisa não está lá — e que talvez nunca tenha estado."

"A senhora está querendo me dizer que antigamente as pessoas não se desculpavam quando faziam uma coisa dessas?" A indignação de Grace era evidente. Estava convencida de que em certos aspectos — inclusive nos que diziam respeito a garotos com bonés de beisebol — sua patroa era liberal demais.

"Imagino que algumas se desculpavam, sim", contemporizou Isabel. "Outras não. Não há como saber se hoje em dia as que pedem desculpas são menos numerosas do que antigamente. É como aquela questão de que hoje os policiais parecem mais jovens. Eles têm a mesma idade que sempre tiveram, mas para alguns de nós parecem mais jovens."

Grace não se deixaria persuadir por tal resposta. "Pois eu sei, ora se não sei. Os policiais são mais jovens, sim, disso não tenho dúvida, e as boas maneiras foram pelo ralo, essa é que é a verdade. A gente vê isso na rua todo dia. É preciso ser cego para não ver. Que falta faz a esses meninos um pai que os ensine a se comportar direito!"

A polêmica, que estava tendo lugar na cozinha, seguia o curso invariável das discussões entre as duas. Grace sustentava uma proposição e não recuava um milímetro, e a discordância em geral só chegava ao fim quando Isabel se dispunha a fazer uma vaga concessão, dizendo que o assunto era mesmo muito complexo e exigia mais reflexão, embora até certo ponto Grace tivesse razão.

Isabel levantou-se. Eram quase nove e dez e as palavras cruzadas a chamavam. Pegou o jornal que estava em cima da mesa da cozinha e, deixando Grace às voltas com as roupas que havia para dobrar, dirigiu-se à varanda. Certo e errado. Que falta faz a esses meninos um pai que lhes ensine a diferença entre o certo e o errado. Isso era verdade, mas, como acontecia com muitas das observações de Grace, era apenas meia verdade. Por que as mães não podiam desempenhar esse papel? Isabel conhecia várias mulheres que haviam criado os filhos sozinhas, e os haviam criado bastante bem. Uma de suas amigas, abandonada pelo marido seis semanas após o nascimento do filho, proporcionara uma educação maravilhosa para o menino, a despeito de todas as adversidades que uma mãe solteira enfrenta. O garoto crescera e tornara-se um rapaz formidável, como tantos outros iguais a ele. *Que falta faz a esses meninos um pai ou uma mãe* era o que Grace deveria ter dito.

Toby tinha um pai e, no entanto, estava traindo Cat. Porventura alguma vez seu pai lhe falara sobre como um homem deve se comportar em relação às mulheres? Era uma questão interessante, porém Isabel não sabia se os pais falavam com os filhos sobre esse tipo de coisa. Será que os levavam para um canto e diziam: "Trate as mulheres com respeito"? Ou isso era muito antiquado? Talvez pudesse perguntar a Jamie, tendo em vista que o ex-namorado de Cat sabia perfeitamente bem como tratar as mulheres com respeito, ao contrário de Toby.

Isabel suspeitava que a maneira como os homens se comportavam em relação às mulheres dependia de fatores psicológicos muito mais complexos. Não é um problema de conhecimento moral, refletiu, é antes uma questão de autoconfiança e integração sexual. Os homens que têm um ego frágil, que não sabem ao certo quem são, fazem das mulheres um instrumento para combater sua insegurança. Os homens que sabem quem são e sentem-se seguros no tocante a sua sexualidade são sensíveis às emoções das mulheres. Não têm nada para provar.

Toby, porém, não era nada inseguro. Ao contrário, transbordava autoconfiança. Pelo menos em seu caso, a questão era outra — possivelmente a ausência de imaginação moral. A moralidade depende da compreensão dos sentimentos dos outros. Quem não possui imaginação moral — e há de fato pessoas assim — é simplesmente incapaz de estabelecer empatia com os outros. A dor, o sofrimento, a tristeza deles não parecem reais, pois não são percebidos. Obviamente, não havia nada de novo nisso. Hume dissera algo muito semelhante ao abordar a questão da simpatia e da importância de a pessoa ser capaz de experimentar as emoções dos outros. Isabel se perguntava se hoje em dia seria possível transmitir o insight de Hume falando às pessoas sobre vibrações. Vibrações eram um conceito new age. Talvez Hume pudesse ser explicado em termos de vibrações e campos de energia, e possivelmente isso o tornasse mais concreto para pessoas que de outra forma não fariam a menor idéia do que ele estava querendo dizer. Era uma possibilidade interessante, mas, como muitas outras possibilidades, não havia tempo para ela. Eram tantos os livros a ser escritos — tantas as idéias a ser desenvolvidas —, e Isabel não tinha tempo para nada disso.

As pessoas pensavam, de forma muito equivocada, que Isabel tinha tempo de sobra. Olhavam para sua situação, a de uma mulher financeiramente independente, vivendo numa casa espaçosa — na qual era auxiliada em tempo integral por uma empregada — e trabalhando meio período como editora de uma obscura publicação acadêmica, cujos prazos supostamente eram bastante flexíveis, olhavam para isso e se perguntavam como alguém assim podia viver sem tempo para nada, imaginando que suas vidas, em empregos que estavam sempre lhes impondo mais e mais exigências, eram bem diferentes.

Obviamente, por mais relevantes que fossem para as questões morais que pautavam sua vida, nenhuma dessas reflexões tinha relação com o dilema em que Isabel se encontrava no momento. Ao ceder a um impulso de curiosidade vulgar, ela descobrira uma coisa sobre Toby, a qual, ao que tudo indicava, Cat ignorava. O problema que ela tinha diante de si era dos mais banais, uma questão que decerto já adornara as colunas de incontáveis páginas de aconselhamento: *O namorado da minha melhor amiga a está traindo. Eu sei disso, mas minha amiga não. Devo contar a ela?*

Talvez fosse um problema comum, porém não tinha solução simples. Isabel já havia deparado com ele antes, havia muito tempo, e não estava certa de que tomara a decisão correta. Daquela vez não se tratara de um caso de infidelidade, mas de doença. Um homem com o qual havia trabalhado, e do qual se tornara razoavelmente íntima ao longo dos anos, começara a sofrer de esquizofrenia. Tivera de abandonar o emprego, mas reagira bem ao tratamento. Então conhecera uma mulher e a pedira em casamento, e ela aceitara. Isabel concluíra que essa mulher desejava muito se casar, porém ninguém havia lhe feito tal proposta antes. Acontece que não estava a par da doença do sujeito, e Isabel ponderara se devia ou não contar a ela. Por fim não dissera nada, e posteriormente a mulher ficara consternada ao descobrir o que havia de errado com o marido. Todavia, agüentara bem o baque e os dois haviam se mudado para uma casa nos limites do distrito de Blairgowrie, onde desde então levavam uma vida reclusa e sossegada. A mulher jamais dissera que se arrependia do casamento, mas se Isabel houvesse lhe contado sobre a doença, ela teria mais elementos para sopesar sua decisão. Poderia ter dito não ao homem e levado uma vida mais feliz sozinha, ainda que isso o houvesse privado daquela medida de satisfação e segurança que o casamento lhe proporcionara.

Isabel pensava nisso com freqüência, e chegara à conclusão de que a não-intervenção era a conduta mais adequada em casos como esse. O problema era que, intervindo ou não, simplesmente não havia como saber o que aconteceria depois. A solução, portanto, era a pessoa manter distância desse tipo de situação sempre que não estivesse diretamente envolvida. Mas isso não estava certo. Cat não era uma desconhecida, e os parentes mais próximos sem dúvida tinham o direito de ser advertidos. E se Toby não fosse Toby, mas um impostor? Um criminoso condenado à prisão perpétua que houvesse sido autorizado a sair temporariamente da cadeia e que mesmo então estivesse planejando outro crime? Não fazia sentido dizer que ela não podia advertir a sobrinha num caso assim. De fato, em tal situação, mais do que o direito, ela teria o dever de falar.

Ainda sentada na varanda, as palavras cruzadas diante de si, intocadas, a caneca de café fumegando no ar ligeiramente mais frio do ambiente envidraçado, Isabel perguntou-se como falaria com Cat. Uma coisa era certa: não podia contar que havia seguido Toby, pois isso suscitaria, com razão, acusações de interferência indevida na vida dele e de Cat. Teria de iniciar a revelação com uma mentira ou, quando muito, com uma meia verdade.

"Eu estava passando pela Nelson Street e por coincidência vi..."

O que Cat diria? Num primeiro momento ficaria chocada, como qualquer pessoa ao receber a notícia de uma traição dessa natureza. E então talvez o choque desse lugar à raiva, que seria direcionada para Toby, e não para a outra moça, fosse ela quem fosse. Isabel tinha lido que, ao descobrir uma infidelidade, as mulheres em geral atacavam seus parceiros, ao passo que, na mesma situação, os homens tendiam a dirigir sua hostilidade para o outro homem, o intruso. Por um momento, permitiu-se imaginar a cena: Toby, sem suspeitar de nada, enfrentando uma Cat enfurecida, aquela expressão de autoconfiança esboroando-se diante da arremetida, enrubescendo com a exposição da verdade. E então, assim esperava Isabel, sua sobrinha iria embora batendo a porta e seria o fim de Toby. Algumas semanas depois, estando as feridas de Cat ainda não cicatrizadas, mas não tão sensíveis a ponto de ela sentir necessidade de ficar sozinha, Jamie apareceria na delicatéssen e a convidaria para almoçar. Ele se mostraria solidário, porém Isabel teria de aconselhá-lo a manter certa distância e não se precipitar ao tentar preencher o vazio afetivo. Então veriam. Se Cat tivesse um mínimo de bom senso, perceberia que Jamie nunca a enganaria e que o melhor que tinha a fazer era ficar longe de homens como Toby. Mas nesse ponto a fantasia chegou ao fim. O mais provável era que Cat cometesse o mesmo erro de novo, e mais de uma vez, pois isso era o que as pessoas sempre faziam. Homens imprestáveis eram substituídos por homens imprestáveis; parecia inevitável. As pessoas repetiam seus erros porque a escolha de seus parceiros era ditada por fatores que fugiam ao seu controle. Isabel havia absorvido bastante Freud — e, mais a propósito no caso, Klein — para saber que a sorte afetiva era lançada muito cedo. Tudo remontava à infância e à psicodinâmica da relação que se estabelecia entre a criança e seus pais. Essas coisas não podiam ser reduzidas a análises intelectuais ou cálculos racionais; elas derivavam de eventos sucedidos no quarto de brinquedos. Não que todas as casas tivessem um quarto de brinquedos, claro, mas possuíam algo equivalente — um *espaço*, talvez.

11

Foi naquele fim de tarde, após um dia que lhe parecia ter sido um desperdício total, que Isabel recebeu a visita de Neil, o rapaz com o qual havia tido aquela conversa tão pouco proveitosa em sua visita ao Warrender Park Terrace. Ele chegou sem avisar, embora Isabel, que se encontrava junto à janela de seu estúdio, estivesse coincidentemente olhando para a rua quando ele se aproximou da porta da frente. Viu-o olhar para cima, para o tamanho da casa, e pensou tê-lo visto hesitar um pouco, porém ele seguiu em frente e tocou a campainha, e ela foi abrir a porta para ele.

Neil estava de terno e gravata e, como Isabel reparou, tinha os sapatos muito bem engraxados. Hen dissera, de maneira um tanto ou quanto irrelevante, que ele trabalhava num lugar empetecado, e a indumentária confirmava isso.

"Senhora Dalhousie?", indagou ele desnecessariamente quando ela abriu a porta. "Espero que se lembre de mim. Esteve em casa outro dia..."

"É claro que me lembro. Você é o Neil, não é?"

"Isso."

Ela o fez entrar no hall e o conduziu até a sala de estar. Neil não aceitou nem o drinque nem o chá que ela ofereceu, e Isabel serviu uma pequena dose de xerez para si mesma. Em seguida, sentou-se de frente para ele.

"Hen me contou que você é advogado", disse, no intuito de quebrar o gelo inicial.

"Estou fazendo um estágio", corrigiu ele. "Mas sou advogado, sim."

"Como um em cada dois habitantes desta cidade", comentou ela.

"É, às vezes dá a impressão de que sim."

Seguiu-se um breve silêncio. Isabel observou que Neil mantinha as mãos no colo, comprimindo-as uma contra a outra, e que, de modo geral, sua postura não era nada descontraída. Estava tenso e nervoso, tal como na conversa anterior. Talvez ele fosse assim. Há pessoas que são tensas por natureza, vivem com os nervos à flor da pele, sempre desconfiadas do mundo à sua volta.

"Vim vê-la...", principiou ele, mas não continuou.

"Pois é", disse Isabel com jovialidade. "Estou vendo."

Neil esboçou um sorriso, porém não conseguiu sustentá-lo por muito tempo. "Vim vê-la por causa... por causa da conversa que tivemos outro dia. Acontece que eu não disse toda a verdade. E desde então isso não me sai da cabeça."

Isabel o observava atentamente. A tensão acumulada no rosto o envelhecia, formando rugas nas extremidades da boca. As palmas de suas mãos devem estar úmidas, pensou ela, que se mantinha em silêncio, aguardando que ele prosseguisse.

"Você me perguntou — de forma bem específica — se não havia algo de extraordinário na vida do Mark. Lembra-se?"

Isabel fez que sim com a cabeça. Olhou para o copo de xerez que tinha na mão direita e tomou um pequeno trago. Era muito seco, excessivamente seco. Toby fizera o comentário quando ela lhe servira uma dose. Seco demais e deixa a boca amarga.

"E então eu disse que não havia nada", continuou Neil. "Mas não era verdade. Tinha uma coisa, sim."

"E você veio me falar sobre isso?"

Neil balançou afirmativamente a cabeça. "Me senti muito mal por tê-la enganado. Não sei por que agi assim.

Acho que fiquei irritado por você ter ido nos visitar. Tive a sensação de que estava se intrometendo numa coisa que não lhe dizia respeito."

E realmente não diz, pensou Isabel, mas continuou quieta.

"Pois bem", disse Neil. "Um dia Mark me contou que havia uma coisa acontecendo no escritório. Ele estava assustado."

Isabel sentiu o coração acelerar. Sim, tinha razão. Acontecera alguma coisa, a morte de Mark não era o que parecia. Havia algo por trás dela.

Neil desuniu as mãos. Agora que começara a falar, um pouco de sua tensão aparentemente se dissipara, embora ele ainda não parecesse relaxado.

"Não sei se alguém lhe contou que Mark trabalhava numa dessas empresas que gerenciam fundos de investimento", disse Neil. "McDowell's. Cresceram bastante nos últimos tempos. Têm fundos de pensão de grande porte na carteira, além de um ou outro investidor individual. São muito conhecidos no mercado."

"É, eu soube que ele trabalhava lá", disse Isabel.

"Bom, nesse trabalho as pessoas vêem muito dinheiro circulando. Têm de estar extremamente atentas."

"É o que dizem."

"E precisam ter especial cuidado com a maneira como se comportam", disse Neil. "Há uma coisa chamada *insider trading*. Sabe o que é isso?"

Isabel disse que já ouvira a expressão antes, mas não sabia o que significava exatamente. Não tinha algo a ver com a compra de ações baseada em informações privilegiadas?

Neil fez que sim. "É mais ou menos isso. Às vezes, a pessoa trabalha com informações confidenciais que permitem prever o comportamento das ações. Se o controle acionário de determinada empresa está para ser vendido, por exemplo, isso pode provocar a alta de suas ações. Se a pessoa tem acesso a tal informação e investe em papéis da empresa antes de a notícia ser divulgada, vai ganhar dinheiro. É muito simples."

"Entendi", disse Isabel. "Parece tentador."

"E é", concordou Neil. "Muito tentador. Já estive numa situação assim. Ajudei na elaboração de uma proposta de aquisição que eu sabia que teria impacto no valor das ações da empresa que estava sendo negociada. Não me teria sido difícil arrumar um testa-de-ferro que comprasse algumas ações em meu nome. Era questão de querer. Dava para ganhar um bom dinheiro."

"E por que não fez isso?"

"Porque dá cadeia", disse Neil. "É coisa séria. Eu teria usufruído de uma vantagem indevida sobre quem vendesse as ações para mim. E isso fere o próprio princípio do mercado."

"E foi uma coisa assim que Mark viu acontecer?"

"Foi", respondeu Neil. "Ele me contou num dia em que fomos ao pub juntos. Disse que descobrira operações de *insider trading* na empresa. Afirmou que tinha certeza absoluta disso e que podia prová-lo. E então mudou de assunto."

Isabel abandonou o copo de xerez. Era óbvio onde a revelação ia dar, e isso a deixou com uma sensação desagradável.

"Mark disse que temia que as pessoas responsáveis por essas operações soubessem que ele havia descoberto a fraude. Estava sendo tratado de forma estranha, quase com desconfiança, e tivera de ouvir uma preleção muito esquisita sobre a importância da confidencialidade e a necessidade de os funcionários vestirem a camisa da empresa — e ele interpretou isso como uma advertência velada."

Neil encarou Isabel e ela viu algo em seus olhos. O que havia ali? Um pedido de ajuda? Ou a expressão de uma aflição íntima, de uma tristeza que ele não sabia como colocar em palavras?

"E isso foi tudo?", quis saber ela. "Ele não contou quem fez essa preleção, essa advertência?"

Neil balançou a cabeça. "Não, não contou. Disse que não podia falar muito. Mas era evidente que estava com medo."

Isabel se levantou e atravessou a sala para fechar as cortinas. Ao fazer isso, o movimento do tecido produziu um farfalhar suave, como uma pequena onda quebrando na praia. Neil acompanhava sua movimentação com os olhos. Então ela tornou a sentar-se em sua poltrona.

"Não sei o que você espera que eu faça com isso", disse ela. "Já pensou em ir à polícia?"

A pergunta pareceu deixá-lo tenso novamente. "Não posso procurá-los", respondeu. "Já falaram várias vezes comigo. E eu não mencionei nada disso. Só contei o que eu disse a você na primeira vez em que conversamos. Se eu fosse atrás deles agora, soaria esquisito. Eu estaria implicitamente admitindo que menti."

"E talvez isso lhes desagradasse", cogitou Isabel. "Talvez começassem a achar que você está escondendo alguma coisa, não é?"

Neil a olhava fixamente. Aquela expressão estranha assomou de novo aos seus olhos. "Mas eu não estou escondendo nada."

"Claro que não", apressou-se em dizer Isabel, embora soubesse que isso não era verdade, embora soubesse que ele estava, sim, escondendo algo. "Acontece que, quando você não diz a verdade, as pessoas começam a achar que talvez haja um motivo para isso."

"Não tem motivo nenhum", retrucou Neil com uma voz que agora parecia ligeiramente alterada. "Não contei para eles porque era uma coisa sobre a qual Mark me falou muito por cima. Achei que não tinha nada a ver com... com o que aconteceu. E eu não queria passar horas e horas às voltas com a polícia. Só queria que aquilo acabasse logo. Pensei que as coisas seriam mais simples se eu ficasse de boca fechada."

"Às vezes isso torna as coisas bem mais simples", disse Isabel. "Às vezes, não." Fitou-o, e ele baixou os olhos.

Sentiu pena dele. Era um rapaz bastante comum. Não parecia ser especialmente sensível nem muito perspicaz. Tinha perdido um amigo, alguém com quem dividira o mesmo teto, e isso devia tê-lo abalado muito, bem mais do que a ela, que apenas testemunhara o acidente.

Tornou a olhar para ele. Parecia vulnerável, e havia algo em sua expressão que a fez pensar em outra coisa, em outra possibilidade. Talvez houvesse uma dimensão em seu relacionamento com Mark de que ela a princípio não suspeitara. Era até possível que tivessem sido namorados. Não era tão incomum assim encontrar alguém capaz de se envolver sexualmente com ambos os sexos. Embora houvesse surpreendido Neil no quarto de Hen, isso não significava que não pudesse ter havido outras formas de intercâmbio naquele apartamento.

"Você sente falta dele, não é?", disse ela calmamente, observando o efeito que suas palavras exercem sobre o rapaz.

Neil desviou o olhar, como se estivesse interessado nos quadros pendurados na parede. Permaneceu alguns instantes em silêncio, então respondeu: "Sinto muita falta dele. Penso muito nele. Todos os dias. O tempo todo".

Havia respondido à pergunta, assim como às dúvidas de Isabel.

"Não tente esquecê-lo", disse ela. "Às vezes as pessoas aconselham isso. Dizem que devemos tentar esquecer as pessoas que perdemos. Mas não é um bom conselho, sabe?"

Neil fez que sim com a cabeça e tornou a encará-la por um breve instante, antes de desviar de novo o olhar, no qual Isabel teve a impressão de entrever uma expressão angustiada.

"Foi um gesto muito generoso da sua parte me procurar", disse ela com delicadeza. "Sei como é difícil a gente ir atrás de uma pessoa e dizer que estava escondendo algo dela. Obrigada, Neil."

Isabel não teve a intenção de dizer isso como um sinal para ele ir embora, mas foi assim que Neil o interpretou. Levantou-se e estendeu a mão para ela. Isabel também ficou em pé e apertou a mão estendida, notando que estava trêmula.

Depois que Neil partiu, Isabel sentou-se na sala de estar com o copo de xerez vazio a seu lado e pôs-se a remoer o que seu visitante havia lhe dito. A conversa suscitara nela várias ordens de inquietação. A morte de Mark tinha causado a Neil mais sofrimento do que ela suspeitava, e ele não estava sabendo lidar com isso. Não havia nada que ela pudesse fazer a respeito, pois o rapaz dava mostras de não estar preparado para falar sobre o motivo — fosse ele qual fosse — de sua dor. É claro que acabaria se recuperando, mas o tempo era o único remédio capaz de dar um jeito nisso. Bem mais perturbadoras tinham sido as revelações sobre as operações de *insider trading* no interior da McDowell's. Agora que havia sido posta a par de tal fato, Isabel sentia que não podia ignorá-lo e, malgrado o possível envolvimento da administradora de fundos nesse tipo particular de desonestidade (ou seria ganância?) não lhe dizer respeito diretamente, passava a ser de seu interesse se tinha alguma relação com a morte de Mark. *Uma relação com a morte de Mark*: o que precisamente significava isso? Que ele havia sido assassinado? Era a primeira vez que se permitia colocar tal possibilidade com tanta clareza. Entretanto, já não havia como esquivar-se dela.
 Teria a morte de Mark sido conseqüência de ele haver ameaçado revelar informações comprometedoras sobre alguém na empresa? Parecia ultrajante até mesmo levantar a questão. Aquela era a comunidade financeira escocesa, com toda a sua reputação de retidão e integridade. Era uma gente que jogava golfe, freqüentava o New Club, e entre seus membros havia até quem fosse dignitário da Igre-

ja da Escócia. Isabel pensou em Paul Hogg. Ali estava um exemplo típico das pessoas que trabalhavam em tais empresas. Um sujeito franco, absolutamente convencional, como ele próprio admitia, alguém que freqüentava vernissages e gostava de Elizabeth Blackadder. Gente assim não se envolvia com o tipo de prática que estivera associado a certos bancos italianos, ou mesmo a setores mais estouvados da City londrina, nem cometia assassinatos.

Contudo, se por um instante se admitia que qualquer um, mesmo o indivíduo aparentemente mais honesto, era capaz de agir com ganância e driblar as regras da comunidade financeira (afinal, não se estava falando de roubo, apenas do uso indevido de informações), não seria plausível imaginar que, diante de uma ameaça de denúncia, a pessoa recorresse a meios desesperados para proteger sua reputação? Em outros círculos, menos austeros, a acusação de desonestidade era possivelmente menos devastadora, fosse porque havia muitos trapaceiros, fosse porque em algum momento da vida quase todo mundo fazia um trambique ou outro. Isabel havia lido sobre regiões no sul da Itália — certas áreas de Nápoles, por exemplo — onde o logro era a norma e a honestidade, a exceção. Em Edimburgo, porém, a prisão era uma possibilidade impensável. Assim, não seriam muito mais atraentes as ações destinadas a evitá-la, mesmo que implicassem a eliminação de um rapaz que estava chegando perto demais da verdade?

Isabel olhou para o telefone. Sabia que bastava um simples telefonema para Jamie vir vê-la. Ele havia lhe dito mais de uma vez: *Pode me ligar a qualquer hora, sério. Adoro vir aqui. É só ligar.*

Isabel se levantou da poltrona e foi até a mesinha do telefone. Jamie morava na Saxe-Coburg Street, em Stockbridge, num apartamento com outras três pessoas. Isabel havia estado lá uma vez, quando ele e Cat ainda namoravam — na ocasião, Jamie oferecera um jantar para elas. Era um apartamento grande, cheio de recantos, com pé-direito alto e piso de lajota no hall e na cozinha. Pertencia a Jamie — seus pais o haviam comprado e posto em seu nome na época em que ele estava na faculdade. Os outros três moradores eram seus inquilinos. Na condição de proprietário, Jamie se permitia ficar com dois cômodos: um quarto e uma sala de música, onde recebia seus alunos. Formado em música, sobrevivia dando aulas de fagote. Alunos não lhe faltavam, e ele ainda suplementava sua renda tocando num conjunto de câmara e, em caráter eventual, na Scottish Opera. Uma vida perfeita, pensava Isabel, na qual Cat se encaixaria muito confortavelmente. Porém Cat não tinha visto as coisas assim, claro, e Isabel temia que continuasse não vendo.

Jamie estava dando aula quando ela ligou, e prometeu retornar a chamada dali a meia hora. Enquanto aguardava o telefonema, Isabel foi até a cozinha preparar um sanduíche; não sentia disposição para fazer uma refeição propriamente dita. Então, ao terminar, retornou à sala de estar e sentou-se perto do telefone.

Sim, ele estava livre. Seu último aluno do dia, um garoto de quinze anos, muito talentoso, que Jamie estava preparando para um exame, tocara com brilhantismo. Agora, tendo o menino sido despachado de volta para casa, uma caminhada para ir visitar Isabel vinha a calhar. Sim, seria ótimo tomar um drinque com ela e, quem sabe, cantar um pouco.

"Desculpe", disse ela, "mas não é bem isso. Quero conversar com você."

Jamie notou a ansiedade de Isabel e a idéia da caminhada foi abandonada, dando lugar a uma mais ligeira viagem de ônibus.

"Está tudo bem?"

"Sim", disse ela. "Mas tem uma coisa sobre a qual preciso muito falar com você. Conto tudo quando você chegar."

Os ônibus, tão detratados por Grace, estavam no horário. Dali a vinte minutos Jamie já se achava sentado com Isabel na cozinha, onde ela começara a preparar-lhe um omelete. Ela havia buscado uma garrafa de vinho no porão e servira uma taça para ele e outra para si própria. Então, pôs-se a narrar a visita ao apartamento de Mark Fraser e o encontro que tivera com Hen e Neil. Jamie ouvia com uma expressão grave e, quando ela contou sobre a conversa que havia tido com Neil algumas horas antes, seus olhos ficaram arregalados de preocupação.

"Isabel", disse ele quando ela terminou de falar. "Você sabe o que eu vou dizer, não sabe?"

"Que eu não devia me intrometer em coisas que não me dizem respeito?"

"Exatamente." Jamie fez uma pausa. "Acontece que também sei, por experiências passadas, que você é incapaz disso. Então não vou dizer, acho."

"Ótimo."

"Embora essa seja a minha opinião."

"Muito justo."

Jamie contorceu o rosto com uma careta. "Então, o que fazemos?"

"Foi por isso que chamei você", disse Isabel, tornando a encher a taça de vinho do rapaz. "Eu estava precisando repassar essa história toda com a ajuda de alguém."

Ela falava enquanto preparava o omelete. Uma vez pronto, deixou-o deslizar para o prato que ela colocara ao lado do fogão para aquecer.

"Cogumelos cantarelo", disse ela. "Eles transformam um omelete."

Jamie lançou um olhar agradecido para o generoso omelete e para a salada que lhe servia de acompanhamento.

"Você vive cozinhando para mim", comentou. "E eu nunca cozinho para você. Nunca."

"Você é homem", respondeu prosaicamente Isabel. "E isso nem passa pela sua cabeça."

Mal terminou de falar, compreendeu que o comentário fora rude e impróprio. Podia tê-lo feito para Toby, e com justiça, visto ser muito pouco provável que ele alguma vez houvesse cozinhado para alguém, mas não era uma coisa que se pudesse falar para Jamie.

"Desculpe", disse ela. "Saiu sem querer."

Jamie deixara o garfo e a faca ao lado do prato. Olhava fixamente para o omelete. E estava chorando.

12

"Ah, meu Deus, Jamie. Sinto muito. Que coisa mais horrível de se dizer. Não pensei que você fosse..."

Jamie balançou vigorosamente a cabeça. Não estava aos prantos, mas havia lágrimas em seus olhos. "Não", disse ele, enxugando os olhos com seu lenço. "Não é isso. Não foi o que você disse. Não tem nada a ver com isso."

Isabel suspirou aliviada. Então não o ofendera, mas o que poderia ter suscitado tão extraordinária explosão emotiva?

Jamie pegou o garfo e a faca e começou a cortar o omelete, mas tornou a deixá-los sobre a mesa.

"É a salada", disse ele. "Você colocou cebola na salada. E os meus olhos não podem com cebola. É só eu chegar perto que começam a arder."

Isabel deu uma gargalhada. "Graças a Deus. Pensei que você estivesse chorando de verdade e que eu tivesse dito algo horrivelmente insensível. Achei que fosse minha culpa." Ela estendeu a mão e tirou o prato da frente de Jamie. Então jogou fora a salada e devolveu-lhe o prato. "Pronto. Agora é só um omelete. Sem acompanhamentos."

"Perfeito", disse ele. "Desculpe o transtorno. Acho que é genético. Minha mãe tinha exatamente o mesmo problema, e uma prima dela também. Somos alérgicos a cebola crua."

"E por um momento eu pensei que tinha alguma coisa a ver com a Cat... e com a vez em que você preparou um jantar para nós na sua casa."

131

Jamie, que até então sorria, assumiu uma expressão melancólica. "É, eu lembro", disse ele.

Isabel não tivera a intenção de tocar no nome de Cat, mas, agora que tocara, sabia qual seria a pergunta seguinte. Sempre que se encontravam, ele invariavelmente perguntava isto.

"E como vai ela?", indagou ele. "O que anda fazendo?"

Isabel pegou sua taça e serviu-se de mais um pouco de vinho. Não pretendera beber mais nada depois do xerez que havia tomado durante a visita de Neil, mas ali, na intimidade da cozinha, com o aroma dos cogumelos atiçando suas narinas, mudara de idéia; *acrasia*, fraqueza de vontade novamente. Ela se sentiria *segura* na companhia de Jamie, conversando com ele e bebericando uma taça de vinho. Tinha certeza de que isso a faria sentir-se melhor.

"A Cat", respondeu, "continua fazendo as mesmas coisas de sempre. Anda bastante ocupada com a delicatéssen. Está tocando a vida." Deixou a voz ir se apagando até sumir de vez. Era uma resposta tão banal, mas o que mais havia para dizer? De qualquer forma, fazer tal pergunta equivalia a indagar "Como vai?" quando se encontra um amigo. Diante disso só há uma resposta possível: a afirmação anódina de que tudo vai bem, qualificada em seguida, talvez, por um comentário sobre a situação de fato, caso a situação de fato não seja das melhores. Primeiro estoicismo, depois a verdade — assim se poderia descrever o conteúdo desse tipo de interlocução.

"E o sujeito com quem ela anda saindo", prosseguiu Jamie calmamente. "Toby. E ele? Ela o traz aqui?"

"Eu o vi outro dia", disse Isabel. "Mas não foi aqui."

Jamie pegou sua taça de vinho. Tinha as sobrancelhas franzidas, como se estivesse se esforçando para encontrar as palavras certas. "E onde foi?"

"Na cidade", respondeu rapidamente Isabel. Tinha esperanças de que isso encerraria o interrogatório, mas não.

"E ele estava... estava com a Cat?"

"Não", disse Isabel. "Estava sozinho." E para seus botões: isto é, estava sozinho no princípio.

Jamie fitou-a. "E o que ele estava fazendo?"

Isabel sorriu. "Você parece muito interessado no Toby", comentou. "E o fato é que ele não é uma pessoa das mais interessantes." Esperava que isso deixasse claro para Jamie de que lado ela estava, permitindo-lhes mudar de assunto. Porém o comentário teve o efeito contrário. Jamie pareceu interpretá-lo como um incentivo para que ele desse prosseguimento à conversa.

"Mas o que ele estava fazendo?"

"Andando pela rua. Só isso. Andando pela rua... com aquela calça de veludo bordô que ele gosta de usar." A última parte da resposta era desnecessária, e foi dita com um sarcasmo de que Isabel imediatamente se arrependeu. Era a segunda observação grosseira da noite. A primeira tinha sido a acusação gratuita de que os homens não gostam de cozinhar, a segunda fora essa zombaria deplorável sobre a calça de Toby. Com o passar do tempo, uma mulher como Isabel corria sério risco de tornar-se uma solteirona de língua comprida. Precisava precaver-se contra isso. Portanto, acrescentou: "Quer dizer, até que não é tão ruim, aquela calça de veludo. Provavelmente a Cat gosta. Deve achá-la...".

Interrompeu-se de novo. Por pouco não dissera que Cat devia achar a calça de veludo bordô atraente, mas isso teria sido indelicado. Seria uma insinuação, não seria?, de que Jamie e suas calças não exerciam sobre Cat o mesmo fascínio. Isabel nunca reparara nelas antes, em grande medida porque seu interesse não estava nas calças que ele vestia, e sim em seu rosto, em sua voz e, a bem da verdade, em toda a sua pessoa. E esta era, sem dúvida, a diferença entre Toby e Jamie. Não havia como gostar de Toby enquanto pessoa (só sendo o tipo errado de pessoa); a única coisa de que se podia gostar nele era o físico. Sim, isso era tudo o que Toby era. Um objeto sexual com calça de veludo bordô, e só. Por sua vez, Jamie era... Bem, Jamie era simplesmente lindo, com aqueles malares altos, e aquela sua pele, e uma voz capaz de derreter o coração. Então Isabel se perguntou também como os dois rapazes seriam na cama. Toby devia ser puro vigor, ao passo que Jamie havia de ser calmo, delicado, acariciante, quase como uma mulher. O que talvez fosse um problema, mas isso já era algo que, realisticamente, fugia de sua alçada. Por alguns momentos, alguns momentos absolutamente inadmissíveis, Isabel pensou: eu poderia ensinar a ele. E então parou. Tais pensamentos eram tão inaceitáveis quanto imaginar pessoas sendo esmagadas por avalanches. Avalanches. O estrondo. O súbito alvoroço de pernas e braços. O vagalhão de neve, e então um sossego sobrenatural.

"Você falou com ele?", indagou Jamie.

Isabel regressou das lonjuras a que seus pensamentos a haviam levado. "Falei com quem?"

"Com... o Toby." Pronunciar esse nome nitidamente custava a Jamie certo esforço.

Isabel negou com a cabeça. "Não", respondeu. "Só o vi." Isso era apenas meia verdade, claro. Havia uma distinção entre mentir e dizer meias verdades, mas era muito sutil. A própria Isabel escrevera um pequeno artigo sobre o assunto, em seguida à publicação da monografia filosófica *Mentiras*, de Sissela Bok. Ela argumentara em favor de uma interpretação abrangente, que impusesse à pessoa a obrigação de dar respostas verdadeiras às indagações que lhe eram feitas, assim como de não ocultar fatos capazes de alterar o aspecto da questão, mas, posteriormente, voltando a refletir sobre o assunto, revisara esse ponto de vista. Conquanto ainda acreditasse que as respostas precisavam ser sinceras, agora pensava que essa obrigação só era válida quando a pessoa tinha o dever, baseado em expectativas razoáveis, de fazer uma revelação cabal. Ninguém era obrigado a contar tudo em resposta a uma indagação fortuita, formulada por alguém que não tinha direito à informação.

"Você ficou vermelha", disse Jamie. "Está escondendo alguma coisa."

Então é isso, pensou Isabel. Um simples processo biológico põe por terra todo o edifício do debate filosófico a respeito das sutis nuances da verdade. *A mentira pinta o rosto de vermelho.* Parecia tão menos digno que nas páginas de Sissela Bok e, no entanto, era inteiramente verdade. Todas as grandes questões podiam ser reduzidas aos fatos mais simples do cotidiano e às metáforas banais, as máximas, que norteavam a vida das pessoas. O sistema econômico internacional e seus pressupostos subjacentes: *Quem achou fui eu, o azar foi seu.* As incertezas da vida: *Não pise nos buracos, ou os ursos sairão em seu encalço* (em que ela acreditara tão piamente quando criança, caminhando pela Morningside Road com Fersie McPherson, sua babá, tomando cuidado para não pisar nos buracos da calçada).

"Se fiquei vermelha", disse ela, "é porque não estou contando toda a verdade. E peço desculpas por isso. Não contei o que fiz porque tenho vergonha e porque..." Hesitou. Havia outra razão para não dizer o que tinha acontecido, porém, agora que embarcara no caminho da revelação, teria de contar tudo. Jamie perceberia se assim não fizesse, e Isabel não queria que ele tivesse a impressão de que ela não confiava nele.

E confiava? Sim, confiava. Claro que confiava. Um jovem como ele, com seus cabelos à escovinha e aquela voz, só podia ser digno de confiança. Os Jamies eram confiáveis, os Tobys não.

Jamie a observava enquanto ela falava. Então ela prosseguiu: "... porque vi uma coisa que eu preferiria que você não soubesse. Não que eu não confie em você, ao contrário. Mas é que se trata de algo que não tem nada a ver conosco, é uma coisa sobre a qual não podemos fazer nada. Por isso pensei que não havia motivo para contar".

"O que foi?", perguntou ele. "Agora você vai ter que dizer. Não pode deixar isso assim."

Isabel concordou com a cabeça. Ele tinha razão. Não podia abandonar o assunto naquele ponto. "Quando vi o Toby na cidade", principiou ela, "ele estava descendo a Dundas Street. Eu estava num ônibus e o vi. Resolvi segui-lo — só não me pergunte por que fiz isso, pois não sei se sou capaz de dar uma explicação adequada. Às vezes a gente faz coisas — coisas ridículas — que não tem como explicar. Enfim, o fato é que resolvi ir atrás dele. Ele entrou na Northumberland Street. Depois, quando chegou à Nelson Street, cruzou a rua e tocou a campainha de um apartamento no térreo. Uma moça veio atender à porta. Ele deu um abraço nela — um abraço bastante apaixonado, na minha opinião — e então eles fecharam a porta, e foi isso."

Jamie fitou-a. Por um momento não disse nada; então, com um gesto muito lento, levou a taça à boca e tomou um gole de vinho. Isabel observou suas mãos delicadas e, por um instante, em seus olhos, a luz refletida pela taça de vinho.

"É a irmã dele", disse Jamie num sussurro. "Ele tem uma irmã que mora na Nelson Street. Eu até a conheço. É amiga de um amigo meu."

Isabel ficou imóvel. Não esperava por isso. "Oh", exclamou. E então: "Oh".

13

"Pois é", disse Jamie. "O Toby tem uma irmã que mora na Nelson Street. Ela trabalha na mesma incorporadora que o meu amigo. Os dois são agrimensores — não do tipo que sai na rua com teodolitos; o trabalho deles é determinar o valor dos imóveis." Ele riu. "E você pensava que, graças a suas peripécias detetivescas, tinha pego o Toby enganando a Cat. Ha! Seria bom se fosse verdade, Isabel, mas não é. Serve de lição para você parar de andar por aí seguindo as pessoas."

A essa altura, Isabel havia recuperado suficientemente a compostura para rir de si mesma. "Cheguei a me esconder atrás de uma van estacionada", confessou. "Você precisava me ver."

Jamie sorriu. "Deve ter sido emocionante. Pena que não deu em nada."

"Bom", disse Isabel. "Pelo menos eu me diverti. E agora sei que tenho uma mente muito suja."

"Isso não", replicou Jamie. "Sua mente não tem nada de suja, Isabel. Ao contrário, você é um exemplo de correção."

"E você é muito gentil", agradeceu ela. "Mas o fato é que tenho carradas de defeitos. Como todo mundo. Carradas."

Jamie tornou a levar sua taça à boca. "É uma garota bacana a irmã dele. Conheci-a numa festa que o Roderick — esse meu amigo agrimensor — deu meses atrás. Era um pessoal bem diferente da minha turma, mas eu me diverti bastante. E ela pareceu ser uma moça bacana. Muito atraente. Alta, cabelos loiros. Estilo top model."

Isabel não falou nada. Fechou os olhos e imaginou-se por alguns instantes na esquina da Nelson Street, parcialmente encoberta pela van, observando Toby em frente ao apartamento e a porta se abrindo. Via tudo com bastante clareza — sua memória para detalhes visuais sempre fora muito boa. Agora a cena estava nítida. A porta se abria e a moça aparecia. Não era alta, pois Toby tivera de se inclinar para abraçá-la, e não era loira. Seus cabelos, sem a menor sombra de dúvida, eram escuros. Pretos ou castanhos. Não loiros.

Abriu os olhos. "Não era a irmã dele", disse. "Era outra pessoa."

Jamie permaneceu em silêncio. Isabel imaginava o conflito em seu íntimo: contrariedade, ou mesmo raiva, com o fato de Cat estar sendo traída e satisfação com a chance de desmascarar Toby. E lhe ocorreu que ele também devia estar imaginando que talvez agora pudesse tomar o lugar do outro, coisa que ela própria havia pensado. Mas Isabel pelo menos sabia que isso não seria tão simples. Era pouco provável que Jamie se desse conta disso. Decerto estava otimista.

Isabel resolveu tomar a iniciativa. "Você não pode contar nada para ela. Se fizer isso, Cat vai ficar morrendo de raiva de você. Mesmo que acredite — e pode ser que ela não acredite —, vai querer esganar o portador da notícia. Tenho certeza de que você acabaria se arrependendo."

"Mas ela precisa saber", protestou Jamie. "É... é o fim da picada ele estar indo para a cama com outra. Ela precisa saber. E nós temos a obrigação de contar para ela."

"Há certas coisas que temos de descobrir por conta própria", replicou Isabel. "É preciso deixar que as pessoas cometam seus erros."

"Bom, eu não concordo", insistiu Jamie. "A questão é simples. O cara é um sacana. Nós sabemos disso, Cat não. Temos de contar para ela."

"Acontece que, se fizermos isso, só a deixaremos furiosa. Você não percebe, Jamie? Mesmo que ela fosse lá e descobrisse que o que estamos dizendo é verdade, mesmo assim ela ficaria fula da vida conosco por termos contado. E eu não quero que ela... considere você uma carta fora do baralho. Mas é o que vai acontecer se você fizer isso."

Jamie refletiu sobre o que Isabel dissera. Então ela queria que ele voltasse a namorar com Cat? Isabel nunca havia expressado esse desejo de forma tão explícita, mas agora o fizera. E era exatamente como ele esperava que fosse.

"Obrigado", disse ele. "Entendo o que você quer dizer." Fez uma pausa. "Mas por que você acha que Toby a está traindo? Se ele gosta dessa outra garota — suponho que ela divida o apartamento com a irmã dele —, por que não fica com ela de uma vez? Por que usar a Cat desse jeito?"

"Você não percebe?", indagou Isabel.

"Não, acho que não."

"Cat é uma moça rica", disse Isabel. "Tem seu próprio negócio, e algumas outras coisas também — muitas coisas, na realidade, como talvez você saiba, ou talvez não. Alguém interessado em dinheiro, como acho que é o caso de Toby, provavelmente ia querer colocar as mãos em parte disso."

A perplexidade de Jamie era óbvia. "Quer dizer que ele está atrás do dinheiro dela?"

Isabel fez que sim com a cabeça. "Conheço alguns casos assim. Sei de pessoas que se casaram por dinheiro e depois acharam que podiam agir como bem entendessem. Obtêm a segurança do dinheiro e continuam a levar a vida às escondidas da mulher ou do marido. Pense em todas essas garotas que se casam com homens ricos e mais velhos. Acha que elas se comportam como se fossem freiras?"

"Imagino que não", disse Jamie.

"Pois então. É claro que isso é só uma hipótese. A outra é que ele simplesmente não seja dado à monogamia. É possível que Toby de fato goste de Cat, mas goste de outras mulheres também. Isso é perfeitamente possível."

Isabel tornou a encher a taça de Jamie. Tinham bebido bastante e em breve dariam cabo da garrafa, mas a noite estava ficando cheia de emoções e o vinho ajudava. Se fosse necessário, havia outra garrafa na geladeira, e poderiam abri-la mais tarde. Desde que eu me controle, pensou Isabel. Desde que eu me mantenha sóbria o bastante para não dizer que, para ser sincera, estou meio apaixonada por ele e que o que eu mais gostaria agora era de beijar essa testa e passar os meus dedos por esses cabelos e sentir esse corpo contra o meu.

Na manhã seguinte, tendo chegado cedo, Grace disse com seus botões: duas taças e uma garrafa vazia. Então abriu a geladeira, viu a garrafa pela metade e acrescentou: uma e meia. Depois abriu a lavadora de louça e viu o prato de omelete, o garfo e a faca, o que era indicação mais que suficiente da passagem de Jamie por ali — Isabel sempre preparava um omelete quando ele ficava para jantar. Grace ficou contente por Isabel ter recebido a visita do rapaz. Gostava dele e sabia de sua história com Cat. Também tinha a impressão de que sabia o que sua patroa estava planejando, que pretendia dar um jeito de fazer os dois reatar. Isso era melhor ela esquecer. As pessoas raramente refaziam vínculos assim. Uma vez separadas, tendiam a se manter longe umas das outras. Pelo menos essa era a experiência de Grace. Eram raríssimos os casos em que ela havia voltado com alguém depois de ter tomado a decisão de descartá-lo.

Pôs-se a fazer o café. Isabel logo desceria, e Grace gostava de estar com o café pronto quando ela entrava na cozinha. O *Scotsman* havia chegado, e Grace o apanhara ao passar pelo hall da frente, onde o jornal jazia no piso de mosaico sob a caixa de correio. Agora estava em cima da mesa, a primeira página virada para cima, e Grace dava uma espiada nas notícias enquanto colocava o pó de café no coador. Exigia-se a renúncia de um político de Glasgow que era suspeito de fraude. (Não é de espantar, pensou Grace; não mesmo.) E, pouco mais abaixo, uma foto daquele homem cuja conduta Isabel costumava desaprovar, o papagaio, como ela o chamava. Desmaiara ao cruzar a Princes Street e fora levado de ambulância para o hospital. Grace continuou lendo: a princípio, suspeitara-se de um infarto, mas não, descobriram — e isso era de fato assombroso — que ele sofrera uma fissura enorme na lateral do corpo, problema esse que felizmente fora solucionado com uma rápida e competente sutura cirúrgica. O paciente já recebera alta, mas então o diagnóstico fora revelado: *ele estourara de tanta arrogância.*

Grace deixou a colher de café em cima da pia. Não podia ser. Impossível. Pegou o jornal para examiná-lo mais detidamente e então viu a data: 1º de abril. Ela sorriu. Uma pequena brincadeira do *Scotsman* — muito engraçada, e na mosca.

14

Apesar de ele já ter bebido três traças de vinho e de ela estar chegando ao fim de sua segunda, Jamie a princípio se mostrara reticente quanto à proposta, mas Isabel acabou por convencê-lo, adulando-o, persuadindo-o de que deviam pelo menos tentar.

Tentar o quê? Visitar Paul Hogg, é claro, como primeiro passo no intuito de averiguar o que Mark Fraser havia descoberto e quem estaria envolvido naquilo que ele descobrira. Sentado à mesa da cozinha, tendo dado cabo do omelete com cantarelo, Jamie ouvira com atenção as explicações de Isabel sobre sua conversa com Neil e sobre como ela sentia que não podia ignorar o que ele havia lhe contado. Ela desejava investigar o assunto mais a fundo, mas não queria fazer isso sozinha. Seria mais seguro, disse ela — sem todavia se estender sobre a natureza do perigo, se é que havia algum —, com duas pessoas.

Jamie acabou concordando. "Se você faz questão", dissera ele. "Se realmente faz questão, me disponho a ir com você. Mas é só porque não quero ver você se metendo nisso sozinha, e não porque eu pense que é uma boa idéia."

Ao levá-lo até a porta da frente naquela noite, Isabel combinara com Jamie que ligaria para ele em algum momento dos próximos dias, a fim de conversar sobre como procederiam com Paul Hogg. Pelo menos ela tivera algum contato com ele, o que lhes permitiria procurá-lo. Como fariam isso e com que pretexto, porém, eram coisas que ainda precisavam ser pensadas.

Jamie acabara de ir embora quando Isabel teve uma idéia. Quase saiu correndo atrás dele para contar, mas por fim desistiu. Ainda não era tão tarde, e àquela hora alguns vizinhos costumavam levar seus cachorros para passear. Isabel não desejava ser vista correndo atrás de um rapaz, pelo menos não na rua (embora o contexto metafórico não melhorasse muito as coisas). Era o tipo de situação em que ninguém desejava ser visto, como aquela em que Dorothy Parker dizia ter medo de ser surpreendida: com o quadril entalado ao tentar entrar na casa de alguém pela janela. Isabel sorriu consigo mesma. O que havia de tão engraçado nisso? Era difícil explicar, mas que era engraçado, era. Talvez fosse o fato de uma pessoa que jamais tentaria entrar pela janela na casa de alguém expressar, a despeito disso, um ponto de vista sobre a *possibilidade* de fazê-lo. Mas por que isso era divertido? Talvez não houvesse explicação, assim como não havia fundamento para a intensa comicidade da observação que certa vez ela ouvira em uma conferência ministrada por Domenica Legge, uma grande autoridade em história anglo-normanda. A professora Legge dissera: "Precisamos ter em mente que os nobres daquela época não assoavam o nariz da mesma maneira que nós: *eles não tinham lenço*". Isso fizera a platéia cair na gargalhada, e Isabel continuava a achar o comentário deliciosamente hilário. Mas, no fundo, não tinha nada de engraçado. Era um problema sério, a inexistência de lenços; mundano, sem dúvida, mas ainda assim sério. (Como os nobres se viravam? A resposta, ao que tudo indicava, era: *palha*. Que coisa horrível! Que sensação mais *áspera*! E se os nobres tinham de recorrer à palha, como se viravam os que estavam abaixo deles na hierarquia social? A resposta era evidente: assoavam o nariz nos próprios dedos, como muitas pessoas fazem ainda hoje. Ela mesma vira isso uma ou duas vezes, ainda que não em Edimburgo, claro.)

Não era em lenços nem na falta deles que Isabel pensava agora, mas em Elizabeth Blackadder. Paul Hogg comprara a aquarela de Blackadder pela qual ela havia se interessado. A compra fora feita em uma exposição de curta duração, e, a esta altura, os compradores das obras expostas provavelmente já haviam recebido permissão para retirá-las da galeria. Isso significava que alguém que desejasse ver a aquarela de novo precisaria fazê-lo no apartamento de Paul Hogg, na Great King Street. E ela podia ser esse alguém. Podia ligar para Paul Hogg e perguntar se ele faria objeção a que ela desse mais uma olhada no quadro, pois pretendia encomendar algo nos mesmos moldes a Elizabeth Blackadder, que ainda tinha um ateliê na Grange. Seria uma coisa perfeitamente razoável. Um artista talvez não se dispusesse a fazer uma mera cópia de um trabalho anterior, mas talvez se interessasse em fazer algo similar.

Era uma mentira, pensou Isabel, porém só nesse estágio de concepção do plano; mentiras podem tornar-se verdades. Ela havia realmente planejado comprar um quadro de Blackadder, e nada a impedia de encomendar um. De fato, faria exatamente isso, o que significava que poderia visitar Paul Hogg com esse pretexto e poderia fazê-lo com a consciência perfeitamente limpa. Nem Sissela Bok, autora de *Mentiras*, seria capaz de levantar objeções a isso. Então, tendo mais uma vez apreciado a aquarela de Blackadder, que decerto estaria orgulhosamente exposta numa das paredes do apartamento, Isabel usaria de muito tato para aventar a possibilidade de que Mark Fraser houvesse feito uma descoberta *incômoda* em seu trabalho na McDowell's. Paul Hogg fazia alguma idéia do que poderia ser isso? Caso não fizesse, ela podia ser mais específica e indagar se ele, em vista da consideração que porventura tinha pela memória do rapaz falecido — e Hogg certamente nutrira afeição por ele, a julgar por sua reação emotiva ao que ela havia dito no Vincent Bar —, não estaria disposto a fazer algumas averiguações, de maneira a confirmar ou refutar a perturbadora hipótese para a qual tudo aquilo parecia apontar. A coisa teria de ser abordada com muito tato, mas era viável. Talvez ele concordasse. E o tempo todo, só para lhe dar confiança, Jamie estaria sentado a seu lado no sofá cafona de Paul Hogg. *Nós achamos*, ela poderia dizer; *nós nos perguntamos*. Assim a coisa ganhava ares bem mais sensatos do que se fosse expressa no singular.

Na manhã seguinte, ligou para Jamie à primeira hora que lhe parecia decente ligar para alguém: nove da manhã. Isabel tinha regras de etiqueta para o uso do telefone: uma ligação antes das oito da manhã era uma emergência, entre oito e nove uma intromissão; depois disso, as ligações podiam ser feitas até as dez da noite, embora qualquer chamada após as nove e meia exigisse um pedido de desculpas pelo incômodo. Das dez em diante, recomeçava o período de emergência. Ao atender ao telefone, a pessoa devia, se possível, dizer seu nome, mas somente após dizer bom-dia, boa-tarde ou boa-noite. Nenhuma dessas convenções, admitia ela, costumava ser observada pelas pessoas, como era o caso de Jamie, que recebeu sua chamada naquela manhã com um abrupto "Sim".

"Isso são modos de se atender ao telefone?", disse Isabel em tom de reprovação. "E como vou saber quem é você? Dizer 'sim' não basta. Quer dizer que, se você estivesse ocupado demais para falar, teria dito 'não'?"

"Isabel?", indagou ele.

"Se tivesse me dito quem é você, eu teria retribuído a gentileza. E essa sua pergunta se tornaria supérflua."

Jamie riu. "Quanto tempo vai durar isso?", perguntou. "Tenho de pegar um trem para Glasgow às dez. Estamos ensaiando *Parsifal*."

"Coitados de vocês", disse Isabel. "Pobres cantores. Que prova de resistência."

"Pois é", concordou Jamie. "Wagner me deixa com dor de cabeça. Mas é sério, preciso me aprontar."

Isabel explicou-lhe rapidamente a idéia que havia tido na noite anterior e aguardou sua reação.

"Se você fizer questão", disse Jamie. "É bem plausível, pode dar certo. Se fizer questão, vou com você. Mas só se realmente fizer questão."

Ele podia ter sido mais solícito, pensou Isabel depois de ter desligado, mas pelo menos concordara. Agora ela precisava telefonar para Paul Hogg e perguntar se e quando ele teria disponibilidade para receber uma visita sua. Estava confiante em que ele daria boa acolhida a sua sugestão. Tinham se dado bem e, exceto pelo momento em que ela havia inadvertidamente lhe suscitado uma lembrança dolorosa, as horas que haviam passado juntos tinham sido muito agradáveis. Ele próprio sugerira, não sugerira?, um encontro com sua noiva, de cujo nome Isabel se esquecera, mas que podia, por ora, ser chamada simplesmente de "noiva".

Ligou para a McDowell's às dez e quarenta e cinco, hora em que, segundo imaginava, era mais provável que alguém que trabalhava num escritório estivesse tomando seu cafezinho matinal — como ele de fato confirmou quando ela perguntou.

"Sim. Estou aqui sentado com o *Financial Times* em cima da mesa. Devia estar lendo as notícias, mas estou olhando pela janela e tomando o meu café."

"Ah, mas tenho certeza de que você está prestes a tomar decisões importantes", volveu Isabel. "E uma delas será a de me deixar ou não dar mais uma olhada naquela aquarela da Elizabeth Blackladder. Quero pedir a ela que pinte uma para mim e pensei que talvez fosse bom olhar novamente a sua."

"Claro", disse ele. "Qualquer pessoa pode fazer isso. É só dar um pulo na galeria. A exposição só acaba na semana que vem, e os quadros continuam lá."

Isabel ficou momentaneamente sem saber o que dizer. Era evidente que devia ter ligado para a galeria a fim de saber se as obras continuavam expostas e, em caso de resposta afirmativa, ter esperado até que ele levasse o quadro para casa.

"Mas seria muito bom encontrá-la de novo", prosseguiu obsequiosamente Paul Hogg. "Tenho outro quadro dela que você talvez goste de ver."

Marcaram a visita. Isabel apareceria no dia seguinte às seis para tomar um drinque. Paul Hogg mostrou-se totalmente receptivo à idéia de ela levar alguém consigo, um rapaz muito interessado em arte que ela gostaria de lhe apresentar. Claro que não haveria inconveniente nenhum nisso, pelo contrário, seria um prazer.

Era tão fácil, pensou Isabel. Era tão fácil lidar com pessoas que tinham bons modos, como era o caso de Paul Hogg. Sabiam como trocar aquelas cortesias que faziam a vida transcorrer com suavidade e, afinal, era isso que estava em jogo quando se falava de bons modos. Seu intuito era evitar o atrito entre as pessoas, o que faziam regulando os contornos dos encontros entre elas. Se as partes sabiam o que cabia a cada uma delas fazer, o conflito tornava-se improvável. E isso funcionava em todos os níveis, da transação mais insignificante entre duas pessoas às negociações entre países. Afinal de contas, o direito internacional era apenas um sistema de cortesias ampliado.

Jamie tinha bons modos. Paul Hogg tinha bons modos. O mecânico responsável pela pequena oficina onde ela consertava o carro que raramente tirava da garagem tinha modos impecáveis. Toby, por sua vez, tinha maus modos. Não na superfície, onde, em sua visão completamente equivocada, eles contavam, mas por baixo, em sua atitude para com os outros. Ter bons modos dependia da atenção moral que a pessoa dedicava aos outros, exigia que os tratasse com a mais completa seriedade moral, compreendendo seus sentimentos e necessidades. Certos indivíduos, os egoístas, careciam de qualquer propensão para isso, coisa que ficava sempre evidente. Eram impacientes com os que consideravam não contar: os velhos, os desarticulados, os despossuídos. O indivíduo de bons modos, porém, sempre escutava essas pessoas e tratava-as respeitosamente.

147

Como tínhamos sido míopes ao dar ouvidos àqueles que pensavam que os bons modos não passavam de uma afetação burguesa, uma irrelevância, à qual não era mais preciso dar valor. Seguira-se um desastre moral, pois os bons modos eram a argamassa da sociedade civil. Eram o método por meio do qual se transmitiam mensagens de consideração moral. Dessa maneira, toda uma geração havia perdido uma peça fundamental do quebra-cabeça moral, e agora víamos o resultado disso: uma sociedade em que ninguém oferecia ajuda, ninguém se condoía dos outros; uma sociedade em que a linguagem agressiva e a insensibilidade eram a norma.

Isabel obrigou-se a parar. Essa era uma linha de pensamento que, embora nitidamente correta, fazia com que ela se sentisse velha, tão velha quanto Cícero declamando: *O tempora*! *O mores*!. E esse fato demonstrava, em si mesmo, o poder sutil e corrosivo do relativismo. Os relativistas haviam conseguido entrar de tal forma debaixo de nossa pele moral que suas atitudes tinham se internalizado, e Isabel Dalhousie, com todo o seu interesse pela filosofia moral e sua aversão pela posição relativista, na realidade sentia-se constrangida por pensar assim.

Era melhor parar com essa ruminação sobre a imaginação moral, pensou ela, e dirigir a atenção para coisas de importância mais imediata, tais como verificar se o correio trouxera algo de novo para a *Revista* e descobrir por que o pobre Mark Fraser havia sofrido aquela queda fatal das galerias do Usher Hall. Contudo, Isabel sabia que jamais abandonaria essas questões mais amplas; era o seu destino. E o melhor que tinha a fazer era aceitá-lo. Estava sintonizada numa estação estranha à maioria das pessoas e o sintonizador tinha quebrado.

Ligou para Jamie, esquecendo-se que ele já saíra para pegar o trem para Glasgow, que devia estar mais ou menos naquele momento chegando à Queen Street Station. Aguardou até que a gravação da secretária eletrônica terminasse, então deixou uma mensagem.

Jamie, liguei mesmo para o tal Paul Hogg. Ele disse que terá muito prazer em nos receber amanhã às seis da tarde. Encontro você meia hora antes, no Vincent Bar. E, Jamie, obrigada por tudo. Fico imensamente grata por sua ajuda nisso. Muito obrigada.

15

À espera de Jamie no pub, Isabel estava ansiosa. Era um lugar masculino, ao menos àquela hora, e ela não se sentia à vontade. É claro que as mulheres podiam freqüentar pubs sozinhas, mas, mesmo assim, sentia-se deslocada. Ao servir-lhe uma limonada com gelo, o barman sorriu amistosamente e fez um comentário sobre o agradável fim de tarde. Os relógios tinham sido adiantados e agora o sol só se punha depois das sete.

Isabel concordou, mas não conseguiu pensar em nada de útil para acrescentar, por isso disse: "Deve ser a primavera".

"Deve ser", concordou o barman. "Mas nunca se sabe."

Voltou para a mesa. *Nunca se sabe.* Claro que nunca se sabe. Nesta vida, tudo pode acontecer. Ali estava ela, a editora da *Revista de Ética Aplicada*, prestes a sair em busca de... de um assassino, era disso que se tratava. E nessa empreitada ela contaria com a ajuda, ainda que um tanto relutante, de um rapaz bonito por quem estava meio apaixonada, o qual, entretanto, amava a sobrinha dela, que, por sua vez, parecia completamente alucinada por um homem que estava simultaneamente tendo um caso com a garota que dividia o apartamento com sua irmã. Não, o barman decerto não sabia e, se ela lhe contasse, dificilmente acreditaria.

Jamie chegou dez minutos atrasado. Passara a tarde estudando, explicou, e quando olhara o relógio já eram quase cinco e meia.

"Mas você está aqui", disse Isabel. "E é isso que importa." Consultou o relógio. "Ainda temos uns vinte minutos. Pensei que seria bom recapitular com você de que maneira pretendo abordar o assunto."

Fitando-a de tempos em tempos por cima da borda de seu copo de cerveja, Jamie escutou. Continuava apreensivo em relação ao plano como um todo, mas teve de concordar que ela estava bem ensaiada. Isabel tocaria no assunto com delicadeza, em especial tendo em vista a dor que a morte de Mark Fraser aparentemente ainda suscitava em Paul Hogg. Deixaria claro que não pretendia se intrometer e que a última coisa que desejava era causar qualquer tipo de embaraço para a McDowell's. Mas eles deviam isso a Mark, e também a Neil, que a havia posto a par da questão; tinham o compromisso de levar aquilo um pouco mais adiante. Ela própria estava convencida, obviamente, de que não havia fundamento nenhum em tal conjectura, mas, se investigassem um pouco mais, poderiam ao menos descartá-la com a consciência tranqüila.

"O roteiro está bom", comentou Jamie depois que ela concluiu. "Dá conta de tudo."

"Acho que ele não tem como se ofender com isso", disse Isabel.

"É verdade", concordou Jamie. "Quer dizer, a menos que seja ele."

"Como assim?"

"A menos que ele próprio tenha feito isso. Ele pode ser a pessoa por trás das operações de *insider trading*."

Isabel fitou o rapaz. "Por que acha isso?"

"E por que não? Ele é a pessoa com a qual Mark provavelmente trabalhava mais de perto. Era o chefe do departamento, ou sei lá o quê, a que ele pertencia. Se Mark sabia de alguma coisa, devia ter relação com algo em que estava trabalhando."

Isabel refletiu a respeito. Era possível, admitia ela, mas improvável. Não podia haver dúvida quanto à autenticidade da emoção que Paul Hogg demonstrara quando, no primeiro encontro deles, o nome de Mark veio à baila. Ele ficara devastado com o acontecido, isso era perfeitamente evidente. E, se era assim, ele não podia ter sido a pessoa que arquitetara um meio de livrar-se de Mark, o que por sua vez significava que não podia ser a pessoa com receio de ter suas falcatruas reveladas.

"Concorda?", indagou ela.

Jamie concordava, porém considerava prudente manter a porta aberta àquela possibilidade.

"Podemos estar enganados", disse ele. "Os assassinos sentem culpa. Por vezes lamentam a morte de suas vítimas. Esse Paul Hogg talvez seja assim."

"Não é, não", replicou Isabel. "Você ainda não o conhece. Ele não é desse tipo. É de outra pessoa que estamos atrás."

Jamie deu de ombros. "Pode ser. Pode não ser. Vamos ao menos deixar isso em aberto."

Paul morava no primeiro andar de um palacete georgiano na Great King Street. Era uma das ruas mais elegantes da Cidade Nova, e do lado de seu apartamento, que tinha face sul, os moradores dos pavimentos superiores podiam ver o estuário de Forth, aquele braço de mar azul pouco adiante de Leith e, mais além, as colinas de Fife. Outros motivos recomendavam o primeiro andar, ainda que sua vista se limitasse ao lado oposto da rua. Esses apartamentos, ao menos em algumas ruas, eram chamados de "os apartamentos da sala de estar", visto compreenderem a sala de estar principal de antigos casarões que agora se encontravam subdivididos em várias moradias. Suas paredes, portanto, eram mais altas e suas janelas iam do teto ao chão, grandes extensões de vidro que inundavam os aposentos de luz.

Isabel e Jamie galgaram a escada de circulação comum, uma generosa escadaria de pedra, na qual pairava um vago cheiro de gato, e encontraram a porta cuja pla-

152

quinha de latão estampava o nome HOGG. Isabel olhou para Jamie, que piscou para ela. Seu ceticismo fora substituído por um interesse crescente no que estavam fazendo, e era ela que agora parecia reticente.

Paul Hogg atendeu à porta sem demora e recolheu os casacos deles. Isabel apresentou-lhe Jamie, e os dois trocaram apertos de mão.

"Já o vi em algum lugar", disse Paul Hogg. "Não sei onde."

"Deve ter sido em Edimburgo", gracejou Jamie, e os três riram.

O anfitrião levou as visitas para a sala de estar, um aposento amplo, mobiliado com elegância e dominado pelo imponente console branco da lareira. Isabel notou os convites — eram pelo menos quatro — apoiados sobre o console, e quando Paul Hogg saiu da sala para ir preparar seus drinques, e eles ainda não haviam se sentado, ela avançou com passos furtivos e leu-os rapidamente.

Sr. e sra. Humphrey Holmes recebem em sua residência, sexta-feira, 16 de abril (Isabel também fora convidada). A seguir: *George Maxtone gostaria de ter o prazer da companhia da srta. Minty Auchterlonie na recepção a ser realizada na Lothian Gallery, às 18h00, terça-feira, 18 de maio; e Minty: Peter e Jeremy, drinques ao ar livre (se o tempo permitir, o que é pouco provável), sexta-feira, 21 de maio, às 18h30. E finalmente: Paul e Minty: Contamos com vocês em nossa festa de casamento. Local: Prestonfield House. Data: sábado, 15 de maio. Danças tradicionais, 20h00. Angus e Tatti. Traje: Festa/Highland.*

Isabel sorriu, embora Jamie a mirasse com ar de reprovação, como se ela estivesse lendo algo íntimo. Jamie aproximou-se e olhou de soslaio para os convites. "Você não devia ficar lendo as coisas dos outros", cochichou. "É falta de educação."

"Pff!", sibilou Isabel. "É por isso que estas coisas estão aqui. Para ser lidas. Já vi convites expostos assim convocando para eventos acontecidos *três anos* antes. Convites para a festa ao ar livre no palácio de Holyroodhouse, por exemplo. Três anos, e continuavam ali, para quem quisesse ver."

Ela o levou para longe da lareira, conduzindo-o até uma grande aquarela que retratava papoulas num jardim. "É ela", disse Isabel. "Elizabeth Blackadder. Papoulas. Muros de jardim com gatos em cima. Mas, apesar da temática, pintados com uma técnica impressionante." E pensou: Não tenho quadros de papoulas em casa; nunca fiquei com o quadril entalado ao tentar entrar pela janela de alguém.

Foi ali que Paul Hogg, retornando com dois copos nas mãos, encontrou-os.

"Aí estão vocês", disse ele jovialmente. "É o que vieram ver, não é?"

"É um quadro fantástico", comentou Isabel. "Papoulas de novo. Tão importantes."

"Pois é", disse Paul. "Gosto de papoulas. Pena que se desmanchem ao ser colhidas."

"É um mecanismo de defesa muito engenhoso", volveu Isabel, lançando um olhar para Jamie. "As rosas deviam se dar conta disso. Espinhos obviamente não bastam. Toda beleza perfeita deve permanecer intacta."

Jamie devolveu o olhar. "Oh", exclamou, porém não disse mais nada. Paul Hogg olhou para ele, depois para Isabel, que, notando isso, pensou: Paul deve estar se perguntando o que Jamie é meu. Provavelmente gigolô, ou pelo menos é o que ele pensa. Mas, mesmo que fosse isso, por que haveria de ficar surpreso? É tão comum hoje em dia!

Paul Hogg saiu da sala por um instante para ir buscar seu drinque, e Isabel sorriu para Jamie, levando o dedo à boca num rápido gesto conspirativo.

"Mas eu não disse nada", protestou Jamie. "Só falei 'Oh'."

"Foi o bastante", censurou Isabel. "Um monossílabo muito eloquente."

Jamie balançou a cabeça. "Não sei por que concordei em vir", cochichou. "Você é meio louca."

"Obrigada, Jamie", disse ela calmamente. "Mas aí vem nosso anfitrião."

Paul Hogg retornou e eles ergueram seus copos uns para os outros.

"Comprei esse quadro num leilão, faz alguns anos", disse ele. "Foi com o primeiro bônus que ganhei da empresa. Comprei-o para celebrar."

"Fez muito bem", comentou Isabel. "De vez em quando leio sobre esses operadores, gente do mercado, que comemoram com almoços medonhos, servindo aos convidados garrafas de vinho que os deixam dez mil libras mais pobres. Isso não acontece em Edimburgo, espero."

"Claro que não", disse Paul Hogg. "Talvez em Nova York e em Londres. Lugares assim."

Isabel voltou-se para a lareira. Pendurado acima dela via-se um quadro grande, com moldura dourada, que Isabel reconhecera tão logo o vira.

"É um belo Peploe", disse ela. "Lindo."

"Sim", disse Paul Hogg. "É muito bonito. Se não me engano, é a costa oeste de Mull."

"Não será Iona?", indagou Isabel.

"Pode ser", respondeu Paul Hogg sem convicção. "Algum lugar por aquelas bandas."

Isabel deu alguns passos na direção do quadro e examinou-o de perto. "E aquelas falsificações todas que foram descobertas anos atrás?", perguntou. "Você não ficou preocupado? Consultou algum especialista?"

Paul Hogg pareceu surpreso. "Falsificações?"

"Era o que diziam", confirmou Isabel. "Quadros de Peploe, de Cadell. E não foram poucos. Houve um processo. As pessoas ficaram aflitas. Um conhecido meu teve um desses nas mãos — um quadro adorável, mas pintado uma semana antes. O falsificador era extremamente hábil, como costumam ser essas pessoas."

Paul Hogg deu de ombros. "Um certo risco sempre há, imagino."

Isabel tornou a examinar o quadro. "Quando Peploe pintou isso?", indagou.

Paul Hogg fez um gesto de ignorância. "Não tenho a menor idéia. Quando esteve em Mull, talvez."

Isabel observou seu anfitrião. A resposta era de uma inépcia desconcertante, mas ao menos se ajustava à impressão que ela estava rapidamente formando. Paul Hogg sabia muito pouco sobre arte e, além disso, não se interessava tanto pelo assunto. Senão, como entender que pudesse ter um Peploe daqueles na parede — e Isabel estava certa de que o quadro era autêntico — sem conhecer os fatos básicos a seu respeito?

Havia no mínimo outros dez quadros na sala, todos interessantes, ainda que nenhum tão dramático quanto o Peploe. Havia uma paisagem de Gillies, por exemplo, um McTaggart bem pequeno, e mais adiante, na extremidade do recinto, um Bellamy típico. Quem quer que os houvesse adquirido conhecia arte escocesa a fundo ou havia topado com uma coleção pronta, extremamente representativa.

Isabel aproximou-se de outro quadro. Paul Hogg a convidara para ver a aquarela de Blackadder, de modo que era perfeitamente aceitável que ela se mostrasse bisbilhoteira, pelo menos no tocante a obras de arte.

"Este é um Cowie, não é?", indagou ela.

Paul Hogg olhou para o quadro. "Acho que sim."

Não era. Era um Crosbie, como qualquer um teria percebido. Aqueles quadros não pertenciam a Paul Hogg, o que significava que eram propriedade de Minty Auchterlonie, que, supunha Isabel, era sua noiva e fora nomeada *separatim* em dois dos convites. E, significativamente, esses dois convites haviam sido enviados por proprietários de galerias de arte. George Maxtone era dono da Lothian Gallery, e era o tipo de pessoa a quem alguém recorreria se quisesse comprar obras de grandes pintores escoceses do início do século xx. Peter Thom e Jeremy Lambert comandavam uma pequena galeria num vilarejo próximo a Edimburgo, mas também eram freqüentemente contratados por pessoas à procura de obras específicas. Tinham uma capacidade incrível para localizar colecionadores dispostos a vender seus quadros, porém desejosos de fazê-lo com discrição. Entre os convidados dos dois eventos provavelmente haveria uma combinação de amigos e clientes, além de pessoas que eram ambas as coisas.

"Minty...", principiou Isabel, que pretendia indagar a Paul Hogg sobre sua noiva, porém foi interrompida.

"Minha noiva", disse ele. "Sim, ela está para chegar. Teve de ficar no escritório até um pouco mais tarde — se bem que, para os padrões dela, não seja tão tarde assim. Às vezes ela chega em casa por volta das onze horas, meia-noite."

"Puxa!", exclamou Isabel. "Vamos ver se adivinho. Ela é... médica, sim, cirurgiã. Ou então... bombeira?"

Paul Hogg riu. "Não, isso não. Ela acende mais incêndios do que apaga."

"Ah, que comentário mais adorável para se fazer sobre uma noiva!", observou Isabel. "Que apaixonado! Espero que você também venha a dizer isso da sua, Jamie."

Paul Hogg olhou de relance para Jamie, que dirigia um olhar carrancudo para Isabel e, então, como se lembrado de seu dever, mudou a carranca em sorriso.

"Ha!", fez ele.

Voltando-se para Paul Hogg, Isabel indagou: "O que ela faz, então, que a obriga a ficar até tão tarde no escritório?", e adivinhou a resposta enquanto formulava a pergunta.

"Finanças corporativas", disse ele. Isabel detectou um tom de resignação, quase um suspiro, e concluiu que havia tensão ali. Minty Auchterlonie, a quem ela e Jamie estavam prestes a conhecer, não devia ser uma noiva das mais dóceis. Certamente não faria o papel da dona de casa. Devia ser firme e agressiva. Era ela a dona do dinheiro e era ela quem andava comprando aqueles quadros caríssimos. E mais, Isabel estava convencida de que tais quadros não haviam sido adquiridos por amor à arte; eram uma estratégia.

    Os três se achavam junto a uma das duas grandes janelas da frente, perto do Cowie que era Crosbie. Paul olhou para fora e deu uma pancadinha de leve no vidro. "É ela", disse, apontando para a rua. "É a Minty que vem vindo ali." Havia orgulho em sua voz.

    Isabel e Jamie olharam pela janela. Abaixo deles, bem em frente à entrada do apartamento, um carro esporte de estilo arrojado manobrava para entrar numa vaga de estacionamento. Era verde-escuro e tinha uma grade frontal cromada bastante chamativa. Contudo, não era de uma marca que Isabel, que nutria certo interesse por carros, conseguisse reconhecer. Talvez fosse italiano, um Alfa Romeo incomum, um Spider antigo? O único carro bom, em sua opinião, que os italianos haviam produzido.

    Alguns minutos mais tarde, a porta da sala se abriu e Minty entrou. Isabel notou que Paul Hogg perfilou-se como um soldado à chegada de um oficial. Mas ele sorria e era evidente que estava feliz em vê-la. Isso era sempre patente, pensou ela; as pessoas ficavam radiantes quando realmente se alegravam em ver alguém. Era inconfundível.

    Isabel observou Minty enquanto Paul Hogg atravessava a sala para abraçá-la. Era uma mulher alta, bastante angulosa, de seus vinte e tantos anos — próxima o bastante dos trinta para precisar atentar à maquiagem, que fora aplicada sem comedimento, mas com destreza. E também dava atenção às roupas, evidentemente caras e muito bem estruturadas. Minty beijou Paul Hogg perfunctoriamente em ambas as faces e em seguida acercou-se deles. Cumprimentou-os com apertos de mãos, o olhar deslocando-se rápido de Isabel (*com desdém*, ela notou) para Jamie (*com interesse*, observou ela). Desconfiança foi o sentimento que a moça despertou de pronto em Isabel.

16

"Você não perguntou nada sobre o Mark", disse Jamie em tom indignado assim que eles fecharam a porta ao pé da escada e saíram para a rua, já à noite. "Nada, absolutamente nada! O que viemos fazer aqui?"

Isabel enganchou seu braço no de Jamie e guiou-o para o cruzamento com a Dundas Street. "Se acalme", disse ela. "São só oito da noite e temos tempo de sobra para jantar. Hoje é por minha conta. Virando a esquina, tem um bom restaurante italiano. Lá podemos conversar. Vou explicar tudo para você."

"Só não entendo o motivo", queixou-se Jamie. "Ficamos lá, conversando com Paul Hogg e aquela noiva antipática dele, e do começo ao fim só se falou de arte. E quem falou mesmo foi você e a tal de Minty. Paul Hogg ficou olhando para o teto. Estava entediado. Eu notei."

"Ela também estava", retrucou Isabel. "Isso *eu* notei."

Jamie calou-se e Isabel apertou de leve seu braço. "Não se aflija", disse ela. "Vou lhe contar tudo durante o jantar. Me dê só alguns minutos para pensar."

Avançaram pela Dundas, cruzaram a Queen e entraram na Thistle, onde Isabel dissera que encontrariam o restaurante. A cidade não estava movimentada, e não havia trânsito nenhum na Thistle Street. Por isso, percorreram uma pequena distância no meio da rua, seus passos ecoando nas paredes do outro lado. Então, à direita, a discreta porta do restaurante.

Não era grande — cerca de oito mesas no total, e havia somente duas outras pessoas jantando. Isabel reconheceu o casal e acenou com a cabeça. Eles sorriram, depois baixaram os olhos; foi discreto, é claro, mas ficaram interessados.

"Bom", disse Jamie ao se sentarem. "Agora me conte."

Isabel ajeitou o guardanapo de pano no colo e pegou o menu. "O mérito é seu", principiou ela. "Ou em parte seu."

"Meu?"

"É, seu. Lá no Vincent, você me disse que eu devia estar preparada para descobrir que Paul Hogg era a pessoa que procurávamos. Foi o que você disse. E isso me fez pensar."

"Então chegou à conclusão de que foi ele", disse Jamie.

"Não", volveu Isabel. "Foi ela. Minty Auchterlonie."

"Aquela vaca cara-de-pau", resmungou Jamie.

Isabel sorriu. "Tem razão. Talvez eu não usasse exatamente as mesmas palavras, mas concordo com você."

"Antipatizei com ela assim que a vi", disse Jamie.

"O que não deixa de ser estranho, pois acho que ela gostou de você. Na realidade, tenho certeza de que ela... como dizer?... que ela *reparou* em você."

A observação pareceu constranger Jamie, que baixou os olhos para o menu que o garçom havia colocado à sua frente. "Não percebi...", começou ele.

"É claro que não", disse Isabel. "Só outra mulher teria percebido. Mas o fato é que ela se interessou por você. Não que, após algum tempo, isso a impedisse de ficar entediada comigo e com você."

"Não sei", disse Jamie. "Seja como for, é o tipo de mulher que eu realmente não suporto."

Isabel assumiu uma expressão pensativa. "Me pergunto o que havia nela que despertou esse *bizz* em nós dois." A velha palavra escocesa *bizz*, como tantas outras, não tinha tradução exata. Significava antipatia, mas possuía nuances sutis. Referia-se a um sentimento geralmente irracional ou injustificado.

"É o que ela representa", sugeriu Jamie. "É uma espécie de mistura, não é? Uma combinação de ambição com insensibilidade, materialismo e..."

"É", interrompeu Isabel. "É mais ou menos isso. Talvez seja difícil chegar a uma definição, mas acho que nós dois sabemos exatamente o que é. E o mais interessante é que, embora isso seja evidente nela, nele não está presente. Concorda comigo?"

Jamie fez que sim com a cabeça. "Gostei dele. Não o escolheria para amigo íntimo, mas me pareceu ser um sujeito camarada."

"Isso mesmo", concordou Isabel. "Sem mácula nem brilho."

"E não alguém capaz de se livrar cruelmente de uma pessoa que ameaçasse desmascará-lo."

Isabel concordou com a cabeça. "Sem dúvida que não."

"Ao passo que ela..."

"Lady Macbeth", disse Isabel com firmeza. "Deve haver uma síndrome com esse nome. Talvez haja. Como a síndrome de Otelo."

"Que síndrome é essa?", indagou Jamie.

Isabel pegou um pãozinho e partiu-o em cima do prato lateral. Não usaria a faca para cortar um pãozinho, embora Jamie houvesse feito isso. Antigamente, na Alemanha, considerava-se impróprio usar a faca para cortar batatas à mesa; um costume curioso, que ela jamais compreendera. Ao indagar o motivo disso a um amigo alemão, recebera como resposta uma explicação estranha, que ela não tivera como não levar na brincadeira: "Era um costume do século XIX", dissera ele. "Talvez o imperador tivesse cara de batata e as pessoas considerassem desrespeitoso usar a faca para cortar batatas." Ela rira, mas, posteriormente, ao ver um retrato do imperador, pensou que podia ser verdade. Ele realmente se parecia com uma batata, tal como Quintin Hogg, lorde Hailsham, tinha um aspecto suíno. Imaginou este último no café-da-manhã, sendo servido de bacon e abandonando o garfo e a faca sobre a mesa, suspirando com pesar: "Não, não consigo...".

"A síndrome de Otelo é um ciúme patológico", esclareceu Isabel, estendendo a mão para pegar o copo de água mineral gasosa que o atencioso garçom acabara de lhe servir. "Em geral, aflige homens, fazendo-os acreditar que a mulher, ou parceira, está lhes sendo infiel. Ficam obcecados com a idéia e não há nada, absolutamente nada, que os convença do contrário. Podem inclusive tornar-se violentos."

Isabel observou que Jamie escutava atentamente a explicação, o que a fez pensar: *Ele identificou alguma coisa aí.* Teria ciúme de Cat? Claro que sim. Ocorre que, ao menos de seu ponto de vista, Cat estava realmente tendo um caso com outro homem.

"Não se preocupe", disse ela em tom tranqüilizador. "Você não é do tipo que sofre de ciúme patológico."

"Claro que não", concordou ele — um tanto precipitadamente, pensou Isabel. Então Jamie acrescentou: "Sabe onde encontro mais informações sobre isso? Já leu alguma coisa a respeito?".

"Na minha biblioteca tem um livro", disse Isabel. "O título é *Síndromes psiquiátricas inusitadas*, e nele há coisas maravilhosas. Por exemplo, o culto à carga. Grupos inteiros de pessoas aguardando a vinda de alguém que os abastecerá de provisões. Carga. Maná. A mesma coisa. Há registros de casos extraordinários nos mares do Sul. Ilhas em que as pessoas pensavam que, se esperassem tempo suficiente, os americanos viriam com seus aviões e jogariam caixotes de víveres para elas."

"E o que mais?"

"Tem a síndrome em que o fulano imagina reconhecer as pessoas. Acha que as conhece, mas não conhece. É neurológico. Aquele casal ali, por exemplo. Tenho certeza de que os conheço, mas é provável que eu esteja enganada. Vai ver que desenvolvi essa síndrome." Isabel riu.

"Paul Hogg também sofre dela", comentou Jamie. "Disse que já tinha me visto antes. Foi a primeira coisa que ele disse."

"Mas é provável que estivesse falando a verdade. As pessoas reparam em você."

"Não, acho que não. Por que reparariam?"

Isabel fitou-o. Era encantador que ele não soubesse. E talvez fosse melhor que continuasse assim. A consciência de ser um homem bonito poderia estragá-lo. Por isso ela não disse nada, apenas sorriu. Como Cat podia ser tão tola?

"E o que Lady Macbeth tem a ver com essa história?", perguntou Jamie.

Isabel inclinou o tronco para a frente.

"Assassina", sussurrou ela. "Uma assassina ladina e manipuladora."

Jamie ficou estático. O tom leve e galhofeiro da conversa tivera um fim abrupto. Ele sentiu frio. "Minty?"

Isabel não sorriu. Sua voz era grave. "Logo me dei conta de que aqueles quadros não eram dele, e sim dela. Os convites das galerias eram para ela. Paul Hogg não sabia nada sobre os quadros. Foi Minty quem andou comprando aquelas coisas caríssimas."

"E daí? Talvez ela tenha dinheiro."

"É, ela tem dinheiro, e não é pouco. Mas você se esquece de que, para quem tem muito dinheiro e por algum motivo não quer deixá-lo no banco, comprar obras de arte é um ótimo negócio. A pessoa pode pagar em dinheiro, se quiser, e terá um ativo de valorização constante e de grande mobilidade. Isto é, desde que saiba o que está fazendo, e ela obviamente sabe."

"Sim, mas não entendo o que isso tem a ver com Mark Fraser. Ele trabalhava com Paul Hogg, não com Minty."

"Minty Auchterlonie é uma vaca cara-de-pau — como você tão bem a definiu — que trabalha com finanças corporativas num banco de investimento. Paul Hogg chega em casa do trabalho e ela pergunta: 'O que andou fazendo no escritório hoje, querido?'. Paul fala disso, fala daquilo e conta a ela, já que ambos atuam no mercado. Algumas dessas informações são bastante sensíveis, mas, sabe como é, para serem minimamente interessantes, as conversas de travesseiro têm de ser francas; e ela escuta tudo com atenção. Depois vai e compra as ações em seu nome — ou usa algum tipo de fachada — e, veja só que coisa, tem um lucro enorme, todo ele proveniente de informações confidenciais. Então ela pega o dinheiro que ganhou e compra quadros, que não deixam muito rastro. Ou entra em acordo com algum marchand. Repassa as informações para ele, que faz o investimento. Não há como estabelecer a ligação entre os dois. O sujeito lhe paga em quadros, descontando sua parte antes, claro, mas não os vende formalmente, de modo que em sua contabilidade não há registro nenhum da realização de lucros tributáveis."

Jamie estava boquiaberto. "Você descobriu tudo isso esta noite? Chegou a essas conclusões enquanto vínhamos para cá?"

Isabel riu. "Não é nada muito elaborado. A partir do momento em que me dei conta de que não tinha sido ele, e assim que a conhecemos pessoalmente, tudo começou a se encaixar. É claro que é só uma hipótese, mas acho que pode ser verdade."

Até esse ponto as coisas estavam relativamente claras para Jamie, mas ele continuava sem entender o motivo que teria levado Minty a querer se livrar de Mark. Isabel pôs-se a explicar. Minty era ambiciosa. O casamento com Paul Hogg, cuja carreira na McDowell's era evidentemente promissora, seria bastante conveniente para ela. Ele era um homem agradável, condescendente, e ela decerto se considerava uma mulher de sorte por tê-lo como noivo. Homens de temperamento mais forte, mais dominadores, não a engoliriam com tanta facilidade, a competição seria muito acirrada. De modo que Paul Hogg era o par perfeito para ela. Contudo, se viesse a público que ele repassara informações para Minty — mesmo que de maneira inocente —, isso lhe custaria o emprego na McDowell's. Além do mais, ele poderia até não ser acusado de *insider trading*, mas ela seria. E, assim que isso fosse descoberto, Minty não apenas perderia o emprego como teria de encerrar sua carreira na área de finanças corporativas. Seria o fim do mundo para ela, e, se tal desfecho só pudesse ser evitado por meio de uma cilada com conseqüências trágicas, fazer o quê? Pessoas como Minty não tinham consciência. Não acreditavam em vida após a morte, não consideravam a perspectiva de um julgamento final e, na ausência disso, a única coisa capaz de impedi-las de cometer um assassinato seria seu sentido interno de certo e errado. E nesse aspecto não era preciso olhar muito para perceber que Minty Auchterlonie deixava a desejar.

"Nossa amiga Minty", disse por fim Isabel, "sofre de um distúrbio de personalidade. É algo que passaria despercebido da maioria das pessoas, mas não há a menor dúvida de que está lá."

"A tal síndrome de Lady Macbeth?", indagou Jamie.

"Talvez essa também", disse Isabel, "se é que existe. Mas eu estava pensando em algo bem mais comum. Psicopatia ou sociopatia — chame como quiser. Minty é uma sociopata. Não sente o menor constrangimento moral em fazer tudo o que for de seu interesse. Nada mais nada menos que isso."

"O que inclui empurrar alguém para fazê-lo cair das galerias do Usher Hall?"

"Claro", disse Isabel. "Sem dúvida."

Jamie refletiu por alguns instantes. A explicação parecia plausível e ele estava disposto a aceitá-la, mas Isabel tinha alguma idéia de qual seria o passo seguinte a ser dado? Até ali, tudo não passava de conjectura. Se pretendiam fazer alguma coisa, sem dúvida precisariam de provas. E eles não tinham prova nenhuma, só uma tese quanto à motivação. "E então?", perguntou ele. "O que fazemos agora?"

Isabel sorriu. "Não faço a menor idéia."

Jamie não conseguiu ocultar sua irritação com tamanha indiferença. "Não me diga que pretende deixar as coisas assim!? Avançamos tanto! Não podemos desistir agora."

Isabel respondeu em tom apaziguador. "Eu não disse que pretendo deixar as coisas assim. E se no momento não sei o que fazer, isso não tem importância. É justamente de um tempo sem fazer nada que precisamos agora."

Observando que Jamie continuava perplexo, Isabel esclareceu: "Acho que ela sabe. Tenho a impressão de que ela sabe por que fomos lá".

"Ela disse alguma coisa?"

"Sim. Nós duas estávamos conversando — enquanto você falava com Paul Hogg — e ela comentou que o noivo havia lhe dito que eu estava interessada em — foram exatamente essas as palavras que ela usou, 'interessada em' — Mark Fraser. Ficou esperando que eu dissesse alguma coisa, mas só confirmei com a cabeça. Pouco depois, ela voltou ao assunto e me perguntou se eu o tinha conhecido intimamente. Tornei a me esquivar da pergunta. Deu para perceber como isso a deixou inquieta. E não me surpreende."

"Então você acha que Minty sabe que suspeitamos dela?"

Isabel bebericou o vinho. Da cozinha vinha um aroma de alho e azeite. "Sinta esse cheiro", disse. "Que delícia. Se ela pensa que nós sabemos? Pode ser. Mas, seja lá o que ela pense, estou certa de que em breve teremos notícias suas. Minty vai querer saber quais são nossas intenções. Ela virá até nós. Vamos lhe dar alguns dias para fazer isso."

Jamie não parecia convencido. "Esses sociopatas", disse ele. "O que eles sentem? Como se sentem por dentro?"

Isabel sorriu. "São impassíveis", respondeu. "Não sentem nada. Já reparou como os gatos ficam depois de fazer uma coisa errada? Permanecem absolutamente impassíveis. Os gatos são sociopatas. É da natureza deles."

"E são responsáveis por isso? Têm culpa disso?"

"Os gatos não têm culpa de ser gatos", disse Isabel, "e portanto não podem ser responsabilizados por fazer as coisas que os gatos fazem, como comer passarinhos ou brincar com suas vítimas. Não têm como evitar isso."

"E as pessoas que também são assim? Têm como evitar?", perguntou Jamie.

"É difícil determinar se elas são ou não responsáveis por seus atos", disse Isabel. "Há uma literatura interessante a esse respeito. Essas pessoas podem argumentar que suas ações são conseqüência da psicopatologia de que são vítimas. Agem como agem devido a sua personalidade, mas, se têm um distúrbio de personalidade, não foi por escolha delas. Portanto, como podem ser responsáveis por algo que não escolheram?"

Jamie lançou um olhar na direção da cozinha. Viu um cozinheiro mergulhar o dedo numa tigela e lambê-lo pensativo. Um cozinheiro sociopata seria um pesadelo. "É o tipo de coisa que você podia discutir com os seus amigos", disse ele. "A turma do Clube Filosófico Dominical. O pessoal podia discutir a responsabilidade moral de pessoas assim."

Isabel esboçou um sorriso triste. "Se eu ao menos conseguisse reunir as pessoas", disse ela. "É, se ao menos conseguisse organizar uma reunião do clube."

"Domingo não é um dia fácil", comentou Jamie.

"De fato", concordou Isabel. "Cat diz a mesma coisa." Interrompeu-se. Não gostava de falar muito da sobrinha na presença de Jamie, pois ele sempre assumia uma expressão melancólica, quase perdida, quando isso acontecia.

17

O que eu preciso, pensou Isabel, é de alguns dias sem intriga. Tenho de voltar a cuidar da *Revista*, completar minhas palavras cruzadas sem interrupções, fazer meus passeios a Bruntsfield e bater papos fúteis com Cat. Não preciso passar meu tempo conspirando com Jamie em pubs e restaurantes na tentativa de desmascarar especialistas em finanças corporativas que fraudam as regras do mercado e gastam rios de dinheiro em obras de arte.

Ela não havia dormido bem na noite anterior. Despedira-se de Jamie após o jantar e só chegara em casa bem depois das onze. Uma vez na cama, com as luzes apagadas e o luar projetando no interior do quarto a sombra de uma árvore que havia junto à janela, Isabel permanecera acordada, pensando no impasse a que receava terem chegado. Mesmo que o passo seguinte coubesse a Minty Auchterlonie, havia decisões difíceis a tomar. Isso para não falar no caso de Cat e Toby. Isabel desejou nunca ter tido a idéia de seguir o namorado da sobrinha; a informação que obtivera assim pesava incomodamente em sua consciência. Por ora, resolvera não fazer nada a esse respeito, mas sabia que estava apenas adiando um problema que, mais cedo ou mais tarde, teria de enfrentar. Não sabia ao certo como se comportaria em relação a Toby na próxima vez que o visse. Conseguiria manter sua atitude normal, que, embora não sinceramente amistosa, pelo menos era tão cortês quanto exigiam as circunstâncias?

Acabou adormecendo, mas foi um sono entrecortado, o que fez com que na manhã seguinte, quando Grace chegou, ela dormisse profundamente. Por vezes a empregada se encarregava de levar-lhe o chá na cama.

"Não dormiu bem?", indagou solicitamente Grace ao colocar a xícara de chá em cima do criado-mudo.

Isabel sentou-se na cama e esfregou os olhos. "Acho que só fui pegar no sono às duas da manhã", disse.

"Problemas?" Grace tinha os olhos fitos na patroa.

"Sim", respondeu Isabel. "Problemas, dúvidas, essas coisas."

"Sei como é", disse Grace. "Às vezes também fico assim. Começo a me preocupar com o que anda acontecendo no mundo. Me pergunto como isso tudo vai acabar."

"Não com um bangue, só um ai", observou alheadamente Isabel. "Foi o que T. S. Eliot disse, e as pessoas vivem citando esse verso. Mas é uma bobagem sem tamanho e tenho certeza de que depois ele se arrependeu de ter escrito isso."

"Que homem tolo", comentou Grace. "Seu amigo Auden jamais diria uma coisa dessas, não é mesmo?"

"Claro que não", concordou Isabel, virando-se na cama para alcançar a xícara de chá. "Embora tenha dito algumas tolices quando jovem." Tomou um gole de chá, o que sempre parecia ter efeito imediato sobre sua clareza de pensamento. "E outras tantas depois de velho. No entremeio, porém, costumava ser muito arguto."

"Matuto?"

"Arguto." Isabel começou a se levantar, tateando o tapete junto à cama com a ponta do pé, à procura dos chinelos. "Se escrevia alguma coisa que estava errada, algo que fosse mero ouropel, ele voltava e corrigia, se conseguisse. Houve poemas que ele rechaçou completamente. 'September 1st, 1939' foi um deles."

Abriu as cortinas. Fazia um belo dia de primavera, com o sol emitindo os primeiros sinais de calor. "Ele disse que o poema era desonesto, embora eu ache alguns dos versos maravilhosos. Depois, em *Letters from Iceland*, escreveu uma coisa que não fazia o menor sentido, mas que soava extraordinariamente bem. *E os portos têm nomes para o mar.* Uma frase linda, não é? Mas significa alguma coisa, Grace?"

"Não", disse Grace. "Como é que os portos teriam nomes para o mar? Para mim não faz sentido."

Isabel esfregou novamente os olhos. "Grace, preciso de um dia tranqüilo. Você acha que pode me ajudar?"

"Claro."

"Atende o telefone para mim? Diga que estou trabalhando, que é o que eu pretendo fazer. E que ligo de volta amanhã."

"Para todo mundo?"

"Menos para a Cat. E para o Jamie. Com eles eu falo, embora espere que não liguem hoje. Os outros terão de aguardar."

Grace aprovou a decisão. Gostava de ter a casa sob seu controle, e ser instada a despachar as pessoas era uma determinação muito bem-vinda.

"Já era hora de fazer isso", disse ela. "A senhora está sempre à disposição de todo mundo. Merece ter um pouco de tempo para si mesma."

Isabel sorriu. Grace era sua maior aliada. A despeito das eventuais discordâncias que havia entre elas, sabia que em última análise seus interesses eram firmemente defendidos por Grace. Era um tipo de lealdade bastante raro numa época em que a maioria das pessoas só pensava no próprio umbigo. Uma virtude à moda antiga, como as que seus colegas filósofos enalteciam, sem contudo ser capazes de emulá-las. E Grace, a despeito de sua tendência a reprovar certas pessoas, possuía várias outras virtudes. Acreditava num Deus que acabaria fazendo justiça aos injustiçados, acreditava no trabalho e na importância de jamais chegar atrasada ou faltar por conta dos famosos "mal-estares" e acreditava que jamais se devia ignorar um pedido de ajuda, fosse quem fosse o necessitado, fosse qual fosse o erro que estivesse por trás de suas dificuldades. Isso sim era uma verdadeira generosidade de espírito, encoberta por um exterior por vezes um pouco rude.

"Você é maravilhosa, Grace", disse. "O que seria de nós sem você?"

Isabel trabalhou a manhã inteira. O correio trouxera mais um feixe de contribuições para a *Revista*, cujos detalhes foram anotados no livro de registros que ela mantinha com essa finalidade. Isabel ficou com a impressão de que muitos dos artigos não sobreviveriam à primeira etapa de avaliação; embora um desses, "Jogos de azar: Uma análise ética", à primeira vista tivesse alguma chance. Que problemas éticos eram causados pelos jogos de azar? Tratava-se de uma questão para a qual havia, no mínimo, uma resposta utilitária muito clara. Se a pessoa tinha seis filhos, como tão amiúde parecia ser o caso dos viciados em jogo (outra espécie de jogo?, indagou-se ela), era sua obrigação administrar com parcimônia os recursos de que dispunha, pelo bem das crianças. Mas e se a pessoa era rica e não tinha dependentes, estaria fazendo algo de intrinsecamente errado ao colocar, se não seu último tostão, os tostões que tinha de sobra numa aposta? Isabel pensou nisso por alguns instantes. Um kantiano teria a resposta na ponta da língua, mas esse era o problema da moralidade kantiana: era absolutamente previsível e não comportava sutilezas, como em larga medida acontecia, pensou ela, com o próprio Kant. Em termos estritamente filosóficos, não devia ser fácil ser alemão. Era bem melhor ser francês (leviano e trocista) ou grego (circunspecto, mas com alguma leveza). Obviamente, aos olhos de Isabel, sua herança era invejável: de um lado, a filosofia escocesa do senso comum; de outro, o pragmatismo americano. Uma combinação perfeita. Havia que se levar em conta também aqueles anos em Cambridge, claro, e isso implicava alguma influência de Wittgenstein e uma dose de filosofia lingüística. Mas essas coisas nunca haviam feito mal a ninguém, contanto que a pessoa não se esquecesse de rejeitá-las à medida que amadurecesse. *E não há como negar, eu sou uma pessoa madura*, refletiu ela, ao olhar pela janela de seu estúdio e contemplar o jardim, com seus arbustos exuberantes e os primeiros botões brancos despontando da magnólia.

Isabel selecionou um dos artigos mais promissores para ler durante a manhã. Se valesse a pena, poderia encaminhá-lo a um parecerista ainda naquela tarde, o que lhe proporcionaria o sentimento de realização de que estava precisando. Em grande parte, o título havia chamado sua atenção devido à atualidade da genética — que servia de pano de fundo à discussão —, mas também devido ao tema em si, que se referia, mais uma vez, ao problema de se revelar ou não a verdade a alguém. Isabel sentia-se cercada por questões que colocavam a pessoa diante desse dilema. Primeiro fora o artigo sobre dizer a verdade em relacionamentos sexuais, que a divertira tanto e que já recebera comentários favoráveis de um dos pareceristas da *Revista*. Depois fora a descoberta da traição de Toby, que levara o problema para o centro de sua vida moral. O mundo, ao que tudo indicava, baseava-se numa miríade de mentiras e meias verdades, e uma das tarefas da moralidade era ajudar a pessoa a encontrar um caminho que lhe permitisse contorná-las. Sim, eram muitas as mentiras; e, todavia, o poder revelador da verdade não parecia diminuído. Alexandre Soljenítsin não havia dito ao receber seu Nobel: "Uma única palavra verdadeira é capaz de conquistar o mundo inteiro"? Seria isso apenas uma esperança fantasiosa de alguém que vivera num emaranhado de mentiras orwellianas patrocinadas pelo Estado ou uma fé justificável na capacidade que a verdade possuía de brilhar na escuridão? Tinha de ser a segunda opção. Se fosse a primeira, a vida seria sombria demais para continuar. Nesse aspecto, Camus estava certo:

a questão filosófica fundamental era o suicídio. Se a verdade não existisse, não haveria sentido nenhum e nossas vidas seriam sisifeanas. E, se a vida fosse sisifística, por que dar continuidade a ela? Isabel pensou por um momento na lista de adjetivos sombrios. Orwelliano, sisifístico, kafkiano. Haveria outros? Era uma grande honra para um filósofo, ou escritor, tornar-se adjetivo. Ela já tinha visto a expressão "hemingwaynesca", que provavelmente se aplicava a uma vida de pescarias e touradas, mas até então não havia surgido nenhum adjetivo associado ao mundo de fracassos e lugares arruinados escolhidos por Graham Greene para servir de cenário a seus dramas morais. "*À la* Greene"?, indagou-se ela. Muito feio. Quem sabe "greeneano"? Claro que "greenelândia" existia.

E ali estava novamente a questão de se revelar ou não a verdade a alguém, dessa vez num artigo escrito por um certo professor Chao, filósofo da Universidade Nacional de Cingapura. O título era "Dúvidas sobre o pai", e o subtítulo "Paternalismo e sinceridade na genética". Isabel mudou-se da escrivaninha para a poltrona junto à janela — o lugar onde gostava de ler seus artigos. Nesse instante, o telefone tocou no hall. Depois de tocar três vezes, foi atendido. Isabel esperou, mas Grace não a chamou. Então voltou sua atenção para "Dúvidas sobre o pai".

Escrito com bastante clareza, o artigo começava com uma história. Os geneticistas clínicos, dizia o professor Chao, amiúde se defrontam com casos de crianças cuja paternidade foi incorretamente atribuída, o que coloca questões complexas sobre como — e se — tais enganos devem ser revelados. Eis um caso, escrevia ele, envolvendo esse problema.

O sr. e a sra. B. haviam tido um filho que sofria de uma doença genética. Embora a criança tivesse boas chances de sobreviver, seu estado era suficientemente grave para suscitar a questão de submeter, ou não, a sra. B. a exames preventivos em futuras gestações. Alguns fetos seriam afetados, outros não. Somente exames pré-natais poderiam detectar a presença do problema.

Até aqui tudo bem, pensou Isabel. Evidentemente, a realização de exames implicava questões mais abrangentes, incluindo certos problemas fundamentais relativos à eugenia, porém as preocupações do professor Chao pareciam ser de outra ordem, e não havia nada de errado nisso. Afinal, o artigo versava sobre sinceridade e paternalismo. O professor Chao prosseguia: o sr. e a sra. B. tiveram de se submeter a um teste genético. A doença encontrada em seu filho só se manifestava quando o pai e a mãe eram portadores do gene em pauta. Ocorreu que os resultados dos testes revelaram ao médico que, embora a sra. B. fosse de fato portadora do gene, o mesmo não acontecia com o sr. B. Portanto, a criança que nascera com a doença *era necessariamente filha de outro homem.* A sra. B. (vai ver o B. é de Bovary, pensou Isabel), cuja personalidade não era descrita, *tinha um amante.*

Uma solução seria comunicar isso em particular à sra. B. e deixar a seu critério revelar ou não a verdade ao marido. À primeira vista parecia uma solução atraente, visto não colocar o médico na posição de responsável por um eventual rompimento conjugal. Entretanto, a isso objetava-se que, se a verdade não fosse revelada ao sr. B., este passaria o resto da vida acreditando ser portador de um gene que na realidade ele não possuía. A relação profissional estabelecida com o médico não lhe garantia o direito de ser informado dos resultados dos exames? O médico claramente tinha deveres para com ele, mas quais seriam os limites desses deveres?

Isabel chegou à última página do artigo. Seguiam-se as referências bibliográficas, todas dispostas no formato correto, mas não havia conclusão. O professor Chao não sabia como resolver a questão por ele levantada. Isso, em si, não era um defeito. Era perfeitamente legítimo fazer perguntas para as quais não se tinha resposta ou que não se desejava responder. Mas de modo geral Isabel preferia os artigos em que o autor defendia um ponto de vista em relação ao assunto abordado.

Ocorreu-lhe pedir a opinião de Grace. Já estava na hora de tomar seu cafezinho matinal, o que lhe servia de desculpa para ir até a cozinha. Encontrou a empregada tirando os pratos da lavadora de louça.

"Vou contar uma história capciosa", disse Isabel. "Depois vou pedir para você me dizer como reagiria. Não se preocupe com o porquê, só me diga o que faria."

Isabel contou a história do sr. e da sra. B. Grace continuou tirando os pratos da lavadora enquanto escutava, mas abandonou o trabalho quando a narrativa chegou ao fim.

"Eu escreveria uma carta para o senhor B.", disse ela com convicção. "Diria a ele que não confiasse na mulher."

"Sei", disse Isabel.

"Mas não colocaria meu nome na carta", acrescentou Grace. "Seria uma carta anônima."

Isabel não conseguiu ocultar sua surpresa. "Anônima? Por quê?"

"Não sei", disse Grace. "A senhora falou para eu não me preocupar com o porquê. Era só para eu dizer o que eu faria. E o que eu faria é isso."

Isabel permaneceu em silêncio. Estava acostumada a ouvir Grace dando vazão a opiniões inusitadas, porém essa curiosa preferência por uma carta anônima a deixou aturdida. Estava prestes a pressionar Grace um pouco mais, quando a empregada mudou de assunto.

"A Cat ligou", disse ela. "Falou que não queria incomodá-la, mas disse que gostaria de vir hoje à tarde para o chá. Eu disse que ligaríamos de volta."

"Está muito bem", disse Isabel. "Vou gostar de vê-la."

Falar a verdade. Paternalismo. Isabel sentia não ter feito nenhum progresso, então decidiu. Pediria a opinião de Grace.

"Escute esta outra, Grace", disse. "Vamos supor que você descobrisse que o Toby está tendo um caso com outra moça às escondidas da Cat. O que faria?"

Grace franziu o cenho. "Essa é difícil", respondeu ela. "Acho que eu não contaria para a Cat."

Isabel relaxou. Ao menos em relação a isso estavam de acordo.

"Por outro lado", prosseguiu Grace, "eu era bem capaz de ir atrás do Toby para dizer que, se ele não largasse a Cat, eu contaria tudo para a outra garota. Dessa maneira me livraria dele, pois não ia querer que alguém assim se casasse com a Cat. É o que eu faria."

Isabel assentiu com a cabeça. "Sei. E não titubearia em fazer isso?"

"Não", tornou Grace, "nem um pouco." Então acrescentou: "Não que isso seja possível, não é mesmo?".

Isabel hesitou. Via-se diante de mais um momento propício para deixar escapar uma mentira. Mas o instante de hesitação foi o bastante.

"Ah, meu Deus!", exclamou Grace. "Coitada da Cat! Coitada! Eu nunca fui com a cara daquele rapaz. Nunca. Não queria dizer isso, mas agora a senhora sabe. Aquele jeans bordô que ele usa, já reparou? Desde o começo eu adivinhei o significado daquilo. Viu só? Eu sabia."

18

Cat chegou para o chá às três e meia, tendo deixado Eddie tomando conta da delicatéssen. Quem abriu a porta para ela foi Grace, que a fitou com uma expressão estranha, ou pelo menos assim pareceu à moça; mas, até aí, Grace era estranha mesmo, sempre havia sido, e Cat sempre soubera disso. Tinha teorias e convicções sobre virtualmente tudo e era impossível saber o que ia pela sua cabeça. Como Isabel fazia para agüentar aquelas conversas na cozinha era algo que Cat simplesmente não entendia. Talvez ela fizesse ouvidos moucos para a maior parte das coisas que Grace dizia.

Isabel estava revisando provas em seu chalé de verão, uma pequena construção de madeira octogonal, pintada de verde-escuro, situada nos fundos do terreno, junto ao alto muro de pedras que circundava o jardim. Quando adoeceu, seu pai passava dias inteiros ali, olhando o gramado, pensando e lendo, embora lhe fosse custoso virar as páginas e ele aguardasse até que Isabel fizesse isso por ele. Por alguns anos após sua morte, ela evitara entrar ali, tão fortes eram as lembranças. Mas aos poucos fora se acostumando a utilizar o chalé como local de trabalho, e agora o fazia mesmo no inverno, quando era possível aquecê-lo com uma estufa a lenha que ficava num canto. Não havia decoração, apenas três fotos enquadradas que tinham sido penduradas na parede dos fundos. Seu pai envergando o uniforme do Cameronian Regiment, na Sicília, sob um sol escaldante, parado em frente a um casarão requisitado pelo Exército; toda aquela bravura e sacrifício, tanto tempo antes, por uma causa absolutamente justa, justíssima. Sua mãe — sua santificada mãe americana, certa vez constrangedoramente referida por Grace como sanitizada mãe americana —, sentada com seu pai num café em Veneza. E ela própria, ainda criança, com os pais no que parecia ser um piquenique. Amareladas nas bordas, as fotos pediam restauração, mas por ora haviam sido deixadas em paz.

Fazia bastante calor para um dia de primavera — a bem da verdade, o tempo estava mais para verão —, e Isabel havia aberto as portas de vidro duplas do chalé. Então viu Cat cruzar o jardim em sua direção, uma sacolinha marrom na mão. Devia ser algum quitute da delicatéssen; sua sobrinha nunca vinha de mãos vazias, sempre trazia um pote de patê de trufas ou um vidro de azeitonas, apanhados ao acaso de uma das prateleiras de sua loja.

"Ratinhos de chocolate belga", disse Cat, deixando o pacote em cima da mesa.

"Gatos e gatas dão ratinhos de presente", observou Isabel, deixando as provas de lado. "Minha tia — sua tia-avó — tinha um gato que caçava ratos e depois os levava para a cama dela. Era um amor."

Cat sentou-se na cadeira de vime junto à de Isabel. "A Grace disse que você não estava para ninguém. Só para mim."

Isso fora prudente da parte de Grace, pensou Isabel. Era melhor não tocar com muita freqüência no nome de Jamie.

"A vida estava ficando meio complicada", esclareceu ela. "Achei melhor me esconder um ou dois dias para trabalhar um pouco e descomplicar. Aposto que sabe como é isso."

"Sei, sim", confirmou Cat. "São esses dias em que a gente quer ficar quieta num canto, longe de tudo e de todos, não é? Também acontece comigo."

"Daqui a pouco a Grace vai trazer o chá e poderemos conversar à vontade", disse Isabel. "Já trabalhei bastante por hoje."

Cat sorriu. "Também encerrei o expediente", disse. "O Eddie consegue se virar sozinho até a hora de fechar. Vou para casa me trocar. Depois eu... nós vamos sair."

"Que bom", disse Isabel. Nós. Toby, é claro.

"É uma comemoração", explicou Cat, olhando de esguelha para a tia. "Primeiro jantar num restaurante, depois uma boate."

Isabel conteve a respiração. Não esperava por isso, embora receasse que mais dia, menos dia acabasse acontecendo. O momento havia chegado. "Uma comemoração?"

Cat fez que sim com a cabeça. Em vez de olhar para Isabel enquanto falava, mantinha os olhos voltados para o jardim. Seu tom de voz era cauteloso. "Toby e eu ficamos noivos", revelou. "Ontem à noite. Vamos anunciar nos jornais na semana que vem. Eu queria que você fosse a primeira a saber." Fez uma pausa. "Acho que a esta altura o Toby já contou para os pais, mas, fora eles, ninguém mais sabe. Só você."

Isabel virou-se para a sobrinha e pegou a mão dela. "Que bom, querida. Parabéns." Tinha feito um esforço enorme, como uma cantora tentando alcançar uma nota aguda, mas não fora bem-sucedida. Suas palavras soaram indiferentes e frias.

Cat fitou-a. "Isso é sincero?"

"Só o que quero é que você seja feliz", volveu Isabel. "Se é isso que a fará feliz, então é claro que é sincero."

Cat ruminou essas palavras por alguns instantes. "Os parabéns de uma filósofa", observou por fim. "Será que não consegue dizer uma coisa mais pessoal?" Porém não permitiu que Isabel respondesse, embora esta não tivesse uma resposta pronta — ao contrário, precisaria se esforçar muito para encontrar uma. "Você não gosta mesmo do Toby, não é? Nem passa pela sua cabeça dar uma chance a ele, mesmo que seja por mim."

Isabel baixou os olhos. Não podia mentir sobre isso.

"Não simpatizo com ele, admito. Mas prometo me esforçar ao máximo para superar isso, por mais que me custe."

Cat não estava disposta a relevar essas palavras. Sua voz estava alterada, a indignação era evidente. "Por mais que lhe custe? O que há de tão custoso nisso? Por que precisa dizer uma coisa dessas?"

Isabel perdeu o controle das emoções. A notícia do noivado tinha sido devastadora e fizera com que se esquecesse da intenção de não contar o que havia visto. Então deixou escapar. "É que eu não acho que ele seja fiel a você", disse. "Recentemente o vi com outra pessoa. É por isso. É por isso."

Interrompeu-se, horrorizada com o que dissera. Não pretendia revelar aquilo — sabia que era errado fazê-lo — e ainda assim a coisa saiu, como se dita por outra pessoa. Na mesma hora, sentiu-se péssima, e refletiu: *É assim que as pessoas erram, sem mais nem menos, impensadamente.* Errar não era difícil, não era algo que exigisse grandes maquinações. Não, era uma coisa simples, banal. Fora Hannah Arendt quem chegara a essa conclusão, não? A banalidade do mal. Só o bem era heróico.

Cat estava praticamente imóvel. Então se livrou da mão que Isabel havia colocado em seu ombro. "Deixe-me entender isso direito", disse ela. "Você está dizendo que viu o Toby com outra mulher? É isso?"

Isabel fez que sim com a cabeça. Não podia mais recuar, o que lhe deixava a honestidade como única opção. "É. Sinto muito. Eu não pretendia contar para você, pois sei que não tenho o direito de interferir na sua vida. Mas eu de fato o vi. Vi o Toby abraçando outra moça. Ele tinha ido vê-la. Foi na porta do apartamento dela. Eu estava... estava passando e vi."

"Onde foi isso?", perguntou Cat calmamente. "Onde exatamente?"

"Na Nelson Street."

Cat permaneceu um momento em silêncio. Depois começou a rir e a tensão se esvaiu de seu semblante. "É a irmã dele. Fiona. Ela mora lá, sabe? Oh, Isabel! Você confundiu tudo, é claro. Ele a visita sempre. E é óbvio que a beija. Os dois se gostam muito. E naquela família as pessoas vivem se tocando, se abraçando, se beijando."

Não, pensou Isabel. A questão não é essa.

"Acontece que não foi a irmã dele, e sim a moça que mora com ela", disse Isabel. "Não foi a irmã, não."

"A Lizzie?"

"Não tenho a menor idéia de como ela se chama", retrucou Isabel.

Cat bufou. "Isso é absurdo", disse com firmeza. "Desde quando um beijinho no rosto é traição? E o pior é que você nem sequer se dispõe a admitir que está errada. Seria diferente se reconhecesse isso, mas não. O ódio que tem por ele é grande demais."

Isabel reagiu. "Não sinto ódio dele, não. Isso você não tem o direito de dizer." Contudo, como ela bem sabia, Cat tinha sim esse direito, pois mal terminara de falar e a imagem de uma avalanche assomara à sua cabeça, cobrindo-a de vergonha.

Cat ficou em pé. "Lamento muito tudo isso. Compreendo o que talvez a tenha levado a me contar o que contou, mas acho que você está sendo totalmente injusta. Eu amo o Toby. Nós vamos nos casar. E isso encerra o assunto." Precipitou-se para fora do chalé de verão.

Isabel levantou-se de sua poltrona, fazendo com que as provas se espalhassem pelo chão. "Cat, por favor. Você sabe como eu gosto de você. Você sabe. Por favor..." Sua voz sumiu. Cat atravessou correndo o gramado. Grace estava à porta da cozinha com uma bandeja na mão. Ao se afastar a fim de dar passagem a Cat, a bandeja foi ao chão.

O resto do dia estava arruinado. Depois da partida de Cat, Isabel passou cerca de uma hora discutindo a situação com Grace, que deu tudo de si para reconfortá-la.

"É capaz de ela ficar assim por uns tempos", disse a empregada. "Por ora talvez ela tenha descartado a possibilidade. Mas não vai conseguir tirar isso da cabeça tão cedo. Depois vai pensar que há, sim, uma pequena chance de ser verdade. E então seus olhos vão se abrir."

Isabel achava que havia entornado de vez o caldo, mas tinha de reconhecer que Grace podia estar certa. "Só que nesse entretempo ela não vai me perdoar."

"Provavelmente não", disse Grace com realismo. "Mas talvez ajude se a senhora escrever para ela, dizendo que sente pelo que aconteceu. Tenho certeza de que a Cat vai acabar perdoando a senhora, mas deixar uma porta aberta pode facilitar as coisas."

Isabel seguiu a sugestão de Grace e escreveu uma breve carta para Cat, desculpando-se pelo aborrecimento que havia causado e dizendo esperar que ela a perdoasse. Contudo, no exato instante em que escrevia *Me perdoe, por favor*, ocorreu-lhe que poucas semanas antes havia dito a Cat: *Há uma coisa chamada perdão prematuro*, pois era impressionante a quantidade de bobagens sobre a necessidade de perdoar que saía da boca de gente que não compreendia (ou ignorava) o que o professor Strawson dissera em *Liberdade e ressentimento* a respeito das atitudes reativas e de sua importância — Peter Strawson, cujo nome, conforme notava Isabel, podia ser lido anagramática e injustamente como *a pen strews rot*.* Precisamos do ressentimento, dizia ele, pois é o ressentimento que identifica e realça o erro. Sem atitudes reativas, corremos o risco de achar que nada tem importância e, assim, amortecer nossa percepção do que é certo e errado. Portanto, não devemos perdoar antes do tempo, e possivelmente havia sido essa a intenção do papa João Paulo II ao esperar todos aqueles anos para ir visitar na prisão o homem que tentara assassiná-lo. Isabel perguntou-se o que o papa teria dito ao sujeito. "Eu o

---

(*) *A pen strews rot*: "Uma caneta dissemina podridão". (N. T.)

perdôo"? Ou teria sido algo bem diferente, algo em que não houvesse a menor inclinação para o perdão? Ela sorriu com esse pensamento. Os papas, afinal de contas, também eram seres humanos e agiam como tais, o que significava que, de tempos em tempos, talvez se olhassem no espelho e indagassem a si mesmos: Sou realmente eu nestas roupas meio absurdas, esperando para sair à sacada e acenar para todas essas pessoas, com suas bandeiras, suas esperanças, suas lágrimas?

Uma coisa era uma hipótese elaborada num restaurante, após várias taças de vinho italiano na companhia de um rapaz atraente, outra era uma hipótese capaz de resistir à luz fria do dia. Isabel sabia perfeitamente que tudo o que tinha contra Minty Auchterlonie era uma conjectura. Se de fato haviam ocorrido irregularidades na McDowell's e se de fato Mark Fraser topara com elas, isso não significava necessariamente que Paul Hogg estivesse envolvido. A história que Isabel imaginara para sustentar tal envolvimento era verossímil, mas nada além disso. Suas informações davam conta de que a McDowell's era uma empresa de grande porte, e não havia nenhuma indicação concreta de que Paul Hogg tivesse relação com as coisas que Mark descobrira.

Isabel compreendia que, se pretendesse conferir bases mais sólidas a sua hipótese, ou se quisesse, para falar com franqueza, torná-la minimamente crível, precisaria aprofundar seus conhecimentos sobre a McDowell's, e essa não seria uma tarefa das mais fáceis. Teria de conversar com pessoas que atuassem no mercado; elas saberiam, mesmo que não trabalhassem na McDowell's. A comunidade financeira de Edimburgo tinha todas as características de uma cidadezinha do interior, como as tinha sua comunidade jurídica, e o disse-que-disse devia ser intenso. Porém isso ainda não seria suficiente: Isabel teria de descobrir também como fazer para verificar se alguém havia operado ilegalmente no mercado com base em informações privilegiadas. Porventura isso exigiria o monitoramento das transações com ações? Como isso seria possível, como alguém faria para identificar quem havia comprado o que em milhões de operações realizadas nas bolsas de valores todos os anos? Ademais, era evidente que quem fazia isso tomava a precaução de apagar seus rastros por meio de procuradores e agentes *offshore*. Não era à toa que os processos por *insider trading* eram tão raros — e raríssimas as condenações. Era praticamente impossível obter provas. E, se fosse esse o caso, não haveria como rastrear o que quer que Minty houvesse feito com as informações que arrancara do noivo. Minty poderia agir com impunidade, a menos que — e essa era uma restrição fundamental — a menos que alguém de dentro, alguém como Mark Fraser, pudesse relacionar suas transações com as informações a que, como ele sabia, Paul Hogg tivera acesso. Ocorre que Mark, obviamente, estava morto. O que significava que Isabel teria de procurar seu amigo Peter Stevenson, especialista em finanças, filantropo discreto e presidente da Orquestra para lá de Pavorosa.

19

O West Grange House era um casarão quadrado e branco, construído em fins do século XVIII. Ocupava um terreno amplo na Grange, esse subúrbio agradável que fazia divisa com os bairros de Morningside e Bruntsfield e ficava a uma pequena distância a pé da casa de Isabel e a uma distância menor ainda da delicatéssen de Cat. Peter Stevenson cobiçara o imóvel por anos a fio e não hesitara em comprá-lo quando, de uma hora para outra, fora posto à venda.

Aos quarenta e poucos anos, após uma bem-sucedida carreira em bancos corporativos, Peter resolvera tornar-se um consultor independente. Empresas com problemas financeiros o contratavam na esperança de que ele encontrasse um meio de socorrê-las, empresas em cujos conselhos administrativos reinava a discórdia o chamavam para mediar suas querelas. À sua maneira tranqüila, ele levava paz a negócios que andavam de pernas para o ar, convencendo as pessoas a se sentar à mesa e examinar uma a uma as dificuldades que as atormentavam.

"Para tudo há solução", disse ele em resposta a uma pergunta que Isabel fez sobre seu trabalho enquanto ele a conduzia até a varanda. "Tudo. Basta separar as várias partes do problema e começar por aí. A pessoa só tem de elaborar uma lista e ser sensata."

"Coisa que com freqüência as pessoas não são", comentou Isabel.

Peter sorriu. "Isso é contornável. A maioria é capaz

de assumir posições sensatas, mesmo que no começo não pareça disposta a tanto."

"Exceto alguns indivíduos", insistiu Isabel. "Os profundamente insensatos. E há um bom punhado deles, vivos ou já visitados pela indesejada das gentes. Idi Amin e Pol Pot, para citar dois."

Peter refletiu sobre a expressão empregada por Isabel. Quem ainda se referia à morte como a "indesejada das gentes"? A maioria das pessoas jamais a ouvira e não compreenderia seu sentido. Era tão típico de Isabel manter expressões assim vivas, como se fosse um jardineiro cuidando de uma planta frágil. Ponto para ela.

"Os irremediavelmente insensatos não costumam gerir empresas", disse ele, "embora tentem governar países. Os políticos são bem diferentes dos homens de negócios. A política atrai o tipo errado de pessoa."

Isabel concordou. "Tem razão. Todos aqueles egos imensos. É por isso, mais do que por qualquer outra coisa, que eles entram para a política. Querem dominar os outros. Amam o poder e seus penduricalhos. Poucos deles se tornam políticos porque desejam melhorar o mundo. Alguns talvez sejam movidos por esse desejo, mas não muitos."

Peter refletiu um instante. "Bom, há os Gandhi e os Mandela, e também Jimmy Carter."

"Jimmy Carter?"

Peter balançou positivamente a cabeça. "Um bom homem. Civilizado demais para a política. Acho que foi parar na Casa Branca por engano. E era honesto demais. Fez aqueles comentários sobre suas tentações íntimas — chegavam a ser constrangedores de tão sinceros — e a imprensa deitou e rolou. Mas aposto que todos que o criticaram tinham pensamentos muito semelhantes aos que ele revelou. Quem não os tem?"

"De fantasias eu entendo", disse Isabel. "Sei bem o que ele quis dizer com..." Interrompeu-se. Peter a fitava com uma expressão intrigada e ela tratou de esclarecer

as coisas: "Não aquele tipo de fantasia. As minhas são sobre avalanches...".
Peter sorriu e indicou-lhe uma poltrona. *"Bom, chacun à son rêve."*
Isabel sentou-se e olhou para o jardim. Era maior que o seu e menos fechado. Se ela cortasse uma árvore, talvez ganhasse mais claridade, porém sabia que jamais seria capaz de fazer uma coisa dessas; teria de ir-se antes que as árvores se fossem. Nesse aspecto, os carvalhos favoreciam a circunspecção: olhar para eles sempre nos fazia recordar que provavelmente eles continuariam ali por muito tempo depois de termos passado desta para melhor.
Olhou para Peter. Havia um quê de carvalho nele, pensou; não na aparência, claro — quanto a isso, Peter talvez lembrasse mais uma glicínia —, mas era alguém em quem se podia confiar. Além do mais, era discreto, a pessoa podia falar com ele sem recear que suas palavras fossem posteriormente veiculadas em ondas médias e curtas. Portanto, se Isabel lhe fizesse perguntas sobre a McDowell's, como então se pôs a fazer, ninguém ficaria sabendo desse seu interesse pela empresa.
Peter considerou por um momento sua pergunta. "Tenho vários conhecidos lá", disse. "Ao que me consta, são extremamente escrupulosos." Fez uma pausa. "Mas sei de alguém que talvez possa informá-la melhor. Se não me engano, ele acabou de sair de lá, por causa de algum tipo de desentendimento. Talvez esteja disposto a falar."
Isabel apressou-se em responder. Era justamente isso que esperava dele. Peter conhecia todo mundo e podia colocar as pessoas em contato com qualquer um. "É exatamente isso que eu gostaria. Obrigada."
"Mas é bom ter cuidado", prosseguiu Peter. "Em primeiro lugar, não o conheço pessoalmente, portanto não sei se é de confiança. E, além disso, não se esqueça de que se trata de alguém que talvez guarde ressentimentos contra eles. Nunca se sabe. Mas, se quiser vê-lo, ele vem aos nossos concertos, às vezes — uma irmã dele toca na

orquestra. Por isso, minha cara, parece que você vai ter de assistir ao nosso concerto amanhã à noite. Depois, durante a festa, darei um jeito de você conversar com ele."

Isabel riu. "Um concerto da sua orquestra? A Orquestra para lá de Pavorosa?"

"A própria", disse Peter. "Me surpreende que você nunca tenha vindo a um dos nossos concertos. Tenho certeza de já tê-la convidado."

"Convidou, sim", disse Isabel, "mas eu estava viajando na ocasião. Fiquei triste de não poder vir. Imagino que tenha sido..."

"Pavoroso", disparou Peter. "Pois é, não somos nada bons, mas a gente se diverte. E a maior parte do público vem para rir mesmo, portanto não faz diferença se tocamos muito mal."

"Desde que dêem o melhor de si, não é?"

"Isso mesmo. O problema é que o nosso melhor não é dos melhores. Mas tudo bem."

Isabel olhou para o jardim. Achava interessante o fato de que aqueles que haviam se saído muito bem em certa atividade amiúde tentassem se adestrar em outra, e em geral fracassassem. Peter fora um especialista em finanças extremamente bem-sucedido; agora era um clarinetista sofrível. O sucesso decerto tornava o fracasso mais tolerável — ou não? Talvez a pessoa se acostumasse a ser boa em certas coisas e ficasse frustrada por não ser tão boa em outras. Porém Isabel sabia que seu amigo não era assim. Peter satisfazia-se em tocar modestamente, como ele próprio dizia.

Isabel fechou os olhos e escutou. Sentados no auditório da St. George's School for Girls, que alojava pacientemente a Orquestra para lá de Pavorosa, os músicos enfrentavam uma partitura que estava além de suas capacidades; a idéia de Purcell não era bem aquela, e ele dificilmente teria reconhecido sua própria composição.

Isabel tinha certa familiaridade com a música — ou com passagens dela —, mas parecia-lhe que as várias seções da orquestra estavam tocando peças completamente diferentes, e em compassos distintos. As cordas pareciam particularmente roufenhas e vários tons abaixo do correto, ao passo que os trombones, que deveriam estar num compasso seis por oito, como o restante dos instrumentos, davam a impressão de ter optado pelo mais corriqueiro dois por quatro. Isabel abriu os olhos e observou os trombonistas, que perscrutavam suas partituras com caretas aflitas. Se olhassem para o maestro, teriam se corrigido, mas a tarefa de ler as notas consumia-lhes todas as forças. Isabel trocou um sorriso com a pessoa sentada a seu lado. O público estava se divertindo, como sempre acontecia nos concertos da Orquestra para lá de Pavorosa.

A peça de Purcell chegou ao fim, para o nítido alívio da orquestra, com muitos de seus integrantes baixando os instrumentos e respirando fundo, como fazem os atletas ao término de uma corrida. Na platéia ouviam-se risadas surdas e o farfalhar de programas sendo consultados. Tinham Mozart pela frente, seguido, curiosamente, de "Yellow Submarine". Nada de Stockhausen, observou Isabel com alívio, recordando por um instante, e com tristeza, aquela noite no Usher Hall, a qual, afinal de contas, era o motivo de ela estar ali, assistindo à Orquestra para lá de Pavorosa esgrimir-se com os itens de seu programa diante de um público atônito porém fiel.

Ao final do concerto soaram aplausos entusiasmados, e o maestro, trajando um colete com galões dourados, agradeceu com várias mesuras. Em seguida, espectadores e músicos passaram para o átrio, onde seriam servidos o vinho e os canapés com que a orquestra retribuía a presença de seus ouvintes.

"É o mínimo que podemos fazer", explicou o maestro em suas palavras finais. "Vocês têm sido tão tolerantes."

Isabel conhecia alguns dos músicos e muitos dos que tinham estado na platéia, e logo se viu num círculo de amigos que haviam se reunido em torno de uma grande travessa de canapés de salmão defumado.

"Eu achava que eles estavam melhorando", disse um deles, "mas já não tenho tanta certeza. Aquele Mozart..."

"Ah, era Mozart?"

"É pura terapia", disse outro. "Não repararam como eles estavam felizes? Essas pessoas nunca teriam a oportunidade de tocar numa orquestra de verdade. Isso é terapia de grupo. Faz bem à saúde."

Um oboísta alto virou-se para Isabel. "Você podia juntar-se a nós", disse. "Toca flauta, não toca? Podia entrar para a orquestra."

"Quem sabe", volveu Isabel. "Vou pensar no assunto." Mas ela estava pensando era em Johnny Sanderson, que devia ser o sujeito que olhava para ela do outro lado do átrio enquanto era conduzido por Peter Stevenson em sua direção.

"Eu queria que vocês se conhecessem", disse Peter, fazendo as apresentações. "Talvez pudéssemos convencer Isabel a entrar para a orquestra, Johnny. Ela está num nível bem acima do nosso, mas acho que uma flauta a mais não nos faria mal."

"Nada faz mal a vocês", tornou Johnny. "Umas aulinhas de música, por exemplo, até que fariam bem..."

Isabel riu. "Eles não se saíram tão mal. De 'Yellow Submarine' eu gostei."

"É o número especial deles", disse Johnny, estendendo a mão para apanhar uma fatia de pão preto e salmão defumado.

Falaram alguns minutos sobre a orquestra, até Isabel mudar de assunto. Segundo soubera, Johnny pertencera aos quadros da McDowell's; gostara de trabalhar lá? Sim. Mas então ele pensou um instante e olhou para ela de soslaio, fingindo desconfiança. "Era por isso que queria me conhecer?" Fez uma pausa. "Ou seria esse o motivo pelo qual o Peter queria que nos conhecêssemos?"

Isabel olhou-o nos olhos. Qualquer tentativa de dissimulação seria inútil, pensou; dava para perceber que Johnny Sanderson era um homem astuto.

"Sim", disse ela simplesmente. "Estou atrás de informações sobre essa empresa."

Ele assentiu com a cabeça. "Não há muito para saber", disse. "É uma empresa como tantas outras. Para ser sincero, a maioria dos que trabalham lá é bem maçante. Tínhamos um relacionamento social com algumas pessoas, mas eu achava a maioria meio... xarope. Desculpe. Parece um pouco arrogante, mas é o que aquele pessoal é. Uma gente que só pensa em números, matemática."

"E quanto a um sujeito chamado Paul Hogg?"

Johnny deu de ombros. "É um bom rapaz. Um pouco meticuloso demais para o meu gosto, mas muito capaz. É exatamente o perfil dos que trabalhavam lá antes. Entre os mais novos há alguns que são um pouco diferentes. O Paul é como a velha guarda do mercado de Edimburgo. Íntegro até a medula."

Isabel passou-lhe a travessa de salmão defumado e ele serviu-se de mais um canapé. Ela ergueu a taça e tomou um gole de vinho, que era de qualidade bem superior à dos que normalmente são servidos em tais eventos. Isso é coisa do Peter, pensou ela.

Algo no que Johnny acabara de dizer despertara seu interesse. Se Paul Hogg tinha o perfil das pessoas que antes trabalhavam na McDowell's e se era íntegro até a medula, como Johnny afirmara, então qual seria a característica dos novos funcionários a que ele havia se referido? "Quer dizer que a McDowell's está mudando?", sondou.

"Claro", respondeu Johnny. "Como o resto do mundo. Todos estão mudando. Bancos, financeiras, corretoras — todo mundo. O que vale agora é a agressividade. As pessoas perderam os pruridos. É assim em todo lugar, não é?"

"Acho que sim", disse Isabel. Ele tinha razão, claro. Por toda parte estavam desaparecendo as velhas certezas morais; e em seu lugar grassavam o egoísmo e a impiedade.

Johnny engoliu seu pão preto com salmão e lambeu as pontas dos dedos. "Paul Hogg", ruminou. "Paul Hogg. Hummm. Para mim, sinceramente, ele tinha um quê de filhinho de mamãe; e de repente ele vai e me arruma uma noiva que é um avião, uma vaca chamada Minty não sei das quantas. Auchtermuchty. Auchendinny."

"Auchterlonie", ajudou Isabel.

"Não é prima sua, é?", perguntou Johnny. "Espero não ter cometido uma gafe."

Isabel sorriu. "O que você disse é mais ou menos o que eu penso dela, com a diferença de que sua descrição é ligeiramente mais generosa do que a minha."

"Pelo jeito falamos a mesma língua. Essa Minty é um trator. Trabalha num banco na North Charlotte Street, o Ecosse Bank. E, se você quer mesmo saber, não é flor que se cheire. Vive saindo com uns rapazes do departamento do Paul. Já a encontrei por aí quando o Paul estava viajando. E também a vi em Londres uma vez, num bar da City. Pensavam que não tinha ninguém de Edimburgo por perto. Bom, eu estava lá e a vi. Pendurada nos ombros de um sujeitinho de Aberdeen que caiu nas graças dos manda-chuvas da McDowell's por ser bom em maquiar números e assumir riscos que dão retorno. Ian Cameron é o nome da fera. Joga rúgbi num desses times que há por aí. Do tipo musculoso, mas esperto."

"E ela estava pendurada nos ombros dele?"

Johnny gesticulou. "Assim. Nos ombros dele. Linguagem corporal não platônica."

"Mas ela é noiva do Paul Hogg."

"Pois é."

"E o Paul sabe disso?"

Johnny fez que não com a cabeça. "O Paul é um cara ingênuo. Um inocente que se envolveu com uma mulher que provavelmente é ambiciosa demais para ele. Acontece."

Isabel tomou outro gole de vinho. "E o que ela vê no Paul? Por que foi se interessar por ele?"

"Respeitabilidade", disse Johnny com firmeza. "Ele é uma ótima camuflagem para alguém que queira prosperar no mundo financeiro de Edimburgo. O pai do Paul foi um dos sócios fundadores do Scottish Montreal and the Gullane Fund. Se a pessoa não é, por assim dizer, ninguém, mas quer ser, o coitado do Paul é a escolha ideal. Ele é simplesmente perfeito. Tem contato com as pessoas certas. Vai a jantares maçantes de ex-alunos do Fettes College. Ganha ingressos de uma porção de empresas para ir ao Festival Theatre, com direito a jantar após a ópera. O que mais alguém podia querer!?"

"E enquanto isso ela vai tocando a própria carreira?"

"Exatamente. Eu diria que o grande interesse dela é o dinheiro. Fora isso, quase nada. Ou melhor, homens também a interessam. De preferência um pouco brutos, como Ian Cameron."

Isabel permaneceu em silêncio. A infidelidade, ao que tudo indicava, não era um fenômeno incomum. Ela se surpreendera ao descobrir o descaramento de Toby, mas agora que tinha ouvido essa história sobre Minty, pensou que talvez não se devesse esperar outra coisa da parte dele. Possivelmente, a fidelidade é que devia causar surpresa — coisa que, diga-se de passagem, os adeptos da sociobiologia viviam insinuando. Os homens eram impelidos pelo desejo de ter tantas parceiras quanto possível, a fim de assegurar a sobrevivência de seus genes, diziam-nos eles. Mas e as mulheres? Talvez se sentissem inconscientemente atraídas por homens que, de forma igualmente inconsciente, buscavam garantir ao máximo suas chances de perpetuação genética; o que significava que Minty e Ian tinham sido feitos um para o outro.

Isabel estava confusa, mas não a ponto de não conseguir formular a pergunta seguinte de maneira a lhe dar um ar inocente. "E imagino que Ian e Minty vivam trocando confidências sobre negócios e dinheiro e coisas assim. Você não acha?"

"Não", respondeu Johnny. "Porque, se fizessem isso,

seria *insider trading*, e nada me agradaria mais do que agarrar esses dois com a boca na botija e pregar as orelhas deles na porta do New Club."

Isabel imaginou a cena. Era quase tão bom quanto imaginar Toby sendo colhido por uma avalanche. Mas proibiu-se de continuar e afirmou: "Pois eu acho que é exatamente isso que anda acontecendo".

Johnny imobilizou-se, a taça a meio caminho dos lábios. Cravou os olhos em Isabel. "Você está falando sério?"

Ela balançou afirmativamente a cabeça. "Não posso explicar o que exatamente me leva a pensar assim, mas lhe asseguro que tenho bons motivos para acreditar no que estou dizendo. Será que você poderia me ajudar a encontrar provas disso? Poderia me ajudar a rastrear as transações? Seria capaz de fazer isso?"

Johnny deixou sua taça sobre uma mesa. "Claro que sim. Quer dizer, eu poderia tentar. Se tem uma coisa que não tolero é desonestidade financeira. Isso está acabando com o mercado. Está nos deixando numa situação grave, gravíssima. Essa gente é uma praga."

"Obrigada", disse Isabel. "Será ótimo contar com sua ajuda."

"Só tem uma coisa", acrescentou Johnny. "É preciso muita discrição. Se tudo não passar de um engano seu, estaremos em maus lençóis. É perigoso fazer alegações difamatórias sobre essas coisas. Eles nos processariam. E eu faria papel de bobo. Compreende isso?"

Isabel compreendia.

20

Depois daquela tarde desagradável em que Isabel dera vazão a seus temores em face da boa-nova da sobrinha, Cat e Toby tinham ido mais cedo do que pretendiam ao restaurante, pois não havia mesas disponíveis mais tarde. Realizava-se na cidade, sob os auspícios da Faculty of Advocates, um congresso da Franco-British Legal Association, e muitos dos participantes haviam reservado mesas para jantar depois da reunião. O lugar seria ideal para conversas sobre a jurisprudência do Conseil d'Etat, entre outros assuntos, claro.

Cat fora embora aos prantos da casa de Isabel. À porta da cozinha, Grace tentara falar-lhe, porém naquela altura ela não estava em condições de escutar o que quer que fosse. Suas emoções resumiam-se numa só: raiva. Isabel não podia ter exprimido com maior clareza seus sentimentos em relação a Toby. Desde o início ela o mantivera a distância, vendo-o com tamanha repulsa que Cat não se surpreenderia se ele próprio houvesse detectado isso, muito embora jamais tivesse dito qualquer coisa nesse sentido. Cat obviamente percebia que havia diferenças de perspectiva entre os dois, mas isso decerto não era razão suficiente para Isabel fazer pouco caso dele. Toby não era um intelectual como Isabel, mas que diferença isso fazia? Ambos possuíam bastante terreno comum para estabelecer pontos de contato. Seu namorado não era nenhum bronco, como em mais de uma ocasião tivera de fazer ver a Isabel.

E contudo Isabel mantivera-se reticente, o tempo inteiro comparando-o desfavoravelmente com Jamie. Isso era o que mais irritava Cat. Os relacionamentos entre as pessoas não podiam ser usados como base de comparação por outros. Cat sabia o que queria de um relacionamento: um pouco de diversão, e de paixão também. Toby era fogoso. Desejava-a com um arrebatamento que a excitava. Jamie não fora assim. Falava demais e estava sempre querendo agradá-la. Onde estavam seus sentimentos? Não teriam importância para ele? Talvez Isabel não compreendesse isso. E como poderia? Tivera um casamento desastroso muitos anos antes e, desde então, até onde Cat sabia, não se enamorara mais. De modo que não tinha como compreender — quanto mais comentar — coisas de que fazia tão vaga idéia.

Ao pôr os pés na delicatéssen, sua raiva mais imediata abrandara. Cat chegou mesmo a pensar em dar meia-volta para tentar uma reconciliação com a tia, mas, se pretendia encontrar-se com Toby às seis, conforme o planejado, precisava ir rápido para casa. O movimento na delicatéssen não chegava a ser intenso, e Eddie parecia estar dando conta do recado. Ele andava mais alegre nos últimos dias, coisa que Cat achou encorajadora, mas não queria contar muito com o ajudante. Isso ainda levaria tempo, pressentia — talvez anos.

Trocou algumas palavras com Eddie e em seguida foi para casa. A conversa com Isabel ainda ocupava seus pensamentos e ela resolveu fazer um esforço deliberado para tirar aquilo da cabeça. A noite estava reservada para uma celebração íntima, a dois, do noivado, e Cat não queria aumentar ainda mais o estrago já feito. Isabel estava simplesmente equivocada.

Toby foi pontual. Subiu correndo as escadas e presenteou-a com um grande buquê de cravos. Na outra mão trazia uma garrafa de champanhe — enrolada em papel de seda, mas gelada. Foram para a cozinha, onde Cat preparou um vaso para as flores e Toby se encarregou de abrir o champanhe. Devido aos vários sacolejos na correria escada acima, a rolha saltou com um estampido e a espuma jorrou pelo gargalo da garrafa. A piada de Toby sobre isso fez Cat enrubescer.

Brindaram à própria felicidade e depois passaram para a sala de estar. Pouco antes de o táxi chegar, foram para o quarto e se abraçaram. Toby disse que adorava o cheiro do quarto dela. Desarrumou seu vestido, e ela teve de se esforçar para manter a compostura. Nunca senti tão intensamente, pensava Cat, nunca.

Durante o jantar conversaram trivialidades: a redação do anúncio que colocariam no *Scotsman*, a reação dos pais de Toby quando ele dera a notícia.

"O velho pareceu ficar tremendamente aliviado", contou Toby. "Ele disse: 'Estava mais que na hora', ou qualquer coisa assim. Mas foi só eu falar que ia precisar de um aumento para ele fechar a cara."

"E sua mãe?", indagou Cat.

"Não se cansava de dizer que você é uma ótima moça. Também ficou bastante aliviada. Acho que sempre teve medo de que eu arrumasse uma maluca qualquer. Não que eu lhe desse motivos para pensar assim."

"Claro que não", gracejou Cat.

Toby sorriu para ela. "Estou tão feliz por você ter dito sim." Pegou na mão dela. "Teria sido horrível se você dissesse não."

"O que você faria?", indagou Cat. "Iria atrás de outra mulher?"

A pergunta ficou alguns instantes no ar. Não havia sido uma coisa premeditada. Mas subitamente ela sentiu algo na mão dele, como se Toby tivesse levado um pequeno choque elétrico. Foi um leve tremor. Cat fitou-o e, por um ou dois segundos, viu uma sombra passar em seu rosto, uma pequena variação na luminosidade de seus olhos. Foi quase imperceptível, mas ela viu.

Soltou a mão dele e, momentaneamente aturdida, pôs-se a recolher as migalhas de pão ao redor de seu prato.

"Por que eu faria isso?", disse Toby. Ele sorriu. "Não, eu não."

Cat sentiu o coração bater acelerado ao lembrar-se do aviso de Isabel, que até então ela mantivera suprimido.

"Claro que não", disse com indiferença. "Claro que não." Mas veio-lhe à mente uma imagem de Toby com a outra moça, a garota que dividia o apartamento com Fiona. Ele estava nu, em pé junto a uma janela, olhando para fora, como costumava fazer ao se levantar da cama, e ela, a outra garota, observava-o, e Cat fechou os olhos para se livrar desse pensamento, dessa imagem horrível, mas não conseguiu.

"E agora?", perguntou ela de repente.

"Agora?"

Cat tentou sorrir. "E agora, o que fazemos? Voltamos para casa? Ou vamos visitar alguém? Estou a fim de ver gente."

"É bem provável que todos tenham saído", agourou Toby. "Que tal o Richard e a Emma? Eles estão sempre em casa. Podíamos levar um champanhe e dar a notícia."

Cat pensou rápido. Como uma torrente sinuosa e veloz, a desconfiança a instigava. "Não, não quero ir até Leith. É muito longe. E se fôssemos ver a Fiona? Afinal de contas, ela é sua irmã. Devíamos comemorar com ela. Vamos até a Nelson Street."

Enquanto falava, ela o observava. Toby havia entreaberto os lábios, como se prestes a interrompê-la, mas esperou até que Cat terminasse.

"Não, não acho uma boa idéia", disse. "Ela vai estar na casa dos meus pais amanhã. Nós a veremos lá, não precisamos ir atrás dela agora."

"Precisamos, sim", protestou ela. "Claro que precisamos. Quero muito vê-la."

Toby não repeliu mais a sugestão, porém seu nervosismo era perceptível, e ele permaneceu em silêncio no táxi, olhando pela janela enquanto desciam o Mound e depois seguiam pelo espinhaço da George Street. Cat também estava calada e só abriu a boca para pedir ao chofer que parasse em frente a uma enoteca que ficava aberta até altas horas. Toby desceu mudo do carro, comprou a garrafa de champanhe e voltou. Fez um comentário sobre o dono da enoteca, depois disse algo inconseqüente a respeito da visita que pretendiam fazer a seus pais no dia seguinte. Cat balançava afirmativamente a cabeça, porém não estava prestando atenção no que ele dizia.

Pararam em frente ao apartamento da Nelson Street. Toby pagou ao taxista enquanto Cat aguardava na escada. As luzes estavam acesas, Fiona estava em casa. Esperando por Toby, Cat tocou a campainha, olhando-o de relance ao fazer isso. Ele estava se digladiando com o papel em que a garrafa fora enrolada.

"Assim vai acabar rasgando", disse ela.

"O quê?"

"Vai rasgar o papel."

A porta se abriu. Não era Fiona, mas outra mulher. Ela fitou Cat com um olhar inexpressivo e então viu Toby.

"A Fiona...", principiou Cat.

"Ela não está", interrompeu a outra mulher, avançando na direção de Toby, que por um instante fez menção de recuar; mas ela o segurou pelo pulso. "Quem é a sua amiga?", inquiriu. "Toby? Quem..."

"Sou a noiva dele", disse Cat. "Meu nome é Cat."

21

Na véspera do concerto da Orquestra para lá de Pavorosa, Isabel havia colocado no correio a carta em que pedia desculpas a Cat, e esta respondera alguns dias depois. A resposta viera num cartão que estampava o retrato que Raeburn havia feito do reverendo Robert Walker patinando no gelo no Duddingston Loch, um quadro tão poderoso e imediatamente reconhecível, à sua maneira local, quanto *O nascimento de Vênus*. A grande arte, sentia Isabel, tinha um impacto apaziguante sobre o observador, deixando-o extasiado — exatamente o efeito que Damien Hirst e Andy Warhol não tinham. A pessoa não ficava em êxtase. Talvez ficasse surpresa, mas não era a mesma coisa; êxtase era bem diferente.

Isabel virou o pastor do século XVIII para trás e leu a mensagem de Cat:

É claro que eu a perdôo. Você sempre será perdoada. Além do mais, aconteceu uma coisa que me mostrou que você estava certa. Pronto, aí está, pensei que seria tão difícil dizer isso! E acho que foi mesmo. Minha caneta quase parou. Enfim, estou esperando você para um café. Quero que experimente um queijo novo que acaba de chegar. É português e tem gosto de azeitona. Cat.

Isabel sentia-se grata por sua sobrinha ter uma natureza tão boa, mesmo que um aspecto dessa mesma natureza fosse a falta de discernimento no tocante aos homens. Eram poucas as moças que teriam perdoado tão prontamente a intromissão, e ainda mais raras as que admitiriam que a tia estava certa numa questão como aquela. Claro que se tratava de uma boa notícia, e Isabel ficou ansiosa para saber como Toby fora desmascarado. Talvez Cat o houvesse seguido, como ela própria havia feito, e acabara persuadida pela mais convincente das evidências: a dos próprios olhos.

Isabel foi a pé até Bruntsfield, saboreando o calor que o sol começava a irradiar. Havia uma obra na Merchiston Crescent — mais uma casa estava sendo erguida num pequeno terreno de esquina e um saco de cimento jazia sobre a calçada enlameada. Então, um pouco mais à frente, ela viu algumas gaivotas voando em círculos sobre os telhados, à procura de um lugar para se aninhar. Na vizinhança eram tidas como uma praga — aves grandes e ruidosas que lançavam rasantes contra quem chegasse perto demais de seus ninhos —, mas os humanos também construíam e entulhavam as calçadas com cimento, pedras, lixo e eram agressivos na defesa de seu território. A *Revista* pretendia publicar um número sobre ética ambiental no ano seguinte, e Isabel já começara a solicitar contribuições. Talvez alguém escrevesse um artigo sobre a ética do lixo. Não que houvesse muito o que dizer a esse respeito: lixo era uma coisa inquestionavelmente ruim e decerto ninguém se disporia a fazer sua defesa. E, contudo, por que era errado jogar lixo na rua? Seria uma objeção puramente estética, baseada na noção de que a poluição superficial do ambiente era desagradável aos olhos? Ou estaria o impacto estético associado a alguma noção da repulsa que o lixo causava nos outros? Se fosse esse o caso, então talvez tivéssemos até o dever de parecer atraentes aos outros, a fim de diminuir sua repulsa. Isso tinha implicações interessantes.

E uma dessas implicações apresentou-se a Isabel meros cinquenta passos adiante, à porta da agência dos correios, de onde saiu um rapaz de vinte e poucos anos —

possivelmente da idade de Jamie — com várias agulhas de metal espetadas no lábio inferior e no queixo. As pontas afiadas de metal protuberavam despreocupadamente, como pequeninos falos pontiagudos, o que levou Isabel a pensar no incômodo que devia ser beijar um homem como aquele. Uma coisa era enfrentar uma barba — e havia mulheres que se queixavam com estridência do mal que o contato com homens barbudos causava à sua pele —, mas devia ser muito mais desagradável sentir aquelas agulhas de metal cutucando os lábios e as bochechas. Talvez fossem frias — afiadas evidentemente eram. De qualquer forma, quem iria querer beijar um rapaz como aquele, com seu olhar carrancudo, sua cara de poucos amigos? Isabel fez a pergunta a si mesma e de pronto a respondeu: claro que várias garotas desejavam beijá-lo, e provavelmente o faziam; garotas que furavam o umbigo e o nariz com argolas e usavam gargantilhas crivadas de tachas. Afinal de contas, agulhas e argolas eram complementares. Tudo o que aquele rapaz precisava fazer era procurar a plumagem correspondente.

Isabel estava atravessando a rua em frente à delicatéssen de Cat, quando o rapaz espetado passou correndo por ela e tropeçou inesperadamente ao saltar a guia da calçada. Pisou em falso e caiu, ralando o joelho no pavimento de concreto. Alguns passos atrás dele, Isabel precipitou-se em sua direção e estendeu a mão, ajudando-o a ficar em pé. O rapaz se levantou e olhou para o rasgão que o tombo produzira na altura do joelho de seu jeans desbotado. Então olhou para ela e sorriu.

"Obrigado." A voz era doce, com um leve sotaque de Belfast.

"A gente vive tropeçando", disse Isabel. "Está tudo bem?"

"Acho que sim. Rasguei a calça, mas não faz mal. Hoje em dia um jeans rasgado custa um dinheirão. O meu saiu de graça."

Isabel sorriu, e de repente as palavras saíram de sua

boca, espontâneas, imprevistas. "Por que todas essas agulhas na cara?"

O rapaz não pareceu aborrecer-se. "Na cara? Estes piercings?" Tocou a agulha que se projetava de seu lábio inferior. "Até onde sei, são minhas jóias."

"Suas jóias?" Isabel fitou-o, notando a pequenina argola dourada que atravessava uma de suas sobrancelhas.

"É", prosseguiu o rapaz. "A senhora usa jóias. Eu uso jóias. Gosto delas. E servem para mostrar que não estou nem aí."

"Nem aí com o quê?"

"Com o que as pessoas pensam. Os piercings mostram que tenho meu próprio estilo. Isto aqui sou eu. Não estou a fim de vestir o uniforme de ninguém."

Isabel sorriu para ele. Apreciou sua franqueza, e gostou de sua voz, com aquelas cadências bem definidas. "Que bom", disse ela. "Uniformes não são uma boa idéia." Fez uma pausa. O sol brilhava numa das agulhas, projetando um reflexo saltitante no lábio superior do rapaz. "Se bem que talvez não fosse absurdo dizer que, no seu anseio de evitar os uniformes, você acabou adotando outro uniforme. É uma hipótese, não é mesmo?"

O rapaz jogou a cabeça para trás. "Está certo", disse ele, rindo. "Sou igual a todos os outros caras que usam piercings. E daí?"

Isabel fitou-o. A conversa estava tomando um rumo estranho, e ela bem que teria gostado de estendê-la mais. Porém lembrou-se de que precisava ver Cat e não podia passar a manhã inteira ali, discutindo piercings faciais com aquele rapaz. Por isso se despediram e ela entrou na delicatéssen, onde Eddie, em pé junto a uma prateleira, sobre a qual estava empilhando latas de sardinhas portuguesas, olhou de relance para ela e tornou a olhar, com certa intensidade, para as sardinhas.

Encontrou a sobrinha no escritório, concluindo uma ligação telefônica. Cat recolocou o fone no gancho e olhou para ela. Isabel notou, com alívio, que não parecia haver ressentimento em sua fisionomia. O cartão que Cat lhe enviara refletia o que ela realmente sentia. Isso era bom.

"Recebeu meu cartão?"

"Recebi, sim. E ainda estou muito chateada pelo aborrecimento que lhe causei naquele dia. Não pense que fiquei feliz com o que aconteceu." Ao dizer isso, Isabel percebeu que não era verdade e chegou a gaguejar no final.

Cat sorriu. "Pode ser que não, pode ser que sim. Mas, se não se importa, prefiro não falar sobre esse assunto."

Tomaram uma xícara de café juntas, e então Isabel voltou para casa. Tinha trabalho a fazer — a *Revista* recebera mais uma batelada de artigos —, mas percebeu que não conseguiria se concentrar nisso. Perguntava a si mesma quando teria notícias de Johnny Sanderson, se é que ele tornaria a procurá-la.

Johnny de fato ligou, como havia dito que faria, alguns dias depois do concerto da Orquestra para lá de Pavorosa. Disse que poderia se encontrar com Isabel na sede da Scotch Malt Whisky Society, em Leith, naquela sexta, às seis da tarde. Haveria uma degustação de uísque e ela poderia experimentar a bebida — se tivesse estômago para tanto. Johnny reunira algumas informações e poderia colocá-la a par delas durante o próprio evento. Teriam oportunidade de conversar.

Isabel sabia muito pouco sobre uísque e raramente consumia essa bebida. Contudo, sabia que entre seus adeptos havia um aparato de degustação semelhante ao do vinho, embora o linguajar fosse bem outro. Os cheiradores de uísque, como eles se referiam a si mesmos, evitavam o que entendiam ser excesso de pedantismo vocabular da parte dos enólogos. Enquanto estes recorriam a adjetivos herméticos, os cheiradores de uísque usavam a linguagem do cotidiano, identificando aromas que lembravam *algas mofadas* ou mesmo *óleo diesel*. Isabel via o mérito disso. Os maltes Island, que ela tinha dificuldade até de provar — a despeito da paixão que seu pai nutria por eles —, faziam-na pensar em desinfetantes e no cheiro da piscina de sua escola; e, quanto ao gosto, "óleo diesel" parecia descrevê-lo com perfeição. Não que ela pretendesse externar essas opiniões na sede da Scotch Malt Whisky Society, nem que tivesse alguma intenção de confessá-las a Johnny Sanderson, que, segundo diziam, tinha uísque nas veias, graças à presença, entre seus antepassados, de quatro gerações de destiladores das Highlands, começando, como ele orgulhosamente observava, por um sitiante humilde que mantinha um alambique ilegal nos fundos de seu aprisco. Fornecedores de bebidas alcoólicas eram célebres por fundar dinastias, claro; era o caso, recordou ela, de um político que seu avô conhecera pouco antes da Segunda Guerra Mundial. Homem íntegro, o avô de Isabel não se deixara enganar pela conversa do sujeito, rejeitando a atraente proposta que ele fizera pela empresa da família. Desse dia em diante, limitava-se a dar de ombros quando o nome do político era mencionado — um comentário bastante eloqüente e, a bem da verdade, mais expressivo que meras palavras.

Isabel divertia-se com a idéia de que certas referências verbais devessem ser acompanhadas de gestos. Ficava intrigada ao ver católicos devotos fazendo o sinal-da-cruz à menção da sigla BVM — e pela qual ela nutria especial afeição, já que dava à Virgem Maria um ar tão tranqüilizadoramente moderno e competente, como um CEO ou um ICBM ou mesmo um BMW.* E, em lugares como a Sicília, havia pessoas que cuspiam para o lado quando o nome de algum inimigo delas era pronunciado, coisa que às vezes também acontecia entre os gregos quando al-

---

(*) Abreviações, respectivamente, de *Blessed Virgin Mary* (Abençoada Virgem Maria), *chief executive officer* (presidente-executivo), *intercontinental ballistic missile* (míssil balístico intercontinental) e da consagrada fábrica de automóveis bávara. (N. T.)

guém fazia referência à Turquia ou mesmo a um turco. Ela se lembrava do tio grego de um amigo seu, cuja família, a fim de poupá-lo de um infarto, protegia-o de toda e qualquer alusão à Turquia. E havia também o caso do proprietário daquele hotel em que Isabel se hospedara certa vez, situado numa ilha grega, o qual se recusava a admitir que a costa da Turquia podia ser divisada do terraço do hotel; negava que aquela terra pudesse ser vista, e simplesmente não a via. Era uma maneira de eliminar a Turquia do mapa, para quem assim o desejasse. Tudo isso devia ser evitado, claro, como Isabel sabia. Ela jamais cuspia à menção de um nome, nem sequer chegava a revirar os olhos — bom, isso talvez ela tivesse feito uma ou duas vezes à menção do nome de uma conhecida figura do mundo das artes. Mas isso, pensava ela, era perfeitamente justificável, ao contrário da opinião que os gregos tinham dos turcos e da que, supunha-se, os turcos tinham dos gregos.

Quando Isabel chegou à sede da Scotch Malt Whisky Society, Johnny Sanderson já estava lá e, assim que a viu, levou-a para uma mesa num canto sossegado do salão.

"Antes de mais nada, uma pergunta", disse ele. "Uísque, você ama ou odeia? Se odeia, lhe arrumo uma taça de vinho."

"Gosto de alguns tipos de uísque", respondeu Isabel. "Alguns."

"Quais?"

"Prefiro os Speysides. Uísques mais suaves, que não mordem."

Johnny assentiu com a cabeça. "Muito bem", disse. "Então eu sugiro o Macallan. Um excelente Speyside de quinze anos. Não machuca ninguém."

Isabel recostou-se na cadeira enquanto Johnny ia ao bar pedir duas doses de uísque. Aquele templo do uísque, com seu pé-direito alto e seu ambiente arejado, lhe agradava. E ela também simpatizava com as pessoas: gente de fisionomia franca e direta, que acreditava no companheirismo e no bom humor. Pessoas que, imaginava, não ficavam reprovando seus semelhantes, ao contrário dos atuais patrulheiros dos costumes; pessoas tolerantes, assim como, de modo geral, os gourmets tendiam a ser pessoas de aparência tolerante e expansiva. Infelizes e ansiosos eram os obcecados por regimes.

Tempos antes a *Revista* recebera um artigo que sugeria que ser magro era um dever. "A obesidade é uma questão moral" fora o título escolhido pela autora; um título intrigante, pensara Isabel. Mas a argumentação era pobre; totalmente previsível e deprimente. Num mundo de carências era errado ser outra coisa senão magro. Até que todas as pessoas tivessem condições de consumir um excesso de calorias, ninguém devia se permitir ficar obeso. De modo que os gordos não tinham o direito de ser o que eram. Era o que impunha a *justiça da distribuição*.

Isabel lera o artigo com irritação crescente, mas, quando terminou e foi até a cozinha comer uma fatia de bolo, parou diante do prato em que repousava a iguaria e pôs-se a refletir. Talvez a autora de "A obesidade é uma questão moral" houvesse empregado um tom excessivamente puritano, mas ela tinha razão: as reivindicações dos que passavam fome constituíam exigências morais de um tipo especial. Não era possível ignorá-las, não se podia passar por cima delas, mesmo se os que as faziam em nome dos esfomeados parecessem uns desmancha-prazeres. E talvez fosse este o problema: fora o tom da argumentação da autora — seu tom *acusatório* — que irritara Isabel, fora sua condescendência moral que fizera com que ela tivesse a impressão de estar sendo acusada de comodismo e avidez. Contudo, era impossível desconsiderar a verdade fundamental contida no artigo: não se podiam ignorar os apelos dos esfomeados. E, se isso significava que tínhamos de pôr em questão o excesso de consumo que privava os outros de comida, que assim fosse. E com esse pensamento Isabel olhara para o bolo, tornara a acondicioná-lo em sua embalagem e o guardara no armário.

Johnny levantou o copo na direção dela. "Um líquido admirável", disse ele. "Quinze anos descansando num barril. Quinze anos atrás eu estava com... deixe-me ver... trinta anos. Meu primeiro filho tinha acabado de nascer e eu pensava que era um sujeito brilhante e que até os quarenta já teria feito meu primeiro milhão."

"E fez?"

"Não, jamais ganhei um milhão. Mas pelo menos cheguei aos quarenta, o que não deixa de ser um privilégio ainda maior."

"Sem dúvida", disse Isabel. "Há quem daria um milhão só por um ano, que dirá por quarenta."

Johnny olhou para seu copo de uísque. "Ah, a ambição", disse ele. "A ambição assume as mais variadas formas. Civilizadas ou selvagens. Mas por dentro é sempre a mesma. Nossa amiga Minty, por exemplo..."

"Descobriu alguma coisa?"

Johnny olhou para trás. Um grupo de pessoas havia se reunido ao redor de uma mesa do outro lado do salão. Em cima da mesa viam-se copos enfileirados e jarras d'água.

"O Charlie vai começar", disse ele. "Está farejando o ar."

Isabel lançou um olhar na direção do cheirador de uísque, um sujeito robusto e bigodudo, trajando um confortável terno de tweed. Viu-o verter uísque num copo e examiná-lo contra luz.

"Eu o conheço", disse ela.

"Todo mundo o conhece", retrucou Johnny. "Charlie Maclean. É capaz de sentir cheiro de uísque a cinqüenta metros de distância. Tem um olfato impressionante."

Isabel olhou para seu modesto malte e tomou um pequeno gole da bebida. "Conte o que descobriu sobre a Minty."

Johnny balançou negativamente a cabeça. "Não, sobre ela eu não descobri nada. Só disse que é ambiciosa, o que é incontestável. Mas descobri coisas bem mais interessantes que isso. Soube das safadezas que aquele amiguinho dela, o Ian Cameron, anda fazendo. Uma parte eu já sabia, claro, mas descobri uma porção de outras coisas conversando com amigos que ainda tenho na McDowell's, um pessoal que anda insatisfeito com os rumos da empresa."

Isabel permaneceu em silêncio, esperando que ele continuasse. Do outro lado do salão, Charlie Maclean indicava certas qualidades do uísque para os atentos espectadores, alguns dos quais manifestavam sua concordância com movimentos entusiasmados da cabeça.

"Mas antes você precisa conhecer um pouco da história da empresa", disse Johnny. "A McDowell's é relativamente nova no mercado. Se não me engano, foi só há pouco tempo que eles comemoraram vinte anos de existência. E no começo o capital não era dos maiores — os dois sócios originais devem ter colocado uns cinqüenta mil para abrir o negócio. Hoje em dia, cinqüenta mil para eles é trocado."

Isabel observava-o enquanto ele falava. Johnny olhava para seu copo de uísque, mexendo-o de leve a fim de levantar delgadas meias-luas nas laterais, exatamente como Charlie Maclean fazia naquele instante para sua platéia do outro lado do salão.

"Crescemos muito rápido", prosseguiu Johnny. "Recebemos recursos de fundos de pensão e os investimos com muito cuidado, em ações sólidas. O mercado estava numa fase boa, claro, e tudo parecia correr às mil maravilhas. No final dos anos 80, geríamos mais de dois bilhões, e, mesmo com uma taxa de administração ligeiramente abaixo do meio por cento que antes cobrávamos por nossos serviços, dá para imaginar o que isso significava em termos de lucro.

"Contratamos muita gente boa. Acompanhávamos o que estava acontecendo no Extremo Oriente e nos países em desenvolvimento. Entrávamos e saíamos desses mercados com tranqüilidade, mas é claro que, como praticamente todo mundo, nos estrepamos com as ações de internet. Ao que me consta, foi a primeira vez que tivemos uma situação de pânico. Eu estava lá e me lembro de como, de uma hora para outra, os ânimos mudaram. Lembro de uma reunião em que o Gordon McDowell parecia ter acabado de ver um fantasma. Estava completamente branco.

"Mas não tivemos de pendurar as chuteiras. Só precisamos aprender a ser mais ágeis. E também dar um pouco mais de duro para manter nossos clientes, que andavam bastante nervosos com o que estava acontecendo e começavam a se perguntar se a City de Londres não seria um lugar mais seguro para deixar seus recursos. Afinal de contas, o que atraía um investidor a Edimburgo era, antes de mais nada, a solidez e a confiabilidade. Se Edimburgo começasse a dar sinais de fragilidade, não havia por que não tentar a sorte e correr algum risco com o pessoal de Londres.

"Foi mais ou menos nessa época que começamos a procurar gente nova para a equipe. Contratamos esse tal de Cameron e alguns outros com o mesmo perfil. Ele começou acompanhando os novos lançamentos de ações, que pareciam ser um dos poucos mercados onde dava para ganhar um dinheiro razoável. Acontece que, obviamente, essas novas emissões eram subscritas pelos grandalhões de Londres e Nova York; Edimburgo ficava a ver navios. O que era especialmente irritante quando as valorizações chegavam a duzentos ou trezentos por cento poucos meses após o lançamento. E todo esse lucro ia para o bolso daqueles que, por baixo do pano, mantinham relações íntimas com os bancos de investimento em Londres e, assim, eram beneficiados com boas alocações.

"O Cameron começou a ter acesso a algumas dessas emissões. Também se tornou responsável por outras coisas, desmontando aos poucos posições em papéis cujo retorno não seria dos melhores. Ele é muito bom nisso, o nosso amigo Cameron. Lotes e mais lotes de ações eram discretamente vendidos um mês e pouco antes de a empresa publicar um anúncio alertando os investidores para lucros abaixo do esperado. Nada muito óbvio, mas estava acontecendo. Só fiquei sabendo depois de conversar com alguns amigos que trabalhavam com ele — eu pertencia a outro departamento. E também me falaram de duas grandes vendas realizadas nos últimos seis meses, ambas sucedidas por alertas de lucros abaixo do esperado."

Isabel escutava atentamente. Esse era o alicerce de que sua teoria necessitava para ficar em pé. "E haveria alguma evidência concreta do uso de informações privilegiadas nesses dois casos? Qualquer coisa em que fosse possível pôr as mãos?"

Johnny sorriu. "Essa é que é a questão. E acho que você não vai gostar da resposta. O fato é que em ambos os casos foram vendidas ações de empresas às quais o banco de Minty Auchterlonie prestava consultoria. Portanto, talvez ela dispusesse de informações privilegiadas e talvez as tenha repassado para ele. Mas, por outro lado, pode não ter feito isso. E, em minha opinião, não há como provar que fez. Segundo me disseram, nos dois casos há uma ata da reunião em que Cameron aventou a possibilidade de vender as ações. E nas duas ocasiões ele cita razões perfeitamente convincentes para fazê-lo."

"Mas a verdadeira razão pode muito bem ter sido o que Minty contou a ele, não pode?"

"Pode."

"E não há chance de se obterem provas das transações financeiras entre Cameron e Minty?"

Johnny pareceu surpreso. "Não creio que tenha necessariamente havido transações financeiras — a menos que Cameron estivesse dividindo suas bonificações com ela. Mas acho mais provável que eles estivessem fazendo isso por outros motivos. Ela mantinha um relacionamento sexual com ele e não queria perdê-lo. Isso é perfeitamente possível. As pessoas dão coisas a seus amantes porque são seus amantes. É uma velha história."

"Ou?", instou Isabel.

"Ou então Minty estava de fato preocupada com a possibilidade de que o departamento de Paul Hogg acabasse indo parar no atoleiro e queria dar uma mão, pois Paul Hogg fazia parte de seu plano mais abrangente de adentrar o coração do establishment de Edimburgo. Não lhe interessava, na condição de futura senhora Hogg, ter sua estrela amarrada a um fracassado."

Isabel refletiu demoradamente sobre o que acabara de escutar. "O que você está me dizendo é que é bem provável que tenha havido operações de *insider trading*, mas que é impossível prová-las? É isso?"

Johnny confirmou com a cabeça. "Sinto muito", disse ele, "mas é isso mesmo. Uma alternativa seria examinar mais de perto a situação financeira de Minty e verificar se ela recebeu alguma bolada inexplicável, mas não vejo como conseguir esse tipo de informação. Imagino que ela tenha conta no Adam & Company. É um banco que preza muito a discrição, e nunca conseguiríamos convencer ninguém de lá a nos dar acesso à movimentação financeira dela — é um pessoal extremamente correto. E, diante disso, fazer o quê?"

"Esquecer o assunto?"

Johnny suspirou. "Acho que é a única alternativa que nos resta. Não me agrada, mas não creio que possamos fazer nada além disso."

Isabel ergueu o copo e tomou um gole de seu uísque. Inicialmente não pretendia falar de suas verdadeiras suspeitas a Johnny, mas sentia-se grata pelas investigações que ele havia feito e queria compartilhar suas conjecturas com outra pessoa além de Jamie. Se Johnny achasse que sua teoria sobre o que havia acontecido no Usher Hall não tinha pé nem cabeça, então talvez fosse realmente melhor abandoná-la.

Descansou o copo na mesa. "Posso contar uma coisa?", indagou.

Johnny fez um gesto jovial. "Claro. Para guardar segredos eu sou um túmulo."

"Não faz muito tempo", disse Isabel, "um rapaz morreu ao cair das galerias do Usher Hall. Você deve ter lido a respeito."

Johnny pensou um momento antes de responder. "Acho que estou lembrado de alguma coisa assim. Que horrível, não?"

"Pois é", prosseguiu Isabel. "Foi um acidente lamentável. Eu estava no teatro naquela noite — não que isso seja relevante —, e o interessante é que ele era funcionário da McDowell's. Deve ter sido contratado depois que você saiu de lá. E trabalhava no departamento do Paul Hogg."

Johnny tinha levado o uísque à boca e observava Isabel por cima da borda do copo. "Sei."

Ele não está interessado, pensou Isabel. "Eu acabei me envolvendo", continuou ela. "Uma pessoa que o conhecia muito bem me contou que ele tinha descoberto coisas bastante comprometedoras sobre alguém na empresa." Fez uma pausa. Johnny havia se virado para o outro lado; estava observando Charlie Maclean.

"Por isso foi jogado daquele balcão", disse ela calmamente. "Jogado."

Johnny voltou-se para ela. Isabel não conseguia decifrar sua expressão. Agora havia interesse, pensou ela, mas era um interesse impregnado de incredulidade.

"Duvido muito", disse ele após alguns instantes. "Ninguém faria uma coisa dessas. As pessoas simplesmente não são capazes disso."

Isabel deu um suspiro. "Pois eu acho que são", retrucou. "E era por isso que eu queria saber mais sobre a Minty e sobre essas operações de *insider trading*. Uma coisa poderia estar ligada à outra."

Johnny balançou negativamente a cabeça. "Não", insistiu ele. "É melhor você tirar esse negócio da cabeça. Isso não vai levá-la a lugar nenhum."

"Vou pensar no assunto. Mas de qualquer forma queria agradecer pelo trabalho que você teve."

Johnny registrou o agradecimento baixando os olhos. "E, caso queira me procurar de novo, este é o número do meu celular. Pode ligar a qualquer hora. Não me deito antes da meia-noite."

Estendeu um cartão onde havia um número rabiscado, que Isabel guardou na bolsa.

"Vamos ouvir o que o Charlie Maclean tem a dizer", sugeriu ele, levantando-se da mesa.

"É palha úmida", dizia Charlie do outro lado do salão, aproximando o nariz do bocal do copo. "Cheirem este malte, amigos. É palha úmida, coisa que, até onde sei, significa que a destilaria fica na região de Borders. Palha úmida."

22

Era óbvio que Johnny estava certo, pensou Isabel — e na manhã seguinte ela resolveu colocar um ponto final na história. Não havia mais nada a fazer; ela nunca conseguiria obter provas de que Minty Auchterlonie estava envolvida com operações de *insider trading* e, mesmo que as obtivesse, ainda seria necessário associar isso à morte de Mark. Johnny conhecia aquela gente melhor do que ela, e reagira com incredulidade à sua teoria. Era preciso aceitar isso e esquecer o assunto.

Isabel chegara a essa conclusão em algum momento durante a noite após a degustação de uísque; quando acordara, fitara por alguns minutos as sombras no teto do quarto e finalmente tomara sua decisão. O sono retornou pouco depois, e na manhã seguinte — uma manhã luminosa, na intersecção entre a primavera e o verão — ela sentia uma liberdade extraordinária, semelhante à que a pessoa sente ao terminar uma prova, quando o lápis e a caneta são postos de lado e não resta mais nada a fazer. Seu tempo agora lhe pertencia; ela podia se dedicar à *Revista* e à pilha de livros que a aguardava convidativamente em seu estúdio; podia se regalar com um café-da-manhã na Jenners e observar as ricaças de Edimburgo às voltas com suas fofocas, um mundo ao qual ela poderia tão facilmente ter pertencido e do qual fugira devido a uma escolha deliberada em favor de sua autodeterminação — graças a Deus. Mas seria mais feliz que aquelas mulheres, que podiam contar com a segurança de seus maridos e com seus filhos, que estavam predestinados a ser como os pais e, assim, perpetuar todo aquele mundo autoconfiante da alta burguesia de Edimburgo? Provavelmente não; elas eram felizes à sua maneira (*não devo ser condescendente*, pensou) e Isabel, à dela. E Grace à sua e Jamie à dele e Minty Auchterlonie... Interrompeu-se e pensou: O estado de ânimo de Minty Auchterlonie não é da minha conta. Não, não iria à Jenners naquela manhã; em vez disso faria um passeio a pé até Bruntsfield, compraria um queijo cheiroso na Mellis's e depois passaria na delicatéssen de Cat para tomar um café. E à noite haveria uma palestra no Royal Museum of Scotland a que ela podia assistir. O professor Lance Butler, da Universidade de Pau, um conferencista que Isabel já ouvira antes e que costumava ser interessante, falaria — como sempre — sobre Beckett. Era agitação suficiente para um dia só.

E, obviamente, havia as palavras cruzadas. Já no andar de baixo, Isabel recolheu os jornais que repousavam sobre o capacho do hall e deu uma passada de olhos pelas manchetes. ESTOQUES DE BACALHAU VOLTAM A PREOCUPAR, leu na primeira página do *Scotsman*, e viu a foto dos barcos pesqueiros ociosos no porto de Peterhead; mais desalento para a Escócia e para um modo de vida que havia produzido uma cultura tão pujante. Os pescadores haviam composto suas canções; mas o que, em termos culturais, a atual geração de operadores de computador deixaria atrás de si? E ela própria respondeu à pergunta: mais do que se poderia supor — uma cultura eletrônica à base de e-mails e imagens computadorizadas, efêmera e derivativa, mas, ainda assim, cultura.

Voltou-se para as palavras cruzadas, encontrando de imediato a resposta para algumas chaves. *As cataratas, artista torna a ser confusamente precedido* (7), coisa que não exigiu mais que um instante de reflexão: Niagara. Um velho clichê no mundo das palavras cruzadas, e isso irritou Isabel, que nas chaves gostava de novidades, por mais fracas que fossem. E então, para colocar o Pélion (6) sobre o Ossa (4), havia *Os escritores eu logo apanho, ensimesmado* (9). Isabel estava pensativa, o que resolvia essa, até topar com *Um deus grego sem fim leva a uma exclamação, Mãe!* (6). Só podia ser zeugma — Zeu(s), g (gee!) ma* —, uma palavra com a qual ela não tinha familiaridade, o que a fez consultar o *Modern English Usage*, de Fowler, que confirmou sua suspeita. Gostava de Fowler (*pássaro caçador de palavras*, pensou) por causa de suas opiniões, que eram diretas e esclarecedoras. Os zeugmas, explicava ele, eram uma coisa ruim e incorreta — ao contrário da silepse, com a qual eram comumente confundidos. Assim, *A senhorita Bolo foi para casa em um mar de lágrimas* e *uma liteira* era siléptica, necessitando uma única palavra para ser entendida em sentido diferente, ao passo que *Veja Pan pelos animais, pelas frutas Pomona coroada* era um zeugma e exigia a inserção de um verbo completamente diferente, rodeado, que não estava ali.

Quando Grace chegou, Isabel já terminara o café-da-manhã e se desincumbira da correspondência matinal. Grace, que estava atrasada, chegou em um estado de ansiedade e em um táxi; uma chegada siléptica, observou Isabel. Grace era rígida em relação à pontualidade e detestava estar atrasada, mesmo que fossem apenas alguns minutos; daí o dispêndio com o táxi e a ansiedade.

"A pilha do meu despertador acabou", explicou ao entrar na cozinha, onde Isabel estava sentada. "A gente nunca lembra de trocar essas coisas, até que um belo dia elas nos deixam na mão."

Tendo já preparado o café, Isabel serviu uma xícara para a empregada, que prendia o cabelo diante do pe-

---

(*) Em inglês, a pronúncia da letra G é igual à da interjeição *"gee!"* (que corresponde a xi! ou puxa! em português). *"Ma"* é o mesmo que mamãe. (N. T.)

queno espelho que ela pendurara na parede ao lado da porta da despensa.

"Fui à minha reunião ontem à noite", disse Grace ao tomar seu primeiro gole de café. "Havia mais gente do que de costume. E uma médium muito boa — uma mulher de Inverness —, realmente extraordinária. Ia direto à essência das coisas. Foi uma experiência impressionante."

Na primeira quarta-feira de cada mês, Grace freqüentava uma reunião espírita numa rua próxima à Queensferry Place. Uma ou duas vezes chegara a convidar a patroa para ir com ela, porém Isabel, que receava rir durante o encontro, declinara do convite, e Grace não insistira mais. Isabel não gostava de médiuns, tachando-os, em sua maioria, de charlatães. Parecia-lhe que muitas das pessoas que compareciam a essas reuniões (embora não fosse o caso de Grace) haviam perdido alguém e buscavam desesperadamente um contato com o além-túmulo. E, em vez de ajudá-las a se desapegarem de seus mortos, esses médiuns estimulavam-nas a pensar que era possível estabelecer uma comunicação com eles. Aos olhos de Isabel, isso era coisa de gente cruel e aproveitadora.

"Essa mulher de Inverness", prosseguiu Grace, "o nome dela é Annie McAllum, e só de olhar a pessoa já percebe que ela é médium. Tem aquele jeito tão gaélico — a senhora sabe como é, os cabelos pretos e a pele muito clara, quase translúcida. E olhos verdes também. A gente logo vê que ela tem o dom. É inegável."

"Sempre pensei que qualquer pessoa podia ser médium", comentou Isabel. "Ao que me consta, não é preciso ser um daqueles highlanders excêntricos para fazer esse tipo de coisa."

"Ah, eu sei", retrucou Grace. "Uma vez tivemos uma mulher de Birmingham. Até de um lugar como aquele. Qualquer um pode receber o dom."

Isabel conteve o sorriso. "E o que essa tal de Annie McAllum disse?"

Grace olhou para o jardim. "O verão está chegando", comentou.

Isabel fitou a empregada com perplexidade. "Foi isso que ela disse? Puxa, que coisa. A pessoa precisa ser mesmo especial para prever isso."

Grace riu. "Não, não. Eu só estava olhando para a magnólia. Eu disse que o verão está chegando. Ela disse uma porção de coisas."

"Tais como?"

"Bom", começou Grace, "tem uma senhora de sobrenome Strathmartin que freqüenta as reuniões. Ela deve estar com seus setenta e poucos anos e, pelo que me disseram, participa do grupo faz muitos anos, entrou bem antes de mim. Perdeu o marido há bastante tempo — ele era juiz — e gosta de se comunicar com o outro lado para entrar em contato com ele."

Isabel não disse nada e Grace continuou. "Ela mora na Ainslie Place, do lado norte, e a consulesa italiana vive no apartamento debaixo do dela. As duas vão a muitos lugares juntas, mas a senhora Strathmartin nunca tinha levado a consulesa às nossas reuniões até ontem a noite. Então ela estava lá, sentada no círculo, e a Annie McAllum de repente virou para ela e disse: *Estou vendo Roma. Sim, estou vendo Roma*. Fiquei quase sem respirar quando ouvi isso. Foi assombroso. E então ela disse: *Sim, acho que a senhora está em contato com Roma*."

Fez-se um momento de silêncio, durante o qual Grace olhou com uma expressão expectante para Isabel e esta a fitou, muda. Por fim Isabel falou. "Bom", seu tom era cauteloso, "talvez isso não seja tão espantoso assim. Afinal de contas, era a consulesa italiana, e normalmente se espera que os cônsules ou consulesas italianos mantenham contato com Roma, não é verdade?"

Grace balançou a cabeça, não para negar a proposição de que os cônsules e consulesas italianos devessem manter contato com Roma, mas com o ar de quem se vê na obrigação de explicar algo muito simples que, no entanto, parece ter escapado à compreensão de seu interlocutor. "Acontece que a Annie McAllum não sabia que ela era a consulesa italiana", disse Grace. "Como alguém de Inverness poderia saber que aquela mulher era a consulesa italiana? Como, me diga?"

"O que ela estava vestindo?", perguntou Isabel.

"Uma túnica branca", respondeu Grace. "Na realidade, era um lençol branco transformado em túnica."

"A consulesa italiana? Vestida com uma túnica branca?"

"Não", volveu Grace, novamente estampando aquele olhar paciente. "Os médiuns é que costumam vestir esse tipo de túnica. Ajuda a fazer contato. Não, se não me engano, a consulesa estava usando um vestido muito elegante. Um vestido elegante e uns sapatos lindos, italianos."

"Eu não disse?", provocou Isabel.

"Como assim? O que tem isso?", replicou Grace.

Se Grace tivesse o dom, talvez pudesse ter dito: *A senhora receberá um telefonema de um homem que mora na Great King Street*, que foi o que aconteceu naquela manhã, às onze horas. Tendo adiado o passeio a Bruntsfield para a hora do almoço, Isabel achava-se em seu estúdio, absorta na leitura de um manuscrito sobre a ética da memória. Com relutância, deixou o texto de lado e atendeu ao telefone. Não contava que Paul Hogg ligasse para ela e muito menos que a convidasse para um coquetel naquele fim de tarde — uma festa de improviso, observou ele, resolvida de última hora.

"A Minty gostaria muito que você viesse", disse ele. "Você e aquele rapaz seu amigo. Ela vai adorar se vocês puderem vir."

Isabel pensou rápido. Não estava mais interessada em Minty. Tomara a decisão de deixar de lado aquela história envolvendo operações de *insider trading* e a morte de Mark, e não sabia se devia aceitar um convite que parecia reaproximá-la justamente das pessoas com as quais, conforme sua resolução, ela não tinha nada a ver. E, no entanto, era extremamente tentadora a perspectiva de ver Minty de perto, tal como se via um espécime. Tratava-se de uma mulher abominável — quanto a isso não havia a menor dúvida —, mas às vezes as coisas abomináveis exerciam uma curiosa atração, semelhante à de uma víbora potencialmente letal. Era excitante olhá-las, olhá-las fixamente nos olhos. Por isso, Isabel aceitou o convite, acrescentando que não sabia se Jamie tinha outro compromisso, mas prometendo falar com ele. Paul Hogg pareceu contente e eles acertaram o horário. Haveria somente mais uma ou duas pessoas, disse ele, e o coquetel terminaria a tempo de Isabel ir ao museu e assistir à conferência do professor Butler.

Ela retomou o artigo sobre a ética da memória, desistindo da caminhada até Bruntsfield. Interessava ao autor do artigo discutir até que ponto o esquecimento de informações pessoais a respeito dos outros constituía uma falta recriminável de quem deixava de confiar tais informações à memória. "Temos no mínimo o dever de tentar recordar", escrevia ele, "aquilo que é importante para os outros. Se você e eu estabelecemos uma relação de amizade ou de dependência, então você deve pelo menos se preocupar em saber meu nome. Talvez não consiga recordá-lo, e isso pode ser algo que fuja ao seu controle — uma fraqueza sua, pela qual você não pode ser responsabilizado —, mas, se você nem sequer se esforça para guardá-lo na memória, então está deixando de me dar algo que me é devido: seu reconhecimento de um aspecto importante da minha identidade." Ora, não havia dúvida de que isso estava correto. Nossos nomes são importantes para nós, expressam nossa essência. Protegemos nossos nomes e nos ressentimos quando eles são tratados com pouco-caso: Charles pode não gostar de ser chamado de Chuck, Margaret pode não apreciar Maggie. Transformar em Chuck ou Maggie um Charles ou uma Margaret, a despeito de seu desconforto, é maltratá-los de uma maneira muito pessoal, é produzir uma alteração unilateral naquilo que eles realmente são.

Isabel interrompeu essa linha de raciocínio e se perguntou: Como é o nome do autor deste artigo que estou lendo? Percebeu que não sabia e que nem sequer atentara para esse detalhe ao tirar o manuscrito do envelope. Teria falhado em seu dever moral para com o sujeito? Acaso ele esperava que ela tivesse o nome dele na cabeça enquanto lia seu trabalho? Provavelmente sim.

Refletiu alguns minutos sobre isso, depois se levantou. Não conseguia se concentrar, e decerto devia ao autor toda a sua atenção. Em vez disso, pensava no que tinha pela frente: um coquetel no apartamento de Paul Hogg, evidentemente arquitetado por Minty Auchterlonie. Minty havia sido desentocada, isso pelo menos estava claro. O que não estava tão claro era o que Isabel devia fazer com isso. Sua intuição dizia-lhe para aferrar-se à decisão de não se envolver mais. Preciso esquecer essa história, pensou, preciso esquecer, num ato de esquecimento deliberado (se é que isso é realmente possível). O ato de um agente moral maduro, um ato de reconhecimento dos limites morais de nossos deveres para com os outros... Mas como, indagou-se, Minty estaria vestida? Isabel riu de si mesma. Sou uma filósofa, pensou, mas também sou mulher, e as mulheres, como até os homens sabem, interessam-se pelo que os outros vestem. E isso não é algo de que as mulheres devam se envergonhar. São os homens que têm uma falha em sua visão, como se não reparassem na plumagem das aves ou na forma das nuvens no céu ou no pêlo vermelho da raposa que nesse instante passou correndo em cima do muro, diante da janela de Isabel. Senhor Raposo.

23

Isabel encontrou-se com Jamie no fim da Great King Street, tendo-o observado subir o morro, avançando sobre as pedras escorregadias da Howe Street.

"Que bom que você pôde vir", disse. "Não sei se eu conseguiria enfrentar essas pessoas sozinha."

Jamie soergueu uma sobrancelha. "É como entrar no covil do leão, não é?"

"Da leoa", corrigiu Isabel. "É, mais ou menos. Mas, seja como for, o fato é que não estamos indo investigar nada. Resolvi não me envolver mais nisso."

Jamie ficou surpreso. "Desistiu?"

"Desisti", respondeu Isabel. "Conversei longamente com um sujeito chamado Johnny Sanderson ontem à noite. Ele trabalhou com essas pessoas e as conhece bem. Disse que não vou conseguir provar nada e jogou um balde de água fria na idéia de que Minty teve algo a ver com a morte de Mark. Pensei muito nisso. Acho que ele me fez encarar a realidade."

"Você sempre me surpreende", disse Jamie. "Mas preciso confessar que isso me deixa aliviado. Eu nunca fui a favor dessa sua mania de interferir nos assuntos dos outros. A cada dia que passa, você fica mais ajuizada."

Isabel bateu de leve no pulso de Jamie. "Nunca se sabe. Nada garante que você não volte a se surpreender comigo", disse ela. "Mas o fato é que o que me fez aceitar o convite para vir aqui hoje foi o fascínio horrível que sinto por essa mulher. Cheguei à conclusão de que ela tem um quê de víbora. E queria vê-la de perto novamente."

Jamie fez uma careta de repugnância. "Ela me deixa constrangido", comentou. "Foi você que a chamou de sociopata. Vou ter de tomar cuidado para ela não me jogar pela janela."

"Ah, você sabe muito bem que ela gosta de você", disse Isabel casualmente.

"Não, não sei. Nem quero saber. E não entendo como você percebe essas coisas."

"É só observar as pessoas", explicou Isabel. Os dois tinham acabado de chegar à porta da frente do edifício e ela estendeu o braço para tocar a campainha ao lado do nome HOGG. "As pessoas vivem se entregando. Se você prestar atenção na maneira como movimentam os olhos, descobrirá tudo o que precisa saber." Jamie subiu a escada em silêncio e ainda tinha um ar pensativo quando Paul Hogg abriu a porta do apartamento. Isabel se perguntou se devia ter dito o que dissera a Jamie. Em geral, e ao contrário do que dizia o senso comum, os homens não gostavam de saber que as mulheres os achavam atraentes, a menos que o sentimento fosse recíproco. Quando não era, isso tornava-se fonte de irritação — a informação os deixava perturbados. Era por isso que fugiam de mulheres que davam em cima deles, como Jamie faria com Minty, agora que sabia. Não que Isabel achasse ruim ele ficar bem longe de Minty. De súbito pensou como seria horrível: Jamie caindo nas garras de Minty, que o adicionaria a sua lista de conquistas, uma perspectiva realmente chocante, que Isabel não conseguia sequer contemplar. E por quê? Porque tenho ciúme dele, admitiu, e não suporto a idéia de que outra mulher o possua. Nem Cat? Porventura realmente desejava que Jamie e Cat reatassem ou só alimentava essa idéia porque sabia que ela nunca iria se concretizar?

Isabel não teve tempo de responder a essas questões. Paul Hogg os cumprimentou calorosamente e os levou para a sala de estar; a mesma sala com o Crosbie equivocadamente atribuído a Cowie e o vibrante Peploe.

Já havia dois outros convidados lá, e, ao serem apresentados a eles, Isabel se deu conta de que os conhecia. O homem era jurista, um advogado com ambições políticas; a mulher tinha uma coluna num jornal. De tempos em tempos, Isabel a lia, mas achava-a enfadonha. Não se interessava pelos detalhes mundanos da vida dos jornalistas, e aparentemente era sobre isso que a mulher escrevia, o que a levou a se perguntar se numa reunião social como aquela sua conversa giraria sobre o mesmo tema. Olhou para a mulher, que lhe sorriu encorajadoramente, e na mesma hora Isabel arrefeceu, pensando que talvez devesse dar uma chance a ela. O advogado também sorriu e apertou efusivamente a mão de Jamie. A jornalista olhou para o rapaz, depois tornou a olhar de relance para Isabel — que notou esse rápido movimento dos seus olhos e percebeu de imediato que a mulher estava achando que os dois formavam um casal *naquele sentido* e começara a revisar sua opinião sobre ela. Coisa que de fato estava fazendo, pois esquadrinhou sua figura de alto a baixo — que óbvio, pensou Isabel, mas achou curiosamente prazeroso que pensassem que ela tinha um namorado tão mais jovem, principalmente se tratando de um rapaz com a aparência de Jamie. A outra mulher provavelmente estava se mordendo de inveja, pois seu marido, que passava noites inteiras trabalhando na Advocates Library, devia ser um homem cansado e maçante, que só falava de política, que era o que os políticos inevitavelmente faziam. E assim se remoía a jornalista: que mulher danada é essa Isabel, olha só o namorado que ela arrumou, tão jovem, tão sexy — que é o que eu realmente gostaria, para falar francamente, para ser honesta comigo mesma... Mas então Isabel pensou: podemos deixar que os outros guardem uma impressão errada de uma informação significativa a nosso respeito ou devemos corrigir eventuais mal-entendidos como esse? Havia ocasiões em que ser a editora da *Revista de Ética Aplicada* era um peso; parecia tão difícil relaxar, tão difícil esquecer, como o professor... professor... poderia ter dito.

Foi então que Minty fez sua entrada. Estivera até aquele momento na cozinha e chegou à sala de estar trazendo uma bandeja de prata com canapés. Deixou a bandeja em cima de uma mesa e acercou-se do advogado, beijando-o em ambas as faces. *Rob, já votei duas vezes em você desde a última vez que nos vimos. Duas!* Em seguida para a jornalista. *Kirsty, foi muita gentileza sua aceitar um convite tão de última hora.* Então para Isabel: *Isabel!* Foi só isso, mas houve uma ligeira variação na luz de seus olhos, sutil porém perceptível. *E este é o Jamie, não é?* Agora a linguagem corporal era outra. Minty chegou mais perto de Jamie ao cumprimentá-lo, e Isabel observou, para sua satisfação, que ele recuou um pouco, à maneira de um ímã ao ser aproximado do pólo errado de outro ímã.

Paul, que se retirara para o outro lado da sala a fim de preparar os drinques, voltou. Cada um dos presentes pegou seu copo e eles se viraram uns para os outros. A conversa fluiu com facilidade, para espanto de Isabel. Paul perguntou a Rob sobre uma campanha política em andamento, e o advogado os brindou com os divertidos detalhes de uma disputa em determinada base eleitoral. Os nomes dos protagonistas eram bem conhecidos: um ego descomunal e um notório mulherengo engalfinhavam-se por conta de um cargo de pouca expressão. Então Minty aludiu a outro político, que, assim que teve seu nome mencionado, fez Rob bufar e Kirsty balançar desaprovadoramente a cabeça. Como não conhecia nenhum político, Jamie mantinha-se calado.

Pouco depois, num momento em que Jamie conversava com Kirsty — sobre algo que havia acontecido na orquestra da Scottish Opera —, Isabel viu-se ao lado de Minty, que a pegou delicadamente pelo braço e a levou até a lareira. Isabel notou que o consolo da lareira exibia ainda mais convites do que na outra ocasião, embora dessa vez não tivesse como lê-los (exceto um, gravado em tipos grandes, com o intuito, podia-se supor, de facilitar a leitura aos olhos curiosos de terceiros).

"Que bom que você pôde vir", disse Minty, baixando o tom de voz. Isabel percebeu que se tratava de uma conversa reservada, cujo conteúdo não devia ser ouvido pelos demais, e, ao responder, também falou a meia-voz.

"Fiquei com a impressão de que você queria me falar alguma coisa."

Minty desviou o olhar para o lado. "De fato há uma coisa", disse ela. "Parece que você está interessada na McDowell's. Ouvi dizer que andou conversando com o Johnny Sanderson."

Por essa Isabel não esperava. Será que alguém contara a Minty que a tinha visto confabulando com Johnny durante a degustação de uísque?

"É, conversei com ele, sim. Johnny é um conhecido meu."

"E ele andou falando com algumas pessoas da McDowell's. Ele trabalhava lá até algum tempo atrás, claro."

Isabel fez que sim com a cabeça. "É, eu sei."

Minty tomou um gole de vinho. "Então acho que não vai se importar se eu perguntar: por que esse interesse pela McDowell's? Veja bem, primeiro você sonda o Paul sobre a empresa, depois procura o Johnny Sanderson e por aí vai. De modo que fico me perguntando o porquê desse interesse tão repentino. Você não é da área de finanças, é? Então o que explica o seu interesse pelos nossos negócios?"

"Seus negócios? Eu não sabia que você também trabalhava na McDowell's."

Minty mostrou os dentes num sorriso tolerante. "Os negócios do Paul são intimamente ligados aos meus. Afinal, sou noiva dele."

Isabel refletiu por um momento. Do outro lado da sala, Jamie olhou em sua direção e os dois trocaram olhares. Não sabia ao certo o que fazer. Mas, já que dificilmente poderia negar o interesse, por que não falar a verdade?

"Eu estava interessada", principiou ela. "Estava, mas

não estou mais." Fez uma pausa. Minty a observava, escutando atentamente. "Não estou mais envolvida. Mas estava. Sabe, pouco tempo atrás vi um rapaz sofrer uma queda e morrer. Como fui a última pessoa que ele viu neste mundo, me senti na obrigação de investigar melhor o que tinha acontecido. Ele trabalhava na McDowell's, como você sabe. E descobrira que havia algo de impróprio acontecendo por lá. Assim, pensei que talvez houvesse uma ligação entre as duas coisas. E isso é tudo."

Isabel observou o efeito de suas palavras em Minty. Se ela fosse a assassina, aquilo soaria praticamente como uma acusação. Porém Minty não empalideceu, permaneceu imperturbável, em seu semblante não se notava nem choque nem pânico, e quando ela falou sua voz pareceu bastante equilibrada. "Quer dizer que você pensou que esse rapaz tinha sido eliminado? Foi isso o que pensou?"

Isabel confirmou com a cabeça. "Era uma possibilidade que minha intuição dizia que eu precisava averiguar. Mas fiz isso e me dei conta de que não há provas de nada impróprio."

"Posso perguntar quem você acha que teria feito uma coisa dessa natureza?"

Isabel sentia o coração batendo forte em seu peito. Tinha vontade de dizer: você. Teria sido um momento simples e delicioso, mas em vez disso disse: "Alguém que receasse ser desmascarado, óbvio".

Minty descansou o copo e levou uma mão à têmpora, massageando-a com delicadeza, como se para auxiliar o raciocínio. "Você tem mesmo uma imaginação fértil, Isabel. Duvido que algo assim tenha acontecido", disse. "De qualquer forma, você devia tomar cuidado com as coisas que o Johnny Sanderson fala. Sabia que pediram para ele ir embora da McDowell's?"

"Eu sabia que ele tinha saído. Não em quais circunstâncias."

Minty ficou mais animada. "Bom, talvez você devesse ter perguntado. Ele começou a se desentender com as pessoas, pois não foi capaz de se ajustar às novas circunstâncias. As coisas tinham mudado. Mas não foi só isso. Também suspeitavam que ele andava fazendo operações de *insider trading*, o que significa, caso não saiba, que Johnny estava utilizando informações confidenciais para manipular o mercado. Como acha que ele consegue bancar aquele estilo de vida?"

Isabel permaneceu em silêncio. Não fazia idéia de como era o estilo de vida de Johnny Sanderson.

"Ele tem um apartamento em Perthshire", prosseguiu Minty, "e uma casa em Heriot Row e outra em Portugal, e assim por diante. Bens de alto padrão por toda parte."

"Mas a gente nunca sabe de onde vem o dinheiro das pessoas", disse Isabel. "Herança, por exemplo. Pode ser um patrimônio herdado."

"O pai do Johnny Sanderson era alcoólatra. Faliu duas vezes. Não era um provedor dos melhores."

Minty tornou a pegar seu copo. "Não dê atenção a nada do que ele diz", recomendou. "O Johnny odeia a McDowell's e tudo o que se refere a ela. Aceite o meu conselho e fique longe dele."

O olhar que Minty cravou nela era uma advertência, e Isabel não teve a menor dificuldade em interpretá-lo como uma advertência para manter-se afastada de Johnny Sanderson. Em seguida, Minty a deixou e voltou para o lado de Paul. Isabel permaneceu um momento onde estava, observando um quadro ao lado do consolo da lareira. Era hora de ir embora da festa, pensou, visto sua anfitriã ter claramente indicado que o prazo de validade das boas-vindas com que ela fora recebida chegara ao fim. Além do mais, estava na hora de subir o Mound até o museu para assistir à palestra sobre Beckett.

24

A conferência no museu tivera um bom público, e o professor Butler estava em forma. Para grande alívio de Isabel, Beckett sobreviveu à reavaliação do filósofo da Universidade de Pau, e depois, durante a recepção, ela pôde conversar com velhos amigos seus que também haviam assistido à palestra. Essas duas coisas — a sobrevivência de Beckett e o encontro com velhos amigos — contribuíram para melhorar seu estado de espírito. A conversa com Minty fora desagradável, embora Isabel tivesse consciência de que poderia ter sido bem pior. Não esperava que Minty fosse lançar um ataque contra Johnny Sanderson, mas tampouco esperava que a noiva de Paul Hogg soubesse que ela e Johnny haviam se encontrado. Talvez não devesse ter ficado surpresa com isso. Em Edimburgo era difícil fazer o que quer que fosse sem que a notícia logo se espalhasse. Bastava ver o caso da própria Minty com Ian Cameron. Provavelmente nem passava pela cabeça de Minty que outras pessoas soubessem do relacionamento entre eles.

Isabel se perguntava o que Minty teria concluído da conversa. Talvez houvesse se convencido de que ela já não representava uma ameaça. Isabel dissera de forma bastante explícita que não estava mais interessada nos assuntos internos da McDowell's. E, mesmo que Minty tivesse algo a ver com a morte de Mark — possibilidade que, com base na reação dela a seus comentários, Isabel tinha descartado de uma vez por todas —, a noiva de

Paul Hogg seria forçosamente levada a concluir que ela não descobrira nada sobre o que havia acontecido. Portanto, Isabel tinha sérias dúvidas de que tornaria a ser procurada por Minty Auchterlonie ou pelo desafortunado Paul Hogg. Curiosamente, pensou que sentiria falta deles: eram pontos de contato com um mundo bem diferente do seu.

Permaneceu na recepção até as pessoas começarem a ir embora. Conversou brevemente com o próprio professor Butler. "Minha cara, é uma satisfação saber que você gostou das coisas que eu tinha para dizer. É claro que ainda pretendo voltar a me estender sobre esse assunto um dia, mas por ora já abusei da paciência de vocês. Sim, por ora já falei o bastante." Isabel apreciou essa urbanidade dele, cada vez mais rara nos círculos acadêmicos modernos, onde especialistas obtusos, completamente desprovidos de cultura geral, haviam expulsado aqueles que tinham algum senso de cortesia. Havia tantos filósofos acadêmicos assim, pensou ela. Não falavam para ninguém além deles mesmos, pois as civilidades de um discurso voltado para um público mais amplo eram algo fora de seu alcance, além de lhes faltar uma experiência mais abrangente do mundo. Não todos eles, claro. Isabel tinha na cabeça uma lista de exceções, mas essa lista parecia estar encolhendo.

Passava um pouco das dez quando ela percorreu a Chambers Street e entrou na pequena fila do ponto de ônibus da ponte George IV. Havia táxis rondando por ali, com seus luminosos amarelos acesos, porém ela optara por ir de ônibus. Saltaria em Bruntsfield, mais ou menos em frente à delicatéssen de Cat, e então poderia desfrutar da caminhada de dez minutos ao longo da Merchiston Crescent até sua rua.

O ônibus chegou e, de acordo com o quadro de horários afixado no ponto, não estava nem um minuto atrasado. Teria de mencionar isso a Grace, mas, pensando bem, talvez fosse melhor não: poderia suscitar uma invectiva da empregada contra as autoridades de transporte. É muito bonito ser pontual à noite, quando não tem ninguém na rua. Mas o que a gente quer é que eles sejam pontuais *durante o dia*, quando a gente precisa. Isabel subiu no ônibus, pagou a passagem e foi se sentar num dos bancos de trás. Não havia muitos passageiros: um homem com um sobretudo, a cabeça caída, o queixo colado ao peito, um casal abraçado, alheio ao que se passava à sua volta, e um garoto adolescente com um lenço em volta do pescoço, *à la* Zorro. Isabel sorriu com seus botões: um microcosmo da nossa condição, pensou ela. A solidão e o desespero, o amor e seu egocentrismo, e dezesseis anos, um estado à parte.

O garoto desceu do ônibus no mesmo ponto que Isabel, mas tomou a direção oposta. Ela atravessou a rua e começou a caminhada ao longo da Merchiston Crescent, passando pela East Castle Road e pela West Castle Road. Vez por outra aparecia um carro, e a certa altura ela cruzou com um ciclista que tinha às costas uma lanterna vermelha que piscava sem parar, mas, fora isso, estava sozinha.

Chegou ao ponto em que havia um desvio à direita, onde começava sua rua, uma avenida tranqüila e arborizada. Um gato passou correndo, trepou no muro de um jardim e desapareceu em seguida; uma luz se apagou numa casa de esquina e uma porta bateu com estrondo. Isabel avançou pela calçada, rumo a sua casa, passando pelos enormes portões de madeira da casa da esquina e pelo muito bem cuidado jardim de um vizinho. Então, debaixo dos galhos da árvore que crescia no canto de seu terreno, estacou. Um pouco mais adiante, cerca de uns cinqüenta metros à frente, viam-se dois automóveis estacionados. Isabel reconheceu um deles: pertencia ao filho de um casal vizinho. O outro, um Jaguar reluzente, fora deixado com as lanternas acesas. Foi até lá, perscrutou o interior do carro, que estava trancado, e então olhou para a casa em frente à qual ele se achava estacionado.

A casa estava às escuras, o que sugeria que não era ali que seu dono estava sendo entretido. Bom, não teria como alertá-lo. A bateria provavelmente ainda duraria algumas horas, mas depois disso ele precisaria de ajuda para ligar o carro.

Caminhou de volta até sua casa. Diante do portão, parou; não sabia ao certo por quê. Observou as sombras embaixo da árvore e viu o movimento. Era o gato raiado do vizinho do lado, que gostava de se esconder sob suas árvores. Desejou poder preveni-lo sobre o Senhor Raposo, que era capaz de encarar um gato se estivesse de estômago vazio, mas não tinha palavras para isso, de modo que se limitou a desejar-lhe precaução mentalmente.

Abriu o portão e avançou pelo caminho que levava à porta da frente, o qual se achava às escuras, protegido da luz dos postes da iluminação pública pela pícea e por um pequeno canteiro de bétulas que havia junto à entrada da garagem. Foi então que sentiu o medo se apossar dela; um medo irracional, porém gélido. Não havia conversado algumas horas antes com uma mulher capaz de planejar, de forma fria e calculista, a morte de alguém? E essa mulher não lhe havia feito uma advertência?

Tirou a chave do bolso e preparou-se para inseri-la na fechadura, mas resolveu testar a porta antes, empurrando-a cuidadosamente com o corpo. A porta não se moveu, o que significava que continuava trancada. Inseriu a chave, girou-a e ouviu a lingüeta deslizando lá dentro. Então abriu devagar a porta, penetrou no hall externo e tateou a parede à procura do interruptor de luz.

A casa possuía um alarme, mas Isabel perdera o hábito de ativá-lo; só o acionava quando ia passar a noite fora. Se tivesse feito isso, estaria mais segura. Com o sistema desligado, não tinha como saber com certeza se alguém havia estado ou não na casa. Mas era evidente que ninguém havia estado lá, chegava a ser ridículo imaginar o contrário. Só porque tivera aquela conversa franca com Minty Auchterlonie, não significava que Minty a estivesse

233

espionando. Fez um esforço consciente para pôr o pensamento de lado, como era preciso fazer com todos os medos. Vivendo sozinha, Isabel sabia da importância de não sentir medo. Do contrário, todos os ruídos produzidos pela casa à noite — todo tipo de rangido e estalo que uma casa vitoriana produzia — seriam motivo de susto. Mas o fato é que ela estava com medo e não conseguia suprimi-lo. Foi o medo que a fez ir até a cozinha e acender todas as luzes e depois percorrer um por um os aposentos do térreo e iluminá-los. Não havia nada para ver, claro, e antes de subir a escada ela já se sentia em condições de apagar essas luzes. Contudo, ao entrar em seu estúdio para verificar a secretária eletrônica, viu a luzinha vermelha piscando, o que significava que havia recados para ela. Hesitou um instante, depois decidiu ouvir as mensagens. Só havia uma.

Isabel, aqui é Minty Auchterlonie. Eu queria saber se podemos nos encontrar para conversar de novo. Espero que não tenha achado que fui rude com você esta noite. Anote meu número. Me ligue para combinarmos um café ou um almoço ou qualquer outra coisa. Obrigada.

Isabel ficou surpresa, mas também mais tranqüila com a mensagem. Anotou o número num pedaço de papel e enfiou-o no bolso. Depois saiu do estúdio, apagando a luz atrás de si. Não estava mais com medo; um pouco inquieta, talvez, e ainda perplexa com o fato de Minty querer falar de novo com ela.

Foi para seu quarto, que ficava na parte da frente da casa. Era um cômodo amplo, com uma inusitada *bay window*, em cujo recesso havia uma poltrona estofada. Isabel deixara as cortinas fechadas e no quarto reinava a escuridão. Acendeu o abajur do criado-mudo, uma pequena luminária que ela usava para ler e que abriu uma pequenina poça de luz nas trevas do aposento. Não se deu o trabalho de acender a luz principal; pretendia ficar lendo na cama por uns quinze minutos antes de se trocar. Sua mente estava desperta e ainda era cedo demais para dormir.

Tirou os sapatos, pegou um livro que estava em cima da penteadeira e deitou-se na cama. Estava lendo o relato de uma viagem ao Equador, uma divertida história de mal-entendidos e situações perigosas. O livro era instigante, mas sua cabeça teimava em retornar à conversa com Johnny Sanderson. Ele fora tão prestativo e compreensivo, e havia lhe dito que ela podia telefonar-lhe a qualquer hora. *A qualquer hora antes da meia-noite.* Parecia-lhe evidente que Minty tentara dissuadi-la de dar prosseguimento a suas investigações ao sugerir que Johnny era o responsável pelas operações de *insider trading*. Era uma acusação claramente ultrajante, e Isabel não pretendia contar nada a ele. Ou seria melhor contar? Será que isso não mudaria sua maneira de ver a situação? Talvez ele mudasse de opinião se soubesse que Minty estava tentando desencorajá-la. Podia ligar para Johnny agora e discutir o assunto com ele. Do contrário, ficaria com isso na cabeça e não conseguiria pegar no sono.

Estendeu o braço e apanhou o telefone ao lado da cama. O cartão de Johnny saltava das páginas de sua caderneta de endereços. Pegou-o e pôs-se a olhar para ele à luz débil do abajur. Em seguida tirou o fone do gancho e digitou o número.

Demorou um pouco. Então escutou: o som inconfundível de uma campainha de telefone, vindo de algum lugar nas proximidades do quarto.

25

Deitada na cama, o fone na mão, Isabel sentiu-se paralisada. Como o quarto estava na penumbra, com apenas o pequeno abajur do criado-mudo aceso, havia sombras, armários, cortinas, um pequeno toucador às escuras. Quando recobrou a capacidade de se mexer, ela poderia ter se precipitado na direção do interruptor de luz, mas não o fez. Em vez disso, levantou-se da cama com um movimento que tinha um quê de pulo e outro tanto de trambolhão, deixando o telefone cair no chão atrás de si. Com um ou dois saltos, alcançou a porta. Então, apoiando-se no grosso corrimão de madeira, praticamente se atirou escada abaixo. Poderia ter caído, mas não caiu, e tampouco escorregou ao atravessar a toda o corredor de baixo e agarrar a porta que separava o hall interno do externo. A porta cedeu e ela passou, batendo-a atrás de si com tamanha força que o vitral que havia nela se espatifou. O som do vidro caindo no chão fez com que ela gritasse, involuntariamente, e então uma mão pousou em seu braço.

"Isabel?"

Ela girou o corpo. Havia uma luz acesa na cozinha, que iluminava suficientemente o hall para permitir-lhe ver que quem estava a seu lado era Johnny Sanderson.

"Isabel. Você se assustou comigo? Que desagradável! Me desculpe."

Isabel fitou-o. A mão dele apertava seu braço com força, quase a machucando.

"O que está fazendo aqui?" Sua voz falhou, e ela, sem pensar, pigarreou.

"Acalme-se", disse Johnny. "Sinto muito se a assustei. Vim lhe fazer uma visita e dei com a porta aberta. Fiquei um pouco preocupado, pois a casa estava às escuras. Por isso resolvi entrar e verificar se estava tudo em ordem. Depois fui até o jardim, só para dar uma olhada. Pensei que podia haver um invasor e que ele poderia estar lá."

Isabel pensou rápido. O que Johnny havia dito podia muito bem ser verdade. Se a pessoa vê uma casa com a porta aberta, e o proprietário não parece estar por perto, é perfeitamente razoável entrar para conferir se está tudo em ordem. Mas o que o celular dele estava fazendo lá em cima?

"O seu telefone", disse Isabel, aproximando-se do interruptor para acender a luz. "Eu disquei seu número e ele tocou."

Johnny fitou-a com uma expressão intrigada. "Mas se ele está aqui no meu bolso", disse. "Olhe." Enfiou a mão no bolso do paletó e então parou. "Quer dizer, estava."

Isabel respirou fundo. "Deve ter caído."

"É, pelo jeito caiu", reconheceu Johnny. Ele sorriu. "Você deve ter levado um tremendo susto."

"Levei."

"É, imagino. Me desculpe mais uma vez."

Isabel soltou-se de Johnny, que não resistiu. Ela olhou para o vitral despedaçado: um retrato do porto de Kirkcudbright, o casco do barco pesqueiro agora reduzido a minúsculos cacos de vidro. Enquanto olhava para baixo, o pensamento lhe veio, um pensamento que lançou por terra todas as suas suposições: *Minty tinha razão*. Minty não era a pessoa que eles deviam estar investigando, e sim Johnny. Por coincidência, tinham ido pedir ajuda justamente para a pessoa que estava por trás do que quer que Mark houvesse descoberto.

Foi uma compreensão súbita e total. Mesmo estando ali no hall, cara a cara com Johnny Sanderson, não precisou reconsiderá-la. O bom era mau; o claro, escuro. Mais simples, impossível. Um caminho trilhado com fé era o caminho que não levava a lugar nenhum, pois terminava subitamente, sem aviso, numa placa que dizia de maneira inequívoca: *Não é por aqui.* E à mente humana, destituída de suas suposições, restavam duas alternativas: ou recusava a nova realidade ou mudava de direção. Minty podia ser uma mulher ambiciosa, insensível, ardilosa e promíscua (tudo isso numa embalagem elegante), mas não atirava rapazes do alto de balcões de teatro. Johnny Sanderson podia ser um refinado e compreensivo membro do establishment de Edimburgo, mas era insaciável, e o dinheiro podia seduzir qualquer um. E então, quando tudo parecia ameaçado pela possibilidade de desmascaramento, seria muito fácil tomar a decisão de dar um fim à ameaça.

Isabel olhou para Johnny. "O que queria comigo?"

"Tinha uma coisa sobre a qual eu gostaria de falar com você."

"Que coisa?"

Johnny sorriu. "Acho que o melhor a fazer é não falar demais agora. Depois dessa... depois dessa perturbação."

Isabel fitou-o, chocada com o desaforo da resposta.

"Uma perturbação que você causou", disse ela.

Johnny deu um suspiro, como se confrontado com uma objeção pedante. "Eu só queria trocar algumas idéias sobre o assunto que estávamos discutindo outro dia. Só isso."

Isabel não disse nada e após alguns instantes Johnny continuou: "Mas é melhor deixarmos isso para outro dia. Me desculpe por tê-la assustado dessa maneira". Virou-se e olhou para o alto da escada. "Se importa se eu subir para pegar meu celular? Você disse que está no seu quarto, não é? Se importa se eu der um pulo lá?"

Depois de Johnny ter ido embora, Isabel foi até a cozinha e pegou uma vassoura e uma pá de lixo. Recolheu com cuidado os cacos de vidro maiores e enrolou-os num jornal, depois varreu os fragmentos menores e levou-os para a cozinha na pá. Em seguida, sentou-se junto ao telefone da cozinha e digitou o número de Jamie.

Jamie levou algum tempo para atender, e Isabel percebeu que o havia acordado.

"Me desculpe", disse ela, "mas eu precisava falar com você."

A voz de Jamie estava rouca de tanto sono. "Não tem problema."

"Pode vir até aqui? Agora."

"Agora?"

"É. Explico quando você chegar. Por favor. Outra coisa: se importaria de passar o resto da noite aqui? Só hoje."

Dessa vez o rapaz falou com um tom de voz de quem estava completamente desperto. "Levo meia hora. Tudo bem?"

Isabel ouviu o táxi de Jamie chegar e foi até a porta da frente para recebê-lo. Ele vestia um anoraque verde e tinha uma pequena sacola preta pendurada no ombro.

"Você é um anjo. Um anjo."

Jamie balançou a cabeça, como se não estivesse acreditando naquilo. "Não consigo imaginar que assunto tão importante é esse. Mas, seja como for, é para isso que servem os amigos."

Isabel levou-o para a cozinha, onde ela havia preparado um bule de chá. Indicou-lhe uma cadeira e serviu-lhe uma xícara.

"Não vai acreditar", começou ela. "Tive uma noite e tanto."

Isabel contou o que havia acontecido, e o rapaz foi arregalando os olhos à medida que ela prosseguia. Todavia, era evidente que em nenhum momento colocou em dúvida as palavras dela.

"Mas você não pode acreditar nele. Ninguém entra

na casa dos outros desse jeito, só porque encontrou a porta aberta... Se é que estava mesmo aberta."

"Duvido muito que estivesse", comentou Isabel.

"Então que diabos ele estava fazendo aqui? O que pretendia? Dar um fim em você?"

Isabel deu de ombros. "Desconfio que ele queria sondar minhas intenções. Se o Johnny era a pessoa atrás da qual devíamos estar desde o início, talvez ele tema que eu tenha alguma prova. Algum documento que o associe com operações de *insider trading*."

"Quer dizer que tudo se resume nisso?"

"Acho que sim. A menos que ele estivesse planejando outra coisa, o que é muito improvável a esta altura dos acontecimentos."

"E o que fazemos agora?"

Isabel olhou para o chão. "Não tenho a menor idéia. Pelo menos não agora. Acho que é melhor eu ir para a cama, e amanhã voltamos a falar sobre isso." Fez uma pausa. "Tem certeza de que não se importa de passar a noite aqui? É só porque não vou dar conta de ficar sozinha hoje."

"Claro que não me importo", disse Jamie. "E eu não iria deixar você sozinha. Não depois de tudo o que aconteceu."

"A Grace sempre mantém um dos quartos de hóspedes arrumado", disse ela. "Fica na parte de trás. É agradável e sossegado. Pode dormir lá."

Levou-o para o andar de cima e mostrou-lhe o quarto. Então lhe deu boa-noite, deixando-o à porta do quarto. Ele sorriu e jogou um beijo para ela.

"Estou por aqui", disse ele. "Se o Johnny vier perturbar o seu sono, é só gritar."

"Acho que não vamos tornar a vê-lo esta noite", volveu Isabel. Sentia-se mais segura agora, embora ainda a perturbasse o pensamento de que, se não tomasse alguma atitude, o problema de Johnny Sanderson permaneceria irresolvido. Jamie estaria ali naquela noite, mas não na seguinte nem nas que viriam depois.

26

Se ficou surpresa ao dar de cara com Jamie na manhã seguinte, Grace disfarçou bem. Ele estava sozinho na cozinha quando ela entrou e por alguns instantes deu a impressão de que não sabia o que dizer. Grace, que havia recolhido a correspondência no chão do hall, quebrou o silêncio.

"Mais quatro artigos hoje", disse ela. "Ética aplicada. Pelo visto, ética aplicada é o que não falta."

Jamie olhou a pilha de cartas. "Reparou na porta?"

"Reparei, sim."

"Entraram aqui."

Grace ficou imóvel. "Foi o que eu pensei. Esse maldito alarme. Faz anos, anos, que falo para ela usar essa porcaria. Mas ela não usa. Não me escuta." Grace respirou fundo. "Bom, para ser sincera, não pensei nada. Não sabia o que pensar. Achei que talvez vocês dois tivessem feito uma festa ontem à noite."

Jamie arreganhou os dentes num largo sorriso. "Não. Ela me ligou e eu vim para cá. Passei a noite aqui, num dos quartos de hóspedes."

Grace tinha uma expressão grave enquanto Jamie explicava o que havia acontecido. Isabel apareceu na cozinha assim que ele concluiu o relato. Então os três se sentaram à mesa e puseram-se a discutir a situação.

"Essa brincadeira já foi longe demais", disse Jamie. "Você perdeu o controle da situação e vai ter de delegar isso para alguém."

Isabel permaneceu impassível. "Quem?"

"A polícia."

"E vamos delegar exatamente o que para eles?", perguntou Isabel. "Não temos prova nenhuma. A única coisa que temos é a suspeita de que Johnny Sanderson esteve metido em operações de *insider trading* e que isso talvez esteja relacionado com a morte de Mark Fraser."

"O que eu não entendo", disse Jamie, "é o fato de que na própria McDowell's já desconfiavam dele. A Minty não contou que foi por isso que pediram para ele ir embora? Se já sabiam de tudo, por que o Johnny estaria com medo de você ter descoberto alguma coisa?"

Isabel refletiu a respeito. Devia haver um motivo. "Talvez quisessem abafar a coisa toda. O que seria perfeitamente conveniente para Johnny Sanderson. Por isso ele não ia querer que gente de fora — isto é, você e eu — descobrisse tudo e armasse um escândalo. Não seria a primeira vez que o establishment de Edimburgo cerraria fileiras para esconder seus podres. E isso não deveria nos causar espanto."

"Mas e a noite de ontem?", questionou Jamie. "Pelo menos é uma coisa mais concreta contra ele."

Isabel balançou negativamente a cabeça. "O que aconteceu ontem à noite não prova nada", retrucou. "Ele tem aquela história dele para justificar o fato de ter entrado aqui. Vai se agarrar a ela, e provavelmente a polícia vai engolir. Não vão querer se intrometer em algo que parece ser um simples desentendimento particular."

"Mas poderíamos apontar o elo com as suspeitas de *insider trading*", argumentou Jamie. "Poderíamos falar sobre o que o Neil contou para você e sobre os quadros. Há bastante coisa aí para respaldar nossas alegações."

Isabel manifestou reticência. "Não, acho que não. A polícia não pode exigir que as pessoas expliquem de onde vem seu dinheiro. Não é assim que funciona."

"E o Neil?", insistiu Jamie. "E quanto à informação de que Mark Fraser andava assustado?"

"Ele já disse que não está disposto a falar à polícia sobre isso", retrucou Isabel. "Provavelmente negaria até o fato de ter conversado comigo. Se ele mudasse a história que contou em seu depoimento, a polícia o acusaria de tentar desviar o foco das investigações. Se quer a minha opinião, ele não vai abrir a boca."

Jamie virou-se para Grace, imaginando que talvez ela pudesse apoiar sua sugestão. "O que pensa disso tudo, Grace?", indagou. "Não acha que eu tenho razão?"

"Não", respondeu ela. "Não acho."

Jamie olhou para Isabel, que ergueu uma sobrancelha. Uma idéia estava tomando forma na sua cabeça. "Para um vilão, vilão e meio", proverbiou ela. "Como você disse, perdemos o controle da situação. Não temos como provar essas pilantragens financeiras. Tampouco temos qualquer prova que demonstre a existência de uma ligação entre isso tudo e a morte de Mark Fraser. Na realidade, ao que parece, a questão não é essa: provavelmente não há ligação nenhuma mesmo. De maneira que só nos resta encontrar um meio de fazer chegar a Johnny Sanderson a mensagem de que não estamos mais interessados nessa história. Isso o manteria afastado de mim."

"Você acha mesmo que ele poderia... tentar machucá-la?", indagou Jamie.

"Fiquei bem assustada ontem", respondeu Isabel. "Acho que ele seria capaz disso, sim. Mas o que me ocorreu foi que podíamos fazer com que Minty lhe desse a entender que está a par da visita que ele me fez ontem. Se ela fizer chegar a Johnny o recado de que sabe que ele andou me ameaçando, isso provavelmente o desestimularia a tentar qualquer outra coisa. Se ele me fizesse algum mal, haveria uma arquiinimiga sua pronta para dedurá-lo."

Jamie não pareceu muito animado. "Quer dizer que temos de falar com a Minty?"

Isabel confirmou com a cabeça. "Para ser sincera, não estou em condições de encarar isso. Quem sabe você..."

Grace se levantou. "Não", disse ela. "Deixem isso por minha conta. É só me dizerem como faço para achar essa tal de Minty, que vou lá trocar umas palavrinhas com ela. E se mesmo assim ficar alguma dúvida, vou atrás desse Sanderson para pôr tudo em pratos limpos. Vou deixar bem claro que é melhor ele nunca mais aparecer aqui."

Isabel olhou para Jamie, que fez um movimento positivo com a cabeça. "A Grace sabe ser firme e convincente", disse, apressando-se em acrescentar: "Mas é claro que faz isso da maneira mais educada possível".

Isabel sorriu. "É claro", concordou. Permaneceu em silêncio alguns instantes, depois prosseguiu. "Querem saber de uma coisa? Tenho a sensação de estar exibindo uma escandalosa falta de coragem moral. Topei com um mundo extremamente desagradável e saí correndo apavorada. Nem considero a possibilidade de haver outras alternativas, só quero desistir de tudo."

"E o que mais você poderia fazer?", indagou Jamie com impaciência. "Já tentou interferir. Não tem mais nada a fazer. Tem todo o direito de cuidar de si. Tente ser razoável, Isabel, pelo menos desta vez."

"Estou fugindo", disse Isabel em voz baixa. "Estou fugindo porque me deram um tremendo susto. E é exatamente isso que eles querem que eu faça."

A frustração de Jamie agora era palpável. "Tudo bem", disse ele. "Conte-nos o que você faria em vez de desistir. Diga-nos qual seria nosso próximo passo. Você não sabe, não é mesmo? É porque não resta nada a fazer."

"Isso mesmo", interveio Grace. E continuou: "Seu amigo Jamie está certo. A senhora está errada. Esqueça essa bobagem de covardia moral. A senhora é a pessoa menos covarde que eu conheço. Nunca vi ninguém como a senhora".

"Concordo", disse Jamie. "Você é muito valente, Isabel. E nós a amamos por isso. Você é valente e boa e nem se dá conta disso."

***

Isabel recolheu-se em seu estúdio para cuidar da correspondência, deixando Jamie e Grace na cozinha. Após alguns minutos, Jamie consultou o relógio. "Tenho um aluno às onze", disse. "Mas posso voltar à noite."

Grace achou que era uma boa idéia e aceitou-a em nome de Isabel. "Só por mais alguns dias", pediu ela. "Se não for muito incômodo..."

"Não é incômodo nenhum", disse Jamie. "Eu jamais a deixaria na mão no meio disso tudo."

Jamie estava a apenas alguns passos do portão quando Grace foi atrás dele e o segurou pelo braço.

"Você é maravilhoso, Jamie. Simplesmente maravilhoso. A maioria dos rapazes da sua idade não estaria dando a mínima. Você é diferente."

Jamie sentiu-se constrangido. "Mas não é incômodo nenhum para mim. Falando sério."

"Sim, bom, talvez. Mas escute esta outra coisa. A Cat deu um fora naquele sujeitinho da calça bordô. Escreveu uma carta para Isabel sobre isso."

Jamie não disse nada, mas piscou os olhos uma ou duas vezes.

Grace segurou com mais força seu antebraço. "Isabel contou para ela", cochichou. "Contou que o Toby tinha outra."

"Ela contou?"

"Contou, e a Cat ficou arrasada. Saiu daqui aos prantos. Tentei falar com ela, mas ela não quis saber de conversa."

Jamie começou a rir, mas se controlou imediatamente. "Desculpe. Não estou rindo da tristeza da Cat. Só fiquei contente porque agora talvez ela saiba melhor quem é aquele sujeito. Eu..."

Grace balançou a cabeça, compreensiva. "Se aquela menina tiver um pouco de juízo na cabeça, volta para você."

"Obrigado. Eu gostaria muito, mas não sei se isso vai acontecer."

Grace olhou-o nos olhos. "Posso lhe dizer uma coisa bastante íntima? Se importaria se eu dissesse?"

"Claro que não. Diga lá." Jamie ficara entusiasmado com a notícia que Grace lhe dera e estava pronto para o que desse e viesse.

"Essas calças que você usa", cochichou Grace. "São muito feias. Você tem um corpo formidável... Estou sendo bastante direta, eu sei, desculpe. Normalmente não falaria assim com um homem. E o seu rosto é lindo. Lindo. Mas você tem que... tem que tentar ser um pouquinho mais sexy, Jamie. Aquela garota, bom, ela sente *atração* por esse tipo de coisa."

Jamie olhava fixamente para Grace. Ninguém jamais falara com ele assim. Claro que ela estava dizendo aquilo com a melhor das intenções, mas o que havia exatamente de errado com suas calças? Ele baixou os olhos, estudando as pernas, a calça, então voltou a olhar para Grace.

A empregada de Isabel balançava a cabeça. Não era um gesto de desaprovação, e sim de desconsolo, como se estivesse lamentando as oportunidades perdidas, os potenciais não realizados.

Jamie retornou pouco antes das sete da noite, trazendo consigo uma mala com uma muda de roupa. Os vidraceiros haviam estado lá durante a tarde, e no lugar do vitral da porta do hall interno via-se agora uma grande folha de vidro simples. Isabel se achava em seu estúdio quando ele chegou, e pediu-lhe que esperasse alguns minutos na sala de estar, enquanto ela terminava de rascunhar uma carta. Ao abrir a porta da frente para ele, parecia alegre; mas depois, ao adentrar a sala, tinha um semblante mais carregado.

"Recebi duas ligações da Minty", disse ela. "Quer saber por quê?"

"É claro que quero. Não pensei em outra coisa o dia todo."

"Ela ficou uma fera quando soube pela Grace o que aconteceu ontem à noite. Disse que ela e o Paul iriam naquela hora mesmo ter uma conversa com o Johnny Sanderson, e aparentemente tiveram. Depois ela ligou de volta e disse que eu não precisava mais me preocupar com ele, que eles o tinham feito ouvir poucas e boas. Pelo jeito, Minty e Paul têm outras coisas com as quais podem ameaçá-lo e ele achou melhor tirar o time de campo. E foi isso."

"E quanto ao Mark Fraser? Nenhuma menção à morte do Mark?"

"Não", disse Isabel. "Nada. Mas, se quer mesmo saber, continuo achando possível que Mark Fraser tenha sido empurrado por Johnny Sanderson ou por alguém agindo em seu nome. Só que nunca teremos provas, e imagino que ele saiba disso melhor que ninguém. De modo que isso encerra o assunto. A ordem foi restabelecida. A comunidade financeira lavou sua roupa suja a portas fechadas. Varreram tudo para debaixo do tapete, incluindo a morte de um rapaz. E as coisas voltam a ser como antes."

Jamie olhou para o chão. "Como detetives não somos muito brilhantes, não é mesmo?"

Isabel sorriu. "Não", disse ela. "Formamos um par de amadores trapalhões. Um fagotista e uma filósofa." Fez uma pausa. "Contudo, em meio a todo esse fracasso moral, temos um motivo para nos alegrar."

Jamie ficou curioso. "Como assim?"

Isabel ficou em pé. "Acho que isso merece um cálice de xerez", disse. "Abrir um champanhe já seria passar da conta." Foi até o bar e tirou dois copos.

"Posso saber o que estamos comemorando?", indagou Jamie.

"A Cat não está mais noiva", respondeu Isabel. "Por um brevíssimo período, ela correu o sério risco de se casar com o Toby. Mas veio me ver esta tarde e choramos um bom tempo uma nos ombros da outra. Como vocês, jovens, dizem com tanta propriedade, o nosso amigo Toby é passado."

Jamie sabia que Isabel tinha razão. Não se deve comemorar com champanhe o fim de um relacionamento. Mas não há nada de mais em ir jantar fora, que foi o que ele sugeriu e ela aceitou.

27

    Isabel não gostava de deixar as coisas inacabadas. Resolvera investigar a queda de Mark Fraser com base na idéia de que, querendo ou não, havia se envolvido no acidente. Para dar um fim a esse envolvimento moral só faltava uma coisa. Queria ver Neil de novo e relatar-lhe o resultado de suas apurações. Fora ele quem efetivamente lhe pedira para agir, e ela sentia que lhe devia uma explicação sobre o pé em que as coisas haviam ficado. Saber da inexistência de um elo entre a aparente inquietude de Mark e sua queda poderia ajudá-lo, caso ele se mortificasse pelo fato não ter feito nada.
    Contudo, havia algo mais que a instigava a procurar Neil. Desde seu primeiro contato com ele, naquele fim de tarde constrangedor, quando o vira passar correndo pelo hall, sentia-se confusa a seu respeito. As circunstâncias daquele encontro obviamente não haviam sido das mais fáceis; Isabel o surpreendera na cama com Hen, e isso fora embaraçoso, mas não era só isso. Naquele primeiro encontro, ele desconfiara dela e respondera de mau grado às perguntas que ela fizera. Obviamente, Isabel não tinha o direito de esperar uma acolhida calorosa — era muito compreensível que ele se melindrasse com qualquer um que aparecesse fazendo perguntas sobre Mark —, mas a coisa ia além disso.
    Decidiu vê-lo no dia seguinte. Tentou ligar para marcar um encontro no apartamento, mas ninguém atendeu ao telefone e ela tampouco conseguiu falar com ele no

escritório. De modo que resolveu arriscar mais uma visita de surpresa.

Enquanto subia a escada, pensou no que havia acontecido no intervalo entre sua visita anterior e aquela. Apenas algumas semanas haviam se passado, mas ela tinha a impressão de que nesse meio-tempo fora submetida a um completo e muito eficiente torniquete emocional. Agora lá estava ela, de volta ao lugar onde tinha começado. Tocou a campainha e, como da outra vez, Hen lhe abriu a porta. Dessa vez, porém, recebeu-a de maneira mais afetuosa e imediatamente ofereceu-lhe uma taça de vinho, que Isabel aceitou.

"Na realidade, vim ver o Neil", disse. "Queria falar com ele de novo. Espero que ele não se incomode."

"Tenho certeza que não", volveu Hen. "Ainda não chegou do escritório, mas não demora."

Isabel pegou-se relembrando sua visita anterior, quando, após Hen ter mentido sobre a ausência de Neil, divisara-o atravessando o corredor nu em pêlo. Teve vontade de sorrir, mas não o fez.

"Vou me mudar", disse Hen, disposta a puxar conversa. "Estou de malas prontas. Arrumei um emprego em Londres e vou para lá. Desafios. Oportunidades. Sabe como é."

"Claro", tornou Isabel. "Você deve estar entusiasmada."

"Mas vou sentir falta daqui", observou a moça. "E tenho certeza de que um dia voltarei à Escócia. As pessoas sempre acabam voltando".

"Foi o que aconteceu comigo", disse Isabel. "Fiquei alguns anos em Cambridge, depois fui para os Estados Unidos e voltei. Agora tenho a impressão de que não saio mais daqui."

"Bom, vou precisar de alguns anos antes disso", disse Hen. "Depois veremos."

Isabel estava curiosa para saber sobre o destino de Neil. Ficaria em Edimburgo ou Hen o levaria consigo? Por alguma razão achava que ela não faria isso. Perguntou.

"O Neil vai ficar em Edimburgo", respondeu Hen. "Tem o emprego dele."

"E o apartamento? Vai continuar com ele?"

"Acho que sim." Hen fez uma pausa. "Na verdade, acho que ele está um pouco chateado com a minha mudança, mas vai acabar superando isso. O Neil sofreu muito com a morte do Mark. Todos nós sofremos. Mas para ele tem sido especialmente duro."

"Eles eram muito íntimos?"

Hen fez que sim com a cabeça. "Eram, os dois se davam bem. A maior parte do tempo. Acho que eu disse isso para você da outra vez."

"É claro", concordou Isabel. "É claro que disse."

Hen alcançou a garrafa de vinho que havia deixado sobre a mesa e tornou a encher sua taça. "Sabe", disse ela, "vez por outra ainda me pego pensando naquela noite. Naquela noite em que o Mark caiu. Não consigo evitar. É uma coisa que me vem nas horas mais inusitadas. Penso nele sentado no teatro, naqueles que foram seus últimos momentos, sua última hora de vida. Penso nele ouvindo McCunn. Conheço a música. Minha mãe costumava tocá-la em casa. Penso nele lá no teatro, escutando isso."

"Sinto muito", condoeu-se Isabel. "Posso imaginar como é duro para você." McCunn. "Land of the mountain and the flood." Uma composição tão romântica. E então o pensamento lhe veio, e por um breve instante seu coração parou.

"Você sabe o que eles tocaram naquela noite?", inquiriu. Disse isso com uma voz débil, e Hen olhou surpresa para ela.

"Sei, sim. Esqueci o resto, mas reparei no McCunn."

"Reparou?"

"Está no programa", disse Hen, fitando Isabel com uma expressão intrigada. "Vi o nome do McCunn no programa. O que tem isso?"

"Mas onde você conseguiu o programa? Alguém lhe deu?"

251

Hen tornou a olhar para Isabel como se ela estivesse fazendo perguntas sem sentido. "Acho que o encontrei aqui no apartamento. Sou até capaz de pegá-lo para você. Quer dar uma olhada nele?"

Isabel balançou afirmativamente a cabeça, e Hen se levantou e pôs-se a folhear uma pilha de papéis que havia em cima de uma prateleira. "Aqui está. O programa. Veja, tem o McCunn e as outras composições listadas aqui."

Isabel pegou a brochura. Suas mãos tremiam.

"De quem é isto?", indagou.

"Não sei", respondeu Hen. "Talvez do Neil. Tudo neste apartamento pertence a ele ou a mim ou... ao Mark.

"Deve ser do Neil", disse Isabel em voz baixa. "O Mark não retornou do concerto, retornou?"

"Não estou entendendo por que toda essa onda com o programa", volveu Hen. Ela deu a impressão de estar ligeiramente irritada, e Isabel aproveitou-se disso para se retirar.

"Vou descer e esperar o Neil lá na rua", anunciou. "Não quero prendê-la por mais tempo."

"Eu ia entrar no banho", disse Hen.

"Pois faça isso", apressou-se em dizer Isabel. "O Neil costuma voltar a pé para casa?"

"Sim", disse Hen, levantando-se. "Ele vem por Tollcross. Pelo campo de golfe que tem lá."

"Vou encontrá-lo", disse Isabel. "Está um entardecer tão bonito, vai ser bom caminhar um pouco."

Ao chegar à rua, Isabel tentava manter a calma, controlar a respiração. Soapy Soutar, o menino que morava no térreo, arrastava seu relutante cachorro até a faixa de grama na beira da calçada. Ela passou por ele e parou para dizer algo.

"Bonito o seu cachorro."

Soapy Soutar olhou para ela. "Não gosta de mim. E só pensa em comer."

"Os cachorros estão sempre famintos", disse Isabel.
"É assim que eles são."
"É, mas minha mãe diz que este aqui tem a barriga furada. Só quer saber de comer. Não gosta de passear."
"Mas aposto que gosta de você."
"Gosta nada."
O diálogo chegou a um fim natural e ela olhou para o campo de golfe. Duas pessoas caminhavam isoladamente pela trilha diagonal, e uma delas, uma figura alta num impermeável leve em tom cáqui, dava a impressão de que podia ser Neil. Isabel avançou em sua direção.

Era Neil. Por alguns instantes pareceu que ele não a tinha reconhecido, mas então sorriu e cumprimentou-a educadamente.

"Vim procurá-lo", disse ela. "A Hen disse que você devia estar a caminho de casa, então pensei em encontrá-lo aqui. Está fazendo um fim de tarde tão lindo."

"É verdade, está formidável, não é mesmo?" Fitou-a, esperando que dissesse alguma outra coisa. Ele está perturbado, pensou ela, mas isso era de se esperar.

Isabel respirou fundo. "Por que você veio atrás de mim?", indagou. "Por que me procurou para me contar que o Mark andava preocupado?"

Neil respondeu depressa, mal esperando que ela terminasse de formular a pergunta. "Porque eu não tinha contado toda a verdade."

"E ainda não contou."

O rapaz cravou os olhos nela, e Isabel viu os nós de seus dedos se enrijecendo em torno da alça da valise. "Ainda não me contou que estava lá. Você estava no Usher Hall naquela noite, não estava?"

Isabel olhava-o nos olhos, observando a passagem das emoções. A raiva despontou primeiro, mas foi logo substituída pelo medo.

"Eu sei que você estava lá", disse ela. "E agora tenho provas disso." Isso era verdade só até certo ponto, mas parecia-lhe o suficiente, ao menos para os objetivos daquele encontro.

Neil abriu a boca para falar. "Eu..."

"Você teve alguma coisa a ver com a morte dele, Neil? Hein? Não havia mais ninguém lá em cima depois que as pessoas foram embora. Só vocês dois, não é mesmo?"

Neil não pôde mais sustentar o olhar de Isabel. "Eu estava lá, sim. É verdade."

"Sei", disse Isabel. "E o que aconteceu?"

"Tivemos uma discussão", contou ele. "Eu comecei. Tinha ciúme dele e da Hen, entende? Não estava agüentando aquilo. Começamos a discutir e dei um empurrão no Mark, para o lado, só para ver se ele me escutava. Não era para ser outra coisa além disso. Só um empurrão, um empurrãozinho de nada. Foi tudo o que eu fiz. Mas ele se desequilibrou."

"Está me falando a verdade agora, Neil?" Isabel estudou seus olhos quando ele os ergueu para responder à pergunta, e foi o que bastou para ela saber qual era a resposta. No entanto, ainda havia o porquê do ciúme que ele sentia de Mark e Hen. Mas isso tinha importância? Isabel achava que não, pois, embora o amor e o ciúme possam brotar de fontes diversas, são igualmente imperiosos e intensos, seja qual for sua origem.

"Estou falando a verdade", disse ele pausadamente. "Mas não podia contar isso para ninguém, podia? Teriam me acusado de tê-lo empurrado lá de cima e não haveria nenhuma testemunha para dizer que não fora isso, de jeito nenhum. Se houvesse testemunhas, eu seria processado. É homicídio culposo, sabe?, quando você agride alguém e a pessoa morre, mesmo que você não tenha tido a intenção de matá-la, mesmo que tenha sido só um empurrão. Mas foi um acidente, só isso. Eu não tive a menor intenção, não pretendia..." Neil fez uma pausa. "E eu estava com muito medo para contar isso para quem quer que fosse. Estava simplesmente apavorado. Ficava pensando em como seria se ninguém acreditasse em mim."

"Eu acredito", disse Isabel.

Um homem passou, pisando na grama para desviar deles, perguntando-se (imaginou Isabel) o que os dois estariam fazendo ali, entretidos numa conversa séria sob o céu crepuscular. Acertando os ponteiros da vida, pensou ela; deixando em paz os mortos; permitindo que o tempo e o autoperdão começassem a fazer seu trabalho.

Em seus estudos, os filósofos lidavam com problemas desse tipo, refletiu Isabel. O perdão era um tema popular entre eles, assim como a punição. Precisamos punir, não porque isso nos faça sentir melhor — no limite, não faz —, e sim porque a punição estabelece o equilíbrio moral: trata-se de uma declaração a respeito do mal cometido; é o que sustenta nossa noção de um mundo justo. Todavia, num mundo justo punem-se somente os que são movidos por más intenções, os que agem por crueldade. Esse rapaz, que ela agora compreendia, jamais pretendera fazer mal algum. Não tivera a menor intenção de ferir Mark — longe disso — e não havia nenhuma razão, nenhuma justificativa concebível para responsabilizá-lo pelas conseqüências funestas daquilo que não fora senão um gesto de irritação. Se as leis criminais da Escócia prescreviam outra coisa, a conclusão inevitável era que tais leis eram moralmente indefensáveis, e isso encerrava o assunto.

Neil estava confuso. No frigir dos ovos, tudo aquilo tinha a ver com sexo, com o fato de ele não saber o que queria, com sua imaturidade. Se fosse punido agora por algo que em nenhum momento desejara que acontecesse, de que isso serviria? Mais uma vida seria arruinada, e nem por isso o mundo se tornaria, nesse caso, um lugar mais justo.

"Sim, eu acredito em você", disse Isabel. Fez uma pausa. Na realidade, era uma decisão bastante simples, e ela não precisava ser uma filósofa moral para tomá-la. "Isso põe um ponto final nessa história. Foi um acidente. Você lamenta o que aconteceu. Não precisamos mais remexer nisso."

Olhou para o rapaz e viu que ele estava chorando. Então pegou a mão dele e a segurou até que eles estivessem em condições de ir embora dali.

SÉRIE POLICIAL

Réquiem caribenho
  Brigitte Aubert

Bellini e a esfinge
Bellini e o demônio
Bellini e os espíritos
  Tony Bellotto

Os pecados dos pais
*O ladrão que estudava
  Espinosa*
Punhalada no escuro
*O ladrão que pintava como
  Mondrian*
*Uma longa fila de homens
  mortos*
Bilhete para o cemitério
*O ladrão que achava que era
  Bogart*
*Quando nosso boteco fecha as
  portas*
  Lawrence Block

O destino bate à sua porta
  James Cain

Post-mortem
Corpo de delito
Restos mortais
Desumano e degradante
Lavoura de corpos
Cemitério de indigentes
Causa mortis
Contágio criminoso
Foco inicial
Alerta negro
A última delegacia
Mosca-varejeira
  Patricia Cornwell

Edições perigosas
Impressões e provas
A promessa do livreiro
  John Dunning

Máscaras
Passado perfeito
  Leonardo Padura Fuentes

Tão pura, tão boa
Correntezas
  Frances Fyfield

O silêncio da chuva
Achados e perdidos
Vento sudoeste
Uma janela em Copacabana
Perseguido
Berenice procura
Espinosa sem saída
  Luiz Alfredo Garcia-Roza

Neutralidade suspeita
A noite do professor
Transferência mortal
Um lugar entre os vivos
  Jean-Pierre Gattégno

Continental Op
  Dashiell Hammett

O talentoso Ripley
Ripley subterrâneo
O jogo de Ripley
Ripley debaixo d'água
O garoto que seguiu Ripley
  Patricia Highsmith

Sala dos Homicídios
Morte no seminário
Uma certa justiça
Pecado original
A torre negra
Morte de um perito

O enigma de Sally
O farol
   P. D. James

Música fúnebre
   Morag Joss

Sexta-feira o rabino acordou tarde
Sábado o rabino passou fome
Domingo o rabino ficou em casa
Segunda-feira o rabino viajou
O dia em que o rabino foi embora
   Harry Kemelman

Um drink antes da guerra
Apelo às trevas
Sagrado
Gone, baby, gone
Sobre meninos e lobos
Paciente 67
Dança da chuva
   Dennis Lehane

Morte em terra estrangeira
Morte no Teatro La Fenice
Vestido para morrer
   Donna Leon

A tragédia Blackwell
   Ross Macdonald

É sempre noite
   Léo Malet

Assassinos sem rosto
Os cães de Riga
A leoa branca
O homem que sorria
   Henning Mankell

Os mares do Sul
O labirinto grego
O quinteto de Buenos Aires
O homem da minha vida
A Rosa de Alexandria
Milênio
   Manuel Vázquez Montalbán

O diabo vestia azul
   Walter Mosley

Informações sobre a vítima
Vida pregressa
   Joaquim Nogueira

Revolução difícil
Preto no branco
   George Pelecanos

Morte nos búzios
   Reginaldo Prandi

A morte também freqüenta o Paraíso
   Lev Raphael

O Clube Filosófico Dominical
   Alexander McCall Smith

Serpente
A confraria do medo
A caixa vermelha
Cozinheiros demais
Milionários demais
Mulheres demais
Ser canalha
Aranhas de ouro
Clientes demais
   Rex Stout

Fuja logo e demore para voltar
O homem do avesso
O homem dos círculos azuis
   Fred Vargas

A noiva estava de preto
Casei-me com um morto
A dama fantasma
   Cornell Woolrich

ESTA OBRA FOI COMPOSTA PELO GRUPO DE CRIAÇÃO EM GARAMOND
E IMPRESSA PELA GEOGRÁFICA EM OFSETE SOBRE PAPEL PAPERFECT
DA SUZANO PAPEL E CELULOSE PARA A EDITORA SCHWARCZ
EM FEVEREIRO DE 2007